中公文庫

香港・濁水渓

増補版

邱　永漢

中央公論新社

目次

香港・濁水渓

増補版

香港

第一章　自由の虜

1

彼は追われていた。逃げることがいまの場合、彼の唯一の目的である。なぜ自分は追われているのか、なぜ自分は逃げなければならぬのか。それを反問するだけの余裕はなかった。原因はある。煎じつめていえば、地上にしか住む世界を持たない人間どもの闘いに敗れたのだ。人を殺したのでもなければ人の財を奪ったのでもない人間がたえず何者かに追われながら生きるというのが戦後台湾の現実であってみれば、生きのびるためには考えることよりも逃げ足の早いことがまず第一の条件である。この条件だけはどうやら生まれながらに備わっているらしい。ところが逃げる先のことになると、てんで方向感覚がなかった。台湾島内では汽車があれば汽車に、トラックがあればトラックにとび乗った。ようやくのことで台湾から離れる機帆船に潜り込み、生命からがら厦門《アモイ》へたどりついた彼が、厦門を離れる時は機上の人になっていた。一九四九年の初夏、南京決戦を前にして逃げ腰になった国民党が台湾へ移動しはじめた頃のことである。

たしかこの飛行機の行先は香港《ホンコン》のはずだ。が、離陸した飛行機が空に向かってぐんぐん上昇しはじめると、ただそれだけの理由で彼はすっかり愉快になった。肩にかかっている空気の圧力が、上空にのぼればのぼるほど軽くなっていくようだった。もっと上がれ、もっと上がれ、そしてなにもかも忘れてしまえ。

……あれから何時間か経っているのだが、頼春木《らいしゅんぼく》はまだ完全に夢から覚めきっていない。プロペラの音が相変わらず耳元でガンガン鳴りつづけている。坐っていながら、だんだんと気が遠くなっていくような気がする。

と、その時、彼の前に黙って坐っていた男が突然大きな口をあけてアハハハ……と笑った。

「さっき君はよほど驚いたようだね」

そう言われた瞬間に、春木は我に帰った。それとほとんど同時にいままでの経過が記憶の中に蘇ってきた。驚きはまだ生々しく、血液の中を駆けめぐっている。

いま、彼が腰をおろしているのは九竜《クウロン》半島の飛行場に近い場末の貧民窟にある上海人の旗亭《きてい》の中である。旗亭といっても露店に少し毛の生えた、きたならしい掘立小屋で、油のにじんだ卓が三つばかり並んでいるだけで、彼と彼の前に陣取った男の二人以外に客はいなかった。店先に饅頭《マントウ》を蒸す、大きな蒸籠《せいろ》があって、そこからシュンシュンと蒸気の立つ音が聞こえてくるのが、エンジンの響きを連想させたに違いない。

　旗亭の中には電灯の代りに、石油ランプが天井からぶらさがっている。クローム・メッキされた新式のランプは石油がガス化されて小さな太陽のように激しく燃えるので、狭い部屋の中を真昼のように明るく照らし出している。

　その明りの下で見ると、自分の前に肱《ひじ》をついた男の痩せて骨ばった顔が妙に黄色味を帯びている。ただでさえ貧相な風貌をしているのに、身につけた短袖のシャツが疲れきっているので、吹けば飛ぶような、つまらない男に見える。

　この男を最後の頼りに自分ははるばる台湾からやって来たのだ。この男があの李明徴《りめいちょう》なのだ。そう自分に言いきかせようとするだけでも、火が消えたような淋しさがこみ上げてくるのだった。

　官憲に追跡されて、台湾じゅうを逃げまわっていた春木が、転々と居所をかえた末に、ある友人の所へ転がり込んだのはつい一月ほど前のことである。仲間たちが次々と捕えられては投獄されていたので、その友人は彼に香港へ渡ることをすすめてくれた。香港には自分の友達で李明徴という男が住んでいる。かなり手広く商売をやっていて、大邸宅を構え、自家用車も持っているくらいだから、きっと助けてくれるだろう。そう言って、友人は紹介状を書いてくれたうえに、自分で基隆港《キールン》まで出かけて行って香港へ渡るという機帆船に交渉してくれたのである。ところが高い闇の船賃を払って乗り込んだ船は、香港へ行かずに真直ぐ厦門《アモイ》へ直航した。厦門には用事がないので、港に着いても船中にがんばっているとそこへいきなり家財道具をもった避難民が乗り込んできた。船は内戦を避けて台湾へ渡る難民を乗せてまた台湾へ戻るという。こうなると、どんなに騒いだところで勝負は明らかである。結局彼はカバンを一つ手にさげて厦門の街へ上陸するよりほかなかった。二カ月に及ぶ逃避行で、いまは身も心も疲れ果てている。一時も早く目的地にたどりついて、ゆっくりした気持で睡眠をとりたかった。懐中にはいくらも金がなかったが、香港に着きさえすればどうにかなるだろう、と一途に思いつめて、厦門から香港行き飛行機の切符を買ったのである。

ところが実際に香港に着いてみて驚いた。手帳にしたためておいた住所を頼りに、満州人の苦力《クーリー》に案内されて行った所は、大邸宅街どころか飛行場のすぐ裏手の小高い丘の上にある貧民窟だったのである。広いアスファルト道路から石橋をひとつ越えると、急に道幅の狭いゴツゴツした坂道になっており、その道をさしはさんで、木造のバラックが並びの悪い歯のように出たり入ったりしている。彼がこの界隈へ足を踏み入れた時はすでに太陽が海に没した後で、茫漠たる飛行場の対岸に、香港の美しい夜景がまぼろしのように浮かんでいたが、この一郭には電灯すら通じていないとみえ、ところどころに薄暗い石油ランプがともっているだけであった。

「おいおい、道を間違えたんじゃないか」

彼は不安な気分に襲われながら、自分の前をとっとと歩いて行く案内の苦力を呼びとめた。

「いやもっと奥のほうですよ」

苦力の声には絶対的な確信がこもっている。

鑽石山。英語でダイヤモンド・ヒルという燦然《さんぜん》たる名前で呼ばれる土地がこんな所だろうか。香港に覇を競う一流の富豪が住んでいるはずの住宅区がこんな所にあるだろうか。否、否、きっと苦力は土地に不案内な奴なのだ。そう思いながら、彼は苦力の後を追った。が、中へ入れば入るほど、道幅はいよいよ狭くなり、じめじめした暗闇の中で、売れ残りの野菜や魚肉を売る広東《カントン》人の商人たちの奇矯な叫び声が聞こえてくる。その間を通り抜けて、さらに奥へ入ると、バラックがややまばらになって、ところどころ野菜が植えてある空地に出た。

「この家ですね」

と言って苦力が突然立ち止まった。

「まさか」

春木は自分の眼を疑わずにはいられなかった。それは家というよりは山小屋といったほうがふさわしいくらい、粗末な木造のバラックだった。家の中にはランプさえともっておらず、白い月光が屋根の上から路地へおちかかっている。

「李先生在不在家《リイシンサンハイムハイオケ》？」

苦力《ライラ》が怒鳴ると、

「来了」

と奥から嗄《しわが》れた男の声が答えた。ややあってのっそり出てきた小男がいま、彼の前に坐っている李明徴こと老李《ラオリィ》なのである。

唖然として春木はしばらくものも言えなかった。

「本当にあなたが李さんですか？」

「李明徴は私ですが、なにかご用事ですか？」

と答えた小男の声は意外に落ち着いていた。ようやくのことで、春木が来訪の目的を告げると、彼は少しばかりびっくりした様子であったが、家の中へ入れとも言わずに、そのまま春木を誘って、すぐ近所にあるこの饅頭屋へやって来たのである。

ひどく空腹だったので、春木は息もつかずに大きな肉饅頭を三つ平らげた。どうやら腹の虫がおさまると、今度は新しい心配が彼の頭を占領しはじめた。心配というよりは恐怖といったほうが正しいかもしれない。生命が惜しくて逃げていた時は、ただ逃げることに夢中で、それから先のことは少しも考えていなかった。逃げおおせさえすれば、最後には金もあり、義侠心もある男がどこかで彼を救ってくれるような気がしていたのだ。無意識のうちに彼は老李をそうした仮想人物に仕立てあげていたのである。

ところがいま、彼の前に坐っている小男は金持でもなければ、義俠心のある男でもなさそうだ。栄養不良で、三度の飯にも満足にありついていなさそうである。しかも、太い眉毛の下で、きらっきらっと敏捷に動く眼は、獲物をねらう鷹のように、油断も隙もない。現に彼の心の驚きまではっきり見すかしているではないか。

「たぶん、君は僕がここで大成功をしていると聞いて来たんだろう」

「…………」彼が返事に窮していると、

「ね、そうだろう」と老李はもう一度繰り返した。「とすると国の連中は皆そう信じているかもしれんな。李明徴の奴、香港で大金を握った途端に、故郷も妻子も忘れてしまった。人間、貧乏しても正直でおられるが、金ができると気が狂ってしまうもんだと、そう僕のことを言ってやしなかったかね？」

返事を期待しているのでない証拠に、彼は春木に相槌《あいづち》を打つ余裕をさえ与えなかった。

「きっとそうだ。そうだとも。でなければ君のようにわざわざここまで僕を訪ねて来る者があるものか。君はどう思うかしらんが、これは僕にとってはちょっと耳寄りな話なんだ。だって君、李明徴が香港で大成功をしているという話はこの僕自身がまいたデマだからね。しかし、現実はもちろんいま君が見ているとおりだ。これが僕の本当の姿なんだ。食うや食わずだ。その男が故郷の人たちの間ではどえらい成功者のように考えられているんだから面白いじゃないか。どうしてそんな猿芝居を打つ必要があるのかと君は不思議に思っているだろう。そのうちに君にもだんだんわかってくるさ。早い話が香港くんだりまで流れて来て乞食同然の生活をしているといわれては花も実もないじゃないか。それよりは金を握ったら、何もかも忘れた奴と思われているほうがいい。嘘から出た真という言葉もあるように、金持だ金持だと思われているうちに、本当に金持にならんとも限らんからね。そしていったん金持になってしまえばしめたものさ。世間なんて、なんだかだと金持のことを悪くいうが、結局、心の中では金持を一番羨《うらや》ましがっているよ。が、そんなことはどうでもよい。一体全体、なんだって香港へやって来たんだ？」

　相手の素性が知れてくると、春木は真面目にいままでのいきさつを話す気になれなかった。そんなことよりも後悔のほうが先に立つのだ。なぜ前後の見境もなく、いきなり香港へ来てしまったのだろう。なぜ自分は二十六歳の青年らしい分別をもって行動することができなかったのであろう。しかし、裏返してみれば、こうした内省ができるのはそれだけ余裕を取り戻した証拠なのだ。少なくともいままでのところ、彼には未来も過去もなかった。現在という刹那、それも恐怖に彩られた刹那が彼の前をさえぎっていたのだ。それはたとえてみれば驀進《ばくしん》する列車に追われながら、一人鉄橋の上を死物狂いに走り続けるようなものである。一歩踏みはずせば千尋の谷底だし、逃げ遅れればあわれレールの錆《さび》と消え去ることを意味する。だから、彼は走った。息もつかなかった。鉄橋の尽きた所で命がけで飛び下りた。その瞬間は助かったと思った。だが、怖る怖る顔をあげた時、彼は尽きる所を知らない泥沼の中に転がり込んでいたのだ。

「じゃ、やっぱり政治犯か思想犯かい」

「まあ、そうです」と春木は小声で頷《うなず》いた。

「それなら、もうここまで来れば大丈夫だ。香港じゃご覧のとおり国民党も共産党もないからね。現にこの鑚石山には国民党の敗戦の将が雑居しているよ。皆、たいして代りばえのしない難民さ」

「本当ですか？」

「君に嘘をついてどうする。僕がくだくだと説明するよりも、そのうちに君自身が見たり聞いたりするだろう。ここはまた違った世界なんだ。しばらく住んでいてみたまえ。考えが変わってくるよ。政治なんてそんなものを考えるのがばかばかしくなってくるよ。だってね、政治で人間が救えると考えるくらい、甘い話はないものね。人間は何ものによっても救われやしない。救われやしない。絶対に救われやしないさ、君！」

酒を飲んでいるわけでもないのに老李は酔漢のように舌をもつらせた。春木はむかむかしているのだが、議論の相手になるだけの気力もなかった。そんなことよりさしあたり今夜泊まる所のほうが心配だ。それを言うと、老李は急に困ったような顔つきをした。

「香港にはほかに知合いはないのかね」

「ハア、ありません」

「ふうむ」と唸ったきり老李は黙ってしまった。壁に映ったその大きな影がじっとひとところにとまったまま動かない。春木の不安はしだいに募ってくる。蒸籠の蒸気がシュンシュン音をたてている。彼を乗せた飛行機は暗雲の中を迷っている。着陸しようにも下界はてんで見えない。そのうちに燃料が全く切れてしまうかもしれない。そうだ、このまま墜落してしまうかもしれない恐怖が彼に羞恥心を忘れさせた。次の瞬間、彼は夢中になって叫んでいた。

「部屋の片隅でも、廊下でも、どこでもいいんです。しばらく泊めて下さい。しばらくが駄目なら一晩でもいいです。ほかに行く所がないのです」

「泊めてあげたいのは山々だが」と、冷酷な声が言った。「しかし、家主がいいというかどうかな。恥ずかしい話だが僕自身が、すでに何カ月も部屋代をためていて、いま、追立てを食っているところなんだ。その僕が部屋代も払わないで、もう一人連れ込むのはいかにも具合が悪い。そりゃ事情を話せば一晩ぐらいは泊めてくれんこともないだろうが、一晩ですむ話じゃないからね」

「部屋代っていくらなんです?」

「カンバス・ベッドを一つ置くだけのスペースが十ドル、僕が現在借りている部屋はそれより少し広いので、二十ドル払うことになっているが、いまの僕にとっちゃ、その二十ドルを捻出することさえ容易じゃないんだ」

「じゃ金さえ払えば、家主はうんと言いますか」

「そりゃもちろんだ。金が欲しくて部屋を貸しているんだからね。いったい君はどのくらい金を持っているんだ？」

急に身体を乗り出すと、老李は鋭い眼つきをして彼の顔を覗《のぞ》き込んだ。

「いや、いくらもないですよ」と春木はあわてて首を横に振った。いつの間にか、左の手が金の入っているほうのポケットをしっかり抑えつけている。「台湾を出る時は金を持っていたのですが、船が厦門に着いてから盗まれてしまったんです。運の悪い時は仕方がありません。得体のしれない熱にうなされて、ホテルで寝ていた間に、トランクに入れておいたはずの金がそっくり消えてしまったのです。でなければ、こんなみじめな気持にならないですんだのですが」

「いくらぐらい入れてあったのかね、まさか全財産じゃないだろう」

老李は春木ができまかせの嘘を言っているのを見抜いているかのように、失われた金についてたいして関心を示さない。春木は苦しまぎれの微笑をしながら、

「もし全財産だったら、今頃は厦門で乞食をしていますよ。身につけている金があったからよかったものの、あの乞食のうようよしたところで無一文になっていたらと考えるだけでもぞっとします。そんなわけで有金をはたいて飛行機に乗ったのですが、とんだ失策でした」

「逃げた魚の話をしたってはじまらん。それより現実の問題だ。君がいくら持っているか知らんが、香港という所は金がなくては港に身投げでもするほかないんだから、よっぽど考えて金を使うようにしないと駄目だ。家主には僕がうまい具合に話をしてなるべく少しですむようにしてあげるが、二十ドルぐらいなら出せるかね」

「ハア」

と春木はぺこんと頭をさげた。この場合、老李はやはり彼にとって一種の神様に見えた。人間の弱味につけ込むことを知っている神様は、神様の中でも一番下劣な部類に属する。が、こんな神様にかぎって霊験が一番あらたかなこともまた事実である。春木がポケットの中から皺くちゃになった緑色の香港ドルを二枚取り出して渡すと、神様の顔がにわかに綻《ほころ》びて、愛想笑いに変わった。

「本当によくよく考えてから金を使わないと駄目だぜ。一文無しにならないうちに早く手を打たないと、僕のようなことになってしまうからな。まあ今夜はゆっくり休んで、明日また考えることにしよう。どんなことでも僕は喜んで相談に乗るよ」

2

老李の部屋はバラックの中の幅の狭い、急な階段を登った屋根裏にある。壁が隣家に接続しているので、天井にある明りとりのガラス窓以外に窓がない。カンバス・ベッド二つ置けるだけの空間というのは約一坪ばかりだが、そこへ古い木製のベッドを置いてあるため、それだけで部屋じゅうがいっぱいである。シャツや上着の類は壁に掛け、炊事道具やその他いろいろのがらくたは、すべてベッドの下に押し込むようになっている。

この部屋に連れて帰られた春木は、その夜、老李と枕を並べて横になったが、なかなか寝つかれなかった。五月の香港はすでに蒸し暑いが、天井から洩れる月光以外、外界と遮断された部屋の中は空気さえ微動もしない。老李は間もなく寝入ってしまったが、その断続的な寝息を聞くとますます頭が冴えてくる。それればかりでない。隣室の男が寝返りを打つ音さえ手に取るように耳に入ってくるのである。自分はやはり捕えられてしまったのではないか。逃げて逃げて、逃げまくったつもりが、結局、根負けして、そのまま牢獄へと飛び込んでしまったのではないか。きっとそうであるに違いない。これが牢獄でなくてなんであろうか。とんだ、とりかえしのつかないことをしてしまったものだ。台湾で、おとなしく縄にかかっておれば、火焼島に島流しになって、十年間ぐらい芋を作っておればすんだかもしれない。そうすれば、十年間青春を浪費するだけですんだのだ。現に自分と一緒に秘密結社を組織していたものの中には九年の刑の者もあれば七年の刑の者もある。ところが、それを拒否して香港まで高飛びしてきた自分は、この格子のない牢獄でいつ果てるとも知れない流浪を続けなければならないのだ。

　このことは春木が夢想だにしなかった結末だった。これまでの生活では、彼は不自由や貧乏や苦痛には慣れている。植民地生まれの彼は自分の意志と無関係な道ばかり歩かされてきた。台南の海岸にある半漁半農の村に育った彼は、公学校を卒業すると、すぐ嘉義の農林学校へ入れられた。そこを卒業した時はすでに大東亜戦争の最中であり、徴用同様の形である拓殖会社の雇員として、フィリピンのネグロス島に派遣された。レイテ作戦が始まると彼は日本軍や居留民たちと山中に籠《こも》り、木の皮やとかげを食べて飢えをしのいだ。それから米軍に投降して六ヵ月に及ぶ捕虜生活、戦争が終わって台湾へ送還されてからは、またもとの拓殖会社へ奉職したが、大陸から来た国民党の接収委員が自分らの引き連れてきた一族郎党を入れる必要から間もなく辞令一本で馘《くび》になった。そこで馘になった者の中で、大学を出た男が中心になって反政府の結社を作ったが、左翼的なものとも右翼的なものともつかぬ得体のしれない団体で、簡単にいえば不平分子の集まりだった。それが露見して多くの者が捕えられたが、うまく地にもぐった者も何人かいる。春木もその一人であるが、これまでの生活のどの一齣《ひとこま》をとっても決して楽しい思い出はない。にもかかわらず彼はよくそれに耐えてきた。どうして耐えることができたかというと、それは、これらのいずれにも期限がついていたからである。期限付きの苦悩はその期限の切れ目がやがて来ることを約束されている。たとえそれが十年だろうとも、一日一日が積み重なって、やがて十年が消え去ってしまうのだ。ところが、今度の場合は期限のない服役のようなものである。少なくとも春木にはそう思われる。

青春とはこういうものだろうか。いや、もともと自分には青春などなかったのではないか。そう思えば思うだけ青春は彼にとってかけがえのない大切なもののように思われる。「青春」という言葉を聞いただけでも、妙に胸が高鳴る。そのくせ、いままで彼は恋の真似事さえ経験したことがなく、女との関係はひどく動物的か、もしくはすこぶる事務的だった。つまり青春というものは星が地球の夜空に輝くごとく、疑いもなく存在するものであるが、それと全く同様に、手の届かない所に輝いているのである。それでいて、その星が「いつの夜」にか突然、自分の口の中へ飛び込んでくるに違いないと夢想しつづけているのである。その「いつの夜」は彼によれば、期限のある苦痛が終わったその瞬間でなければならなかった。だから、もし苦痛に果てしがないとすれば、青春は永遠にやってこないことになる。

彼は宣告も判決もない、この道を選んだことを後悔しはじめた。傍の老李は前後不覚に寝入っている。この神経だけでもたいしたものだ。やがて、年季が入れば、自分もそうなるだろうか。未来の自分の姿をそこに見ているような気がして、春木は泣くに泣けなかった。

それでいて、うつらうつらしはじめると、国民党の憲兵に追いまくられている夢を見た。舞台はいつの間にかネグロス島へ移り、逃げ場を失って椰子《やし》の木を懸命によじ登りはじめた。青い青い空から強い熱帯の光線が落ちてきて、目が眩《くら》んだ。その瞬間に、大編隊の爆音が聞こえ、地上の高射砲陣も火を吐いた。

「あっ」

と叫びながら椰子の頂上から転落して夢から覚めた彼は、「あーあ」と思わず安堵の胸を撫で下ろした。

まだ夜は明けていなかったが、家の前の路地を車や人の通る音が聞こえてくる。すぐ近くに工場があるとみえて、機械を動かす単調な響きがしている。波止場へ仕事を探しに行く男たちや織物工場へ出勤するに違いない女たちで、貧乏人の街は金持の街より夜が早く明ける仕掛けになっているのだ。

春木は起き上がって、じっと採光窓の白んでいくのを眺めていた。

「なんだ、もう目が覚めたのか」

声のするほうをふりむくと、老李がふてくされた細い眼をあけていた。

「まだ早いから、もう一度寝なおしたほうがいいぜ」

「うむ」と彼が答えると、

「昨夜はあまり寝られなかったようだな。しかし、心配することはないさ。そのうちに寝ても寝ても寝たりんぐらい、寝られるようになるからね」

それには答えないで、戸を開けると、春木は狭い階段を下りて、バラックの裏口へ出た。

すぐ背中合せに、同じような形のバラックが建っており、その間が細い路地になっている。路地の向こうから一人の若い男が天秤棒で水を担いで入ってくるのに出会った。男は彼を認めると軽く会釈をした。

「あなたですね、昨夜着いた人は？」

「そうです」

「飛行機で来たそうじゃありませんか？」

「ええ」

男は彼の前まで来ると、天秤棒を肩からおろした。飛行機と聞いて、感動しているらしい。労働をする人のものとは思えない華奢《きゃしゃ》な手をあげて、額の汗をぬぐった。昔は白かったに違いない額も首すじも赤銅色にやけている。

「老李とは昔からの知合いですか」とその男が聞いた。

「いや、はじめてです」

「じゃ、老李がわざわざ台湾から呼んだわけじゃないんですか？　そんなはずがないと僕も思っていましたよ」

「李さんがそんな話をしていましたか？」

「いや、なに」

と、笑いにまぎらしながら、石油罐の釣手を持ち上げると、台所にある水甕《みずがめ》の蓋をとって、その中へ勢いよく水をあけた。

「どこまで汲みに行くのですか？」

「一粁《キロ》ほど先です。水道がそこまでしかきていないものですから」

「そりゃ大変ですね。この辺には井戸もないんですか」

「海が近いから井戸を掘っても、水がからくて駄目なんです」

「ずいぶん不便なんですね」

「でもそのおかげで、僕は飯にありつけるんですよ。これで近くに水道か井戸があるようになったら、その日から、あがったりだ。ハハハハ……」

空になった石油罐を担ぎ上げると、彼は駆けるようにして路地を出て行った。

陽が大分高くなってから春木は老李に連れられて家を出た。明るい太陽の下で見る老李は昨夜はじめて会った時ほど陰気臭くもなければ、年をとってもいない。眼尻に皺が多いが、これは苦労したせいだろう。年はせいぜい四十ぐらいだ。

二人は野菜畑の多い丘陵の坂道を歩いた。よく晴れた日で、すぐ眼の前に獅子山と呼ばれる、岩だらけの禿山《はげやま》がくっきりと雄姿を現わしている。丘の上からは飛行場の滑走路や海や、海の向うに聳《そび》える香港島が驚くほど近くに見える。その間を小さな戎克《ジャンク》船がきらきらと輝きながら走っている。

「僕がここへ流れてきたのが、ちょうど、二年前の今頃だった。わずか二年だけど貧乏生活の二年は実に長いものだな」

老李は感慨深そうに言った。けさの老李は昨夜と人が違ったように親しみやすい。陽気のせいだろうか。それとも至るところに満ち溢れた太陽の光線のせいだろうか。

「世の中にはずいぶん皮肉な詩人がいるものさ。僕らの住んでいるこのボロ丘をダイヤモンド・ヒルと名付けたんだからね」

「皮肉を越えて罪ですね」と春木が答えると、

「そうだ。全く罪だ。貧乏人にダイヤモンドは毒だからな。おかげで僕なんぞは毎晩毎晩ダイヤモンドの夢を見ている。モンテ・クリスト伯みたいにね。ざくざくと宝石の山に手を入れたとたんに眼が覚めてしまったこともあるし、そんな時は、無念で無念で一日じゅう飯を食う気も起こらない。もし二年前に僕の乗ってきた機帆船が途中でエンコしなけりゃこんなことにならなかったんだからね」

二年前、つまり一九四七年に老李は密輸船を組織して、台湾を出発したのである。ところが香港のすぐ近海に来てから、エンジンが故障を起こしてしまった。船員が総がかりで修繕したが、その甲斐もなく、船は海上を二日二晩漂流し、せっかく、見えていた島影が全く視界から消えてしまった。そこへ折りよく通りかかった広東人の機帆船に曳航《えいこう》を頼むと、足元を見て四万ドルの報酬を要求されたが、このまま海中を漂流するよりはと藁《わら》をもつかむ気持で香港港内まで曳航してもらったのである。海事法上からいっても、そんな多額を要求されることはないはずだが、訴訟沙汰になり、それが片づくまで船は仮処分に付されてしまった。もともとが零細な資本を集めて無理算段して始めた事業だから、こうなると、目もあてられない。十人に余る荷主はそれぞれ勝手なことを言うし、船の所有主は四万ドルの支払は一文も認めぬとがんばる。しまいには船員に給料を払うことさえ事欠くようになり、船員たちがおおっぴらに船上の機械器具を盗んでは勝手に売り払ったので、やむを船を返してもらったところで、もはや運行のきかない廃船同様になってしまった。やむをえず彼は船員を連れて、このバラックに引き移ってきたが、有金残らず食い尽くすと、船員は一人減り、二人減りして、結局自分ひとりだけ取り残されてしまったのである。それでも老李は台湾へ帰る気にはならなかった。というより、帰るに帰れないのだ。船主や荷主とも悶着があるし、彼自身が代表していた資本も実は自分の親戚たちが出資したものだから、返却を迫られるに違いないのである。

「事業なんて落ち目になれば、惨憺《さんたん》たるものさ。人間は一番金の必要な時に金がなくて、金の必要のない時に金が集まるようにできているんだからね。貧乏なんぞ絶対にするものじゃない。どんなことがあっても貧乏をするものじゃない。たとえ友達を売ってでもだ」

「ご冗談でしょう」

「いや、冗談に言っているんじゃないぜ。大真面目なんだぜ」と老李は真顔で言い張った。

「そんなことがまだわからないのは苦労をしていない証拠だ。プチ・ブルだからだ。君だって、これから何年も僕のような生活をしてみたまえ。僕と同じ気持にならなかったらどうかしているよ。現にあの家には二十人近い人が住んでいる。皆貧乏している。どうにかして貧乏から逃れようとしてあがいている。あがいている者に道義心なんかあってたまるものか」

「そういえば、けさ、水を汲んでいる男に会いましたが、あれも台湾人ですね」

「周大鵬《しゅうたいほう》だろう」

「いや、名前は聞きませんでしたが、真面目そうな男じゃないですか？」

「真面目？　よしてくれ」

老李は吐き出すように言った。軽蔑の情が唇のあたりに浮かんできた。

「あんな奴のことを莫迦《ばか》というんだ。彼奴はもと台北で銀行に勤めていたんだが、安い月給しかもらっていないのに、毎日毎日紙幣の束を厭というほど見せつけられて、ついに謀叛気を起こしてしまったそうだ。銀行のチェックを偽造して、それを入札の時の見せ金に貸して利息稼ぎをやったというから、なかなか小才が利いた奴だよ。ところがある時、そのチェックを紛失して、たまたま、それを拾った男が銀行に現金の払い出しに来たためにばれたんだそうだ。自分でそう言うんだから間違いはあるまい。そこまではいいさ。人間だから謀叛気も起こしたくなるだろうさ。が、後がいけねえ。一体全体、一粁の道を往復して、十五セント稼いで、それでなんの役に立つんだ。飯だって腹一杯食べられやしないじゃないか。僕に奴ほどの若さと体力があったら、若い燕にでもなって稼ぐよ。どうせ同じ肉体労働だからね」

飛行場の垣根沿いの広いアスファルト道路は、太陽の直射を浴びて真夏のような暑さである。その道をしばらく行くと、九竜城《クウロンセン》に出た。

九竜城は労働者の町である。地価の高い香港だけにやはり三、四層楼の家が立ち並んでいるが、いずれも戦前の旧式な造りで、壁は黒い黴《かび》で覆われ、雫《しずく》のしたたる洗濯物が騎楼《きろう》にへんぽんと翻っている。街路は薄よごれており、騎楼の下には物売りや食べ物屋が雑然と続いている。

その間を通り抜けると、老李は、とある路傍の竹椅子に腰を下ろした。床几《しょうぎ》のような、低い椅子が四、五脚おいてあるだけで、屋台の仲間にも入らない、お粗末な飯屋である。大きな髷《まげ》を結った、田舎びた広東人の女が石油罐を二つ七輪の上にかけて、客を待っている。石油罐の中は野菜と肉をごたごた煮たものらしく、ほかほかと煙が立っている。

「お友達ですか」と女は老李の顔を見ると、言葉をかけた。

「うむ。昨日、国から出て来たんだ。どうも香港へ出て来さえすれば、どうにかなると思う者が多くて困るよ」

老李は広東語で答えたが、きょとんとしている春木をふりかえると、今度は台湾語で言った。

「あちこち研究してみたが、一番安くてうまいのは、この婆さんの所なんだ。飯が一膳で五セント、おかずは野菜だけなら一皿五セント、肉が入れば十セント。だから二十セントか三十セントあれば、どうにか一食分にはたりるわけだ。自分で炊くよりもまだ安上がりだから、天気がよければ毎日ここまで食いに来てるんだよ」

　腹がすいていたが、春木はたいして食欲がすすまなかった。ガツガツと食べている老李を見ると腹よりも胸がいっぱいになってきた。

「どうして食わんのだ。気味が悪いのかい」

「いや」と春木が首をふるのを眺めながら、

「しかしね、この飯にありつける間はまだいいんだぜ。ぐずぐずしているうちにこの飯を食う金さえなくなってしまうよ。僕がそのいい例だ。だからそうなる前に何とか手を打たなくちゃ嘘だ」

「それもそうだけれど、僕にできることなどありそうもないじゃありませんか」

「なにひとつやってみたこともないのに、どうしてそんなことがわかる。僕なんぞはこうなるまでに実にいろんなことをやったものだ。甘納豆を作ってみたり、水羊羹や晒《さら》し飴《あめ》を作ってみたり、あるいは子供相手にお菓子の景品が付く籤引《くじび》きを考えたりした。いずれもうまくはいかなかったがね」

「前にそんな商売をしたことがあるのですか」

　すると、老李は急に口をゆがめて、

「これでも昔は満州ではれっきとした役人だったんだぜ。驚いたかい。貧すれば鈍すだよ。ハハハ……」

　食べ終わると、老李はポケットから一枚の十ドル紙幣をとり出して釣銭を求めた。瞬間、春木の眼が光った。それは昨夜、自分が手渡した金に相違ない。自分からは二十ドル受け取って、家主に半分しか払わなかったに違いない。現に昨夜は肉饅頭の代も春木が払わされたのだ。

　しかし、老李は春木の表情に現われた変化には全然無感覚だった。あるいは無感覚を装ったのかもしれない。

「実はいま、金の儲かる確実な仕事があるんだがね」

「資本がなくてもできる仕事ですか」

　皮肉のつもりで、春木は尋ねた。しかし老李は素知らぬ顔をして、

「全然資本なしというわけにはいかないが、でも要るにしてもほんの少しばかりなんだ。たぶん、君の手に合う仕事だよ」

「僕に金があると思っちゃ困りますよ」

「いや、絶対大丈夫だよ。五万ドルには五万ドルの商売の仕方があるし、五十ドルには五十ドルの商売の仕方がある。これは五十ドルの資本でやれて絶対確実に儲かる商売なん

だ」

老李は急に雄弁になった。それにつれて眼が異様に輝きを増した。五十ドルと聞いて知らず知らずのうちに、春木は心を動かしていた。そのくらいの金ならいま彼のポケットに入っている。

「その商売っていったいなんですか？」

「それはね、市場へ行ってのしいかを作って売る商売なんだ」

「のしいか？」

「そうだよ。するめを焼いてのばした、あののしいかさ」

彼の説明によると、香港の盛り場ではほとんどあらゆる種類の食い物を売っているが、不思議なことに、日本人が作るような、ローラにかけてのばしたのしいかだけはないそうである。日本から輸入される北海道するめは一斤が小売値段で二ドルぐらいであるが、焼いて加工をすれば量もふえるし、味も珍しいからその倍にはなる。一日に五斤か十斤売れれば生活は保証されたようなものだ。

「ただ問題はね、鑑札なしに露店商をやるんだから、警察につかまったらお陀仏だ。毎日のように警察の犬どもがやって来るから、さっと素早いところ逃げないと、ぶち込まれてしまうぞ。しかし、警察が怖いか、飢死が怖いか、比較の対象にはならんからな。その証拠にさっき我々が歩いてきた道の両側に並んだ物売りはほとんど全部が無鑑札だよ」

話の筋が通っているだけに、春木は自分のおかれた立場が恨めしかった。相手も悪かった。相手がもう少しおっとりした男なら、たとえ最後の五十ドルが皆消えてしまっても悔いはない。ところが、自分を食い物にしようとしているとしか思えない相手であってみれば、猜疑心はますます強くなるばかりである。しかし、彼が警戒心を強くすればするほど、老李の口元の微笑は大きくなっていく。果実は熟すれば、やがて落ちてくる。それを待てばいいと思っているふうである。

「やれやれ、久しぶりに腹いっぱいになった。少し散歩でもしようか」

そう言って、老李はゆっくりと腰をあげた。青空が騎楼の間から少しばかり覗いていた。

3

老李はまめに動きまわる男だった。まだ春木が否とも応とも言わない先から、古物市のある摩囉街《モロカイ》のどの店にローラがあるとか、海産物問屋の並んだ南北行《ナムパッホン》のどの店のするめが一番割安だとか着々と調べをすすめた。そのうえで、春木を誘って、香港と九竜のあらゆる盛り場を下検分してまわった。なるほど、どの盛り場にも、のしいかだけは売っていない。

少しずつ様子がわかってくると、春木はのしいか屋をやってもよい気になった。日一日と懐中が心細くなるにつれて、どうにかしなければならないという焦りが募ってきた。それに毎日同じ部屋で顔をつき合わせてみれば、老李はそう悪い人間ではない。商売をする以上は言葉のできる協力者が必要だし、たえず眼を光らせていれば売上げをごまかされる心配もまずない。そして、なによりも心強いのは、老李が実に有能な働き手であることだ。

数多い盛り場の中でも香港島の湾仔《ワンツァイ》にある蕭頓球場《シュウトンカウチョン》の脇が一番人の出が多いから、そこにしようと老李は言った。ローラや七輪やするめを買い入れ、万一、警察の手入れが行なわれた場合の手順もあらかじめきめておいた。七輪は嵩《かさ》ばる上に重たいから、いざという場合は犠牲にするよりほかないが、ローラは老李、原料のするめは春木がそれぞれ担ぐことにした。

球場はサッカーや、バスケットボールができるほどの広さで、金網でぐるりを囲んである。その金網の垣に沿って、露店商人が店を張っている。雲呑麺《ワンタンメン》の店。蠟腸や家鴨《あひる》の干したのを屋台にぶらさげてある飯屋。甘蔗の汁を搾《しぼ》っている店。熱帯果実のバナナやマンゴーやマンゴスチンなどを並べている果物商人。花柳病にかかった性器の写真を掲げた、得体のしれぬ膏薬を売る大道商人。胡弓を奏でる女役者。さては日本製の安物の玩具や万年筆の類を拡げている男たち。以前から住んでいる人々に新しく流れてきた避難民たちも入り乱れて、一日に数えきれぬほど多数の人々が集まってくるので朝から晩までたいへんな雑踏である。昼は昼で強烈な太陽が容赦なく直射し、塵埃《じんあい》や喚声や溜息や汗や体臭で狂わんばかりにざわめく。夜は夜でアセチレン灯が青白く燃え、その明りを囲んだ人々の暗い、生活に疲れた影を大地に投げる。ここに集まる人々には明日が感ぜられない。人々は歩き、時々立ち止まり、物欲しげな眼を投げかけ、そして、また歩き出す。盛り場を歩く人々の歩みはきまったように鈍重で、それが一種重苦しい空気を醸し出す。人々はなんのために歩くのか、自分でもおそらく知らないのではあるまいか。いや、目的などはじめからなにもないのだ。人生が不必要に長く、時間をもて余しているに違いないのだ。人々はただ叫び、笑い、嘆き、売り、買い、そして手から手へと血と汗によごれた紙幣を渡す単純なる運動を繰り返しているのだ。

そんな中へ春木たちが割り込んで開業した日は一日じゅう、警察の手入れもなく、しごく平穏だった。老李の予言したとおり、珍しい商売なので、彼らのまわりにはたくさんの人だかりがした。春木が慣れぬ手つきで、するめを焼き、老李がそれをローラにかけたり醤油をつけたりしながら、客を呼んだ。

「さあ、いらっしゃい、いらっしゃい。一度食べたら絶対忘れられない味なするめ！」てれるどころか、老李の商売は堂に入りすぎていて、下働きをしている春木のほうが何度顔を赤らめたかわからない。

しかし、奮闘の甲斐あって、店をしめるまでに、十ドルほどの売上げがあった。その半分が儲けだから、二人は疲れを忘れてお互いに顔を見合わせた。しばらく物もいえないくらいだった。

もう十二時を過ぎていたが、二人はそれから二階電車の三等に乗って渡し場へ行き、そこから渡し船の三等に乗り換えて九竜へ渡った。星が妙に散る夜で、海の生臭い匂いもなんとなくこころよかった。希望に似たものが、安心に似たものが、その暗い鱗《うろこ》のようにひかる表面からしだいに這い上がってくるような気がした。やっぱり老李は偉い男だ。自分にはとうてい及びもつかない芸当をして、無から有を、不安から安心を、幻滅からほのかな希望を作り出すことのできる男なのだ。

「毎日、こんな調子だといいんだがな」

ダイヤモンドのようにきらめく対岸の灯を眺めながら、春木は呟《つぶや》いた。

「好事魔多しだ」

と老李は笑った。

「あんまり繁盛すると、すぐ競争者が現われるから、そう長く続かないかもしれないよ。まあ、稼げるうちに稼いでおこう」

ところがその翌日になると、巡邏《じゅんら》車が昼過ぎに一度、盛り場を襲った。盛り場ではあらかじめ見張番を遠くにおいてあるので、「それっ」と合図があるや無鑑札の行商人はたちまち荷物をまとめて逃げ出した。一瞬、盛り場の中は爆弾を落とされたような騒ぎになり、逃げ遅れた女子供の叫び声があちらこちらであがった。それらをふりかえる間もない。

見物人や通行人を押しのけ春木も老李も無我夢中で走った。するめを包んだ風呂敷の中で、自分の心臓が激しい動悸を打っている。その風呂敷の中の心臓のように、大切な商売道具を奪われないために春木は自分の意志で制止できないほど素早く動いている自分の足を感じた。

どのくらい走っただろう。気がついてみると、老李の姿が見当たらない。もう警官が追って来ることのない距離にいるのだが、膝小僧のふるえがまだとまらない。ほっとするよりも先に、春木は老李のことが心配になった。老李に万一のことがあったらと思うと、さきほどの怖さも忘れてまた元の盛り場へ引き返して行った。新聞紙や塵埃の取り散らかった盛り場には正式に鑑札を持った数軒の屋台店が残っているだけで、さきほどまでのあの雑踏は見る影もなく失せている。ちらほらとのこった屋台店にさえ客の姿はまばらであった。

春木は自分たちがつい数十分前まで忙しく立ち働いていた、あの場所まで戻ってみた。靴ででも蹴られたのか、新しい七輪は無残に割れて、地面に転がっていた。春木は感慨無量で、ただ痴呆のように立ち尽くすばかりである。人間の小さな希望はこんなにも脆《もろ》く踏みにじられてしまうものだろうか。衛生とか交通妨害とかいう理由がいかにごもっともなものであるにせよ、飢えと闘っている人間の最後のよりどころまでなぜ破壊せずばやまないのであろうか！

重い足を引きずりながら、春木は広場を立ち去ると、繁華街の間を海岸通りへ向かって歩き出した。そこには九竜の油麻地《ユマティ》へ出る小さな渡し船の碼頭《マートウ》がある。日除けのかかった騎楼の下を通り抜けようとした時、後から、

「おい、頼春木！」

と呼びとめられた。びっくりしてふりかえると、すぐ脇の茶楼から老李が顔を出した。

「なんだ、こんな所にいたのか。ずいぶん心配したぜ」

と言いながらも、さすがに春木はほっとした。

「そうやすやすとつかまってたまるものか。心配させられたのはこっちだよ」

「でもまあ、とにかくよかった。また七輪を買わなくちゃならないから、今日ははじめからやりなおしだ」

「まあ、中に入って少し休めよ。あと何時間かはどうせ駄目だから、夕飯をすませてからまたはじめることにしよう」

茶楼で簡単な飯をすませてから、二人は新しく七輪を買いなおして、ふたたび盛り場へ出た。電灯や石油ランプやアセチレン灯などさまざまの灯火の下には、昨夜と少しも変りのないたくさんの露店と群衆が集まって賑《にぎ》やかな市を形作っている。そのどこに昼間見たような、あの落花狼藉の跡をとどめているであろうか。薬売り女は胡弓を弾き、看客は呆然と聞き惚れている。手相見の爺さんは、通行人を引っ張り込もうとして手当りしだいに

呼びかける。市はますます賑やかに栄え、人類が存続する限り永遠に夜の火を絶やすことがないかのようだ。これは終わることを知らない貧民の祭典である。

その夜遅くまで稼いだおかげで、損失にはならなかったが、たいして儲けもなかった。

「いくら安いといったって、手入れのあるたびに七輪や炭を台無しにされちゃ、やりきれんな」

汗水垂らして稼いだものが粉々の七輪になってしまったかと思うと、春木は惜しくてたまらない。

「仕方がないさ。まさか七輪ひとつのためにつかまるわけにもいかんからな」

「それにしてもさ、この新しい七輪の生命もあと何日あるかな」

道具を片づけながら春木は言った。七輪の生命のように、彼自身の生命も明日がしれないように思われた。

「形あるものは皆壊れるよ。壊れてしまったっていいじゃないか。しかし、どんなに壊そうと思っても壊れないものがある。それは人間の欲望だ。生きているということはずいぶん厄介なことだぞ」

そう言って老李は苦笑した。意外に諦めがよいので春木のほうがかえって驚いたくらいである。

のしいか売りはそれから約一週間ほど続いた。その間に二度七輪をなくしたが、成績はまずまずといわねばならない程度だった。つまりたいして金にもならないが、かといってやめるには惜しかったのである。ところがある日、どういうわけか、突然なんの予告もなしに、警察の巡邏車が盛り場に乗り込んできた。

盛り場の中はたちまち上を下への大騒ぎになった。あまりにも急な出来事なので、老李が気づいた時、警官はすぐ眼前に迫っていた。

「来たぞ。逃げろ」

後ろ向きになって七輪の火をおこしていた春木の肩をどんとつくなり、老李は走り出した。

春木もそのあとについていきなり走り出せばよかったが、ふとするめの包のことが頭にひらめいた。それをかかえるためにふりかえったとたんに、足先に何かがぶつかった。見ると地面に投げ出されたローラである。ローラを素早く小脇にかかえ、もう一方の手ですいするめの包を持ちあげて駆け出そうとする彼の襟元をぐっとつかまえた者がある。

「おい、こっちだ。こっちだ」

驚いてふりかえると、それは図体の大きな山東人の巡査だった。つかんだ手をふりきろうとしてもがくと、春木の着ているシャツがびりっと裂けた。

「こら、じたばたするな」

恐ろしい力で手首を抑えられた。春木は観念した。盛り場の中は狼藉の跡も生々しく、逃げ遅れた人々のわめき声や泣き声が聞こえてくる。ふと見上げると、目の前に蕭頓球場の金網の垣根が拡がっている。その向うで中学生らしい少年たちが、楽しそうにフットボールをやっている。老李はおそらくあの垣根を乗り越えて、向うへ逃げたに違いない。なぜならば、巡査どもは両側から挟撃態勢をとってきたからである。少年たちは行商人狩りにはてんで興味がないらしく、こちらをふりむく様子もなかった。その浮き浮きした無邪気な姿を見ていると、春木は巡査につかまえられているのも忘れてしまった。

気がついてみると、蕭頓球場の金網がいつの間にか巡邏車の金網になっていた。捕えられた人々の中に混じって、彼は巡邏車の金網の中に坐っているのだ。金網の中から見ていると湾仔の街は走馬燈のように次から次へと後ろへ走り去って行く。立ち並ぶ高層建築の騎楼のガラス窓に夕陽が反射して、それがひどく感傷的だった。

いかめしい服装をした警官の運転する巡邏車は間もなく警察署へ到着した。証拠物件として抱えさせられたローラとするめを没収され、身につけているこまごまとしたものやパンツの紐まで引き抜かれて、ひとまとめに番台の上に置かされると、春木は動物のように鉄の檻《おり》の中へ追い込まれた。女や子供たちは警察署に入ってからもまだ泣きじゃくっていたが、男たちの中には常習犯もあるとみえ、番台の上に坐っている英国人のインスペクターの前に行くと、何やら話しかけた。それが保釈の交渉であることは間もなくわかった。番台の上の英国人はまた来たかといったしごく慣れた微笑を浮かべながら、自分の前に拡げてある大きな保釈金預り証にサインをすると、二十ドルとひきかえにその紙を渡す。三人ほどの商人がこの領収証を四つに畳んで懐中にしまい込み、片手をあげて、「バイバイ」と言いながら、さっき入って来た扉を押して外へ出て行った。

ところがその二十ドルを春木は持ちあわせていなかった。昨日と今日の売上げを合わせた二十数ドルの金は老李の懐中にある。老李さえ来てくれたら、いますぐにここから出られるのに、と思いながら、また急に老李のことが心配になった。一緒に連れて来られなかったところをみると、老李は無事逃げおおせたはずだ。しかし、自分がここにつかまっていることを彼は知っているだろうか。いつかの茶楼で二時間待っても三時間待っても自分が現われなかったら、そのくらいのことには気づいて警察署まで来てくれそうなものだ。

いつか陽はとっぷり暮れて、蒸し蒸しと暑い夏の夜が来たが、老李はついに姿を見せなかった。春木は待ちくたびれ、留置所の檻の中で眠りにおちてしまった。

その翌朝、春木は他の行商人たちと一緒に法廷へ引きずり出された。そんな経験は二十六の今日まで一度もなかっただけに、彼の胸は恥ずかしさでいっぱいだった。戦後の台湾では道徳や犯罪に対する考え方が昔とはよほど変貌をきたし、ことに政治問題で国民党に捕えられることは一種英雄的な尊敬の眼をもって見られさえするのだが、その追及の手を逃れた彼が現実に引っ張り出された理由が不法行商とあっては顔をあげる勇気もなかった。

しかしながら、彼等を告訴する英人警察官の口調も紋切り型であり、それに聞き入っている壇上の裁判官も何の興味もなさそうな顔つきだった。告訴の申立てが終わると、裁判官はそこに立たされた数十人の犯人に対し、老幼男女の区別なく「二十ドルの罰金、もしくは三日間の徒刑」を申し渡した。

すでに法廷には行商人の縁故者が多数集まってきている。昨夜のうちに奔走して金をつくってきたのであろう。二十ドルを支払うと、大部分のものがそそくさと帰って行った。だが、今日になっても肝心の老李は影すらも見せない。まんざら香港の事情を知らないわけでもないのだから当然ここに来ていなければならないはずだ。

恥ずかしさはしだいに昂じて、激しい怒りに変わりはじめた。裏切られたと思うよりほかなかった。たった二十ドルで仲間を売る男なのだ。逆さにしてふってもあの男には二十ドル以上の値打ちはないのだ。向うがその気なら、こっちにも覚悟がある。よし、いまにみていろ。

春木を乗せた金網張りの護送車は、ハッピーバレーと呼ばれる競馬場の脇の坂道を通って、香港島の裏側にある赤柱監獄《スタンレイゼイル》に向かった。山道にさしかかると、金網越しに香港の港が一望のもとに見下せる。青い、青い海には波を蹴って進む汽船の姿がくっきりと浮かんでいる。船尾の旗の色はフランスか、それともデンマークか、その形があまり小さいのではっきりした見分けがつかない。おおかたサイゴンかシンガポールへでも行くのだろう。どこだっていい。船も人も行きつく所にしか行きつかないのだ。

三日目の朝、春木は許されて、ふたたび鑽石山のバラックへ戻った。彼がそっと忍び足で梯子段《はしごだん》を上がって、部屋の戸をあけると老李はベッドの上に足を投げ出して、ぼんやりと天井の窓からさしこむ陽光をまぶしそうに眺めていた。

「やあ、帰って来たか」

そう言って老李は彼のほうを向いた。一瞬、春木は自分の頭を見られたような気がして、怒りがほとんど頂点にまで達した。牢獄に入れられた時に、髪毛をきれいに刈りおとされてしまったのである。

「なにを言ってやがるんだ」やにわに相手の胸倉をつかまえていた。胸倉をつかまえられながらも老李はすこぶる落ち着いている。

「まあ、まあ、そう腹を立てるな。話せばわかることだ」

「弁解なんか聞きたくない！」

「弁解じゃない。今日は君が帰って来る日だと思って、朝から飯も食いに出かけないで待っていたのだ」

「帰って来ると知っていたら、なぜ迎えに来なかったんだ？　なぜあの日すぐ来なかったんだ？」

「行きたかった。行ければ行きたかった。だが行けなかったんだ」

「その理由を聞こう」

春木は握っていた手の力を少しばかりゆるめた。

「理由は簡単だ。もしあの日、僕が警察署へ行っていたら、二十ドルの金を出さないわけにはいかなかったからだ」

「しかしあの金はもとはといえば俺の金だ。ローラさえほったらかして逃げたくせに何をぬかすか」

「それなら僕のほうにも言い分がある。見ろ、僕のこの足を！」

そう言って、老李は自分のズボンの裾を少しばかり引っぱりあげた。春木は思わず握りしめていた手をはなした。それはおよそ三寸ほどもある、かなりに深い切り傷だった。膏薬を塗ってはあるが、腿の肉が裂けて、紅い肉が気味悪く露出している。

「逃げる時に垣根の針金でひっかけたのだ。夢中だったから、長い間、気もつかなかった。血がズボンににじんで、道を歩いている人に注意されてはじめてわかったんだ」

「…………」

「なるほど、僕はローラも持たないで逃げた。ローラを持つだけの余裕があって、ローラを持たないで逃げる男と思っているのか。隙があれば人の物だってかっさらっていきたいほどの僕が、どうしてローラをおいて逃げたか考えたってわかるじゃないか。あれほど、僕は君になにはさておいても逃げろといっておいたはずだ。うまく逃げきれなかったのは君のほうが悪い。それを棚にあげておいて僕を責める手があるか」

「しかし、金は俺のものだ」

「そのとおりだ。金は君のものだ。これ、このとおりここに保管してある」

老李はポケットから二十数ドルの皺くちゃになった紙幣をとり出した。

「売薬を買うために、一ドルばかり使った。残金は全部でこれだけだ。そりゃ君は自分ひとりつかまって、僕がつかまらなかったのが不満だろう。その気持はわかる。しかし、僕がつかまったところで、やっぱり君と同じように三日間、牢屋の中でがんばったよ。僕だってできれば君の保釈金を払いたかった。君がつかまって丸坊主にされるのを手を叩いてみているほど、悪趣味な男じゃないつもりだ。だが、いまの僕らにはそれはゆるされていない。考えてもみたまえ。もし三日間の牢獄生活を避けるために二十ドルを支払ったら、それから後、二人の男がどうやって飯を食っていくんだ。二十ドルの金があれば、最低生活をやればまだ何週間かはもちこたえられる。その間に気持をもちなおすこともできるだろう。それをもし君の考えているように、ぱっと払ってしまったら、その日から二人して飢えなければならないではないか。僕はこの二つを天秤にかけてみたのだ。行きたかったが、我慢したんだ。もし君と僕が逆の立場に立ったら、君が保釈金を払いに来ても、僕はやっぱり拒否しただろう」

しかし、春木は老李の言葉をそのまま素直に受け取る気にはなれなかった。老李は口先のうまい男なのだ。その口車に乗ってまたまた利用されるほど俺はお人好しではない。そう思わざるを得ないほど、春木の受けた屈辱は大きかったのである。

お互いに同志であれば同生共死を要求する権利がある。だが、同志と思った人間さえあてにならない世の中であってみれば、行きずりに出会ったこんな男になんの頼み甲斐があるだろうか。そして、三日間を過ぎたいまになってみると、罰金を払わないで金を残したことは憎らしいほど慎重な態度だと舌を巻かざるを得ないのである。

「君にはすまなかった」と老李はもう一度繰り返した。

「しかし、我々は誰からも保証されずに自分の力で生きてゆかなければならないんだ。我々は自由を愛して故郷を捨てた。我々は自由を求めて、この地に来た。だが、我々に与えられた自由は、それは滅亡する自由、餓死する自由、自殺する自由、およそ人間として失格せざるを得ないような種類の自由なんだ。こんな生活をしていて、まだ善良なる市民の根性から抜けきれない奴はよっぽど無神経な野郎だ。我々には故郷もなければ、道徳もない。こんな世の中ではそんなものは犬にでも食われろだ。金だけだ。金だけがあてになる唯一のものだ」

「莫迦な」春木はむっとして思わず口走った。

「ユダヤ人！　貴様のような奴はユダヤ人だ」

「そうだよ。ユダヤ人だよ。ユダヤ人になることが僕の当面の目標だよ」老李はすこぶる冷静だった。

「君は軽蔑するだろうが、ユダヤ人は自分らの国を滅ぼされても、けっこうこの地上に、生き残った。この香港に巣食うユダヤ人の根強い勢力をみたまえ。あの山の中腹にある豪華なユダヤ人会館をみたまえ。奴らを軽蔑する前にまず自分を軽蔑したまえ。国を失い、民族から見離されながら、いまだにユダヤ人にもなりきれないでいる自分を笑いたまえ」

ふと春木の脳裏に、故郷の山河が浮かんできた。一望千里のはるかなる嘉義平野にえんえんと続く甘蔗畑の青さが眼にしみるようだった。なぜ自分はあの美しい故郷を捨てて、こんな異郷まで来てしまったのだろう。なぜあの同志たちのように、むしろ縄につながれることを選ばなかったのであろう。まざまざと台北市の情景が思い出されてくる。彼の仲間の一人が「共匪」と書いた赤いチョッキを羽織らされ、台北市中をトラックに揺られながら街から街へと見せしめに引き回された日の光景だ。あの友人は自分なんかと違って台湾南部でも屈指の大財産家の息子だった。もしあの男が共産党だったら、そしてすべての金持が喜んで共産党になるものなら、この世の中はもっとはるかに理想的な社会になっていたであろう。あの男はたぶん自分がなんのために、赤チョッキを着せられているのかわからなかったに違いない。悪夢を見つづけているのだと最後まで思っていたに違いない。そして、今日になってみれば、たとえ台北駅頭の広場で、衆人の環視を浴びながら銃殺されたとしても、あの男は自分よりずっと幸福だったのだ。

第二章　密輸船

1

「いずれこんなことになるんじゃないかと思っていたよ」

てかてかに刈り上げられた春木の丸坊主を見上げながら、周大鵬は言った。春木が厭な顔をしてそっぽを向くと、はじめて自分の失言に気づいた様子で、

「しかし、犠牲者は君ひとりだけじゃない。なにしろ老李の奴はあのとおり口はうまいし、利口者だから誰でも一度は必ずひっかかるんだ。僕はよっぽど、君に忠告しようかと思った。でも君とはそれほど親しい間柄じゃなかったし、焼餅をやいているように思われちゃやりきれんからね。ものは考えようだが、人を信用して裏切られたってべつに恥にはならんよ。少なくとも最初の一回は裏切るほうが悪いんだからね。そういっちゃすまないが、薬にはなっただろう」

薬になったどころか、薬はむしろ効きすぎたくらいだ。

人口二百五十万を擁するこの香港で、警察に捕えられて、体刑や罰金刑にあうのは日常茶飯事である。新聞ダネになるような大事件ならまた別だが、春木のようにたかが不法行商のために牢獄で三晩を明かした男など誰も気にとめるはずがない。にもかかわらず、春木は妙にあの三日間にこだわった。このバラックに住む貧乏人どもが、皆して彼を笑い者にしているように思われた。一番いけなかったのは牢獄で坊主頭にされたことである。中国人の間で丸刈りにしている人は一人もいない。英国人は兵隊だって皆きれいに髪を分けている。坊主でいるのはたったいま、あすこから出て来たところです、と広告しているようなものだ。もっとも人々が彼を笑うのはあながち彼ひとりの被害妄想ではなかった。彼が帰って来たばかりのときに家主のおかみさんが、「まあ、頼さんは案外頭の恰好がいいのね」と言ったばかりに、それ以来、おかみさんとは口もきかなくなってしまった。「頼さんにはうっかり冗談も言えない」とあとで、おかみさんは老李をつかまえてこぼしていた。バラックの人たちは彼を笑ったが、それは牢獄帰りの男を軽蔑したわけではなかった。べつに悪意があってのことではないが、しいていえば、警察に御用になった彼の間抜けさを笑ったのだ。しかし、春木にしてみれば、道ですれ違った人がほんのちらっと流し眼で、自分のほうを向いただけでも、頭を見られたような気になって、ゆえ知らぬ敵意を感じた。

全く敵意というよりほかない。このバラックに住んでいるのは職にあぶれた波止場苦力《クーリー》や上海《シャンハイ》から流れてきた中年の夫婦や、それからなんの職業についているか見当がつかないが、一日じゅう外を出歩いている連中で、どいつもこいつも明日のない、その日暮しの人々ばかりである。そのくせ、誰もがお互いに敵意を持って暮らしている。はじめてこの家へやって来た時、春木はなぜ人々がお互いに助け合うかわりに憎み合って生きるのか不思議だった。しかし、いまでは貧乏人の心理がしだいにわかってきたような気がする。それは他人だけが助かって、自分ひとりが永遠に取り残されるかもしれないということに対する底知れぬ恐怖――貧乏人をいらだたせ、絶望に陥れ、冷酷にさせるのは、実にこの恐怖なのだ。裏返していえば、もしこの家に住むすべての者が皆一様に助からないときまっておれば、人々はいまよりずっとなごやかな気持になって、お互いに慰めの言葉のひとつもかけあったに違いない。ところが現実は他人を押しのけてでも助かりたいという欲望がいやらしいほど強烈なのだから、人々は猜疑と嫉妬の眼でお互いに厳重に監視しあうのである。これらの「眼」を血走らせるのはいとも簡単なことだ。誰かがにわかに景気よくなることだ。眼は次から次へと、どこまでも執拗に助かろうとしてあがいている一つの魂のあとを追う。眼には呪いの言葉がこもっている。失敗せよ、失敗せよ、早く失敗せよ。呪いの言葉は細菌のように空気の中に伝播される。そして、失敗が現実になったとたんに、眼には笑いが浮かんでくる。だから笑いとは涙のことだ。笑いとは救いのことだ。

春木の敵意はそうした笑いに取り囲まれたために反射的に湧いてきたものであった。自分では全然気づかないうちに、それはびっくりするほど激しいものになっている。それだけ貧乏人根性が板についてきたのだともいえる。

同じ部屋で寝起きをともにしながら、春木は老李とろくに口もきかなかった。自分が逃げ遅れて豚箱に入れられたのは老李の罪でないとわかっていながら、春木は老李を憎んだ。憎みながらも、毎日眼と鼻をつき合わせて暮らさねばならないのは、もっぱら経済的な理由によるのである。金が欲しい。金さえあれば、こんな厭な思いをしないですむんだ。しかし、奇蹟でも起こらない限り、金がどこからも転がり込んでくる見込みはなかった。二十数ドルあった残り金も、いまはほとんどなくなっている。バスに乗って外出するのはおろか、飯を食うのさえよほど考えなければならなくなった。

バラックの夏はお話にならないほどしのぎにくい。屋根が防水質の黒い紙張りであるうえに、窓がないので、ちょうど乾燥室の中で蒸れているバナナのようである。いつのまにか青い、栄養不良の顔がしだいに黄色くなってきた。

「毎日、家の中にとじこもっていちゃ、身体に毒だぜ」

と大鵬は言う。あれ以来、大鵬はなにくれとなく心を使ってくれる。彼の仕事は朝と晩の放水時間だけで、それ以外は一日じゅうひまだから、老李が外出して、いない時は、よく春木のところへやってきて無駄口を叩いている。老李と違って、大鵬はさっぱりした男で、適当に相手になっていると、春木をすっかり親友扱いにしはじめた。

だが、春木にしてみれば、健康のことなど気にもならなかった。青春のない人生にとって、肉体の健康がなんの役に立つだろう。そんなことに気を配ってくれるのは有難いが、内心彼は大鵬を軽蔑したくなる。大鵬のように一日に二度の食事にありつくために、石油罐に水を汲んで一粁の道を四往復することに、自らの青春を消磨しつつある人生を笑いたくなる。そんな生活をするくらいなら、ベッドの上に長々とねそべって、黄色い、病的な夢でも見続けているほうがましだ。眼をつぶると、瞼《まぶた》の上が太陽のまぶしい光で、ちょうど野っ原の中で、体を横たえているような感じである。すぐ近所にある醬油工場から響いてくる単調な機械の音は、辛抱強く我慢をすれば、蜜蜂の甲斐なき羽ばたきのように聞こえないこともない。すると、彼自身は野花の中に埋もれて、死んでいくような幻想に陥っていく。そうだ。まだ死というものがある。あらゆる解決のできない問題に解決を与えることのできる死という大自然の重宝な切り札がある。

春木の顔に思わず笑いが浮かんだ。笑いというもの以外に、彼には感情を表現する方法がなくなっている。

「もうそろそろ放水時間だ。どうせ閑《ひま》なんだから一緒に行ってみないか」

と大鵬に誘われて、ある日、彼は水汲場へ出かけて行った。

水汲場は貧民窟を抜けて、幅の広い大通りへ出る途中にある。戦前はわずか百万だった人口が戦後各地から押し寄せた難民を合わせると二倍以上に膨張し、一方、貯水施設は昔のままであるため、香港は常時水の不足に悩まされている。朝は六時から九時まで、夕方は五時から七時まで、都合、五時間しか水道の水が出ない。鑽石山の貧民窟はもともと政府の公有地や農地に難民が無許可で勝手に建てたバラックの集団であるから、水道管が通っていない。したがって公共の給水栓のあるここまで水を汲みに来なければならないのである。

まだ四時を少し過ぎたばかりなのに、水汲場にはすでに多数の男女が列をなして、水を待っていた。黒い布の縁を垂らした籐笠をかぶった広東人の女や、頭をＧＩ刈りにした若い難民や、昔は連隊長ぐらいしていたかもしれない恰幅のよい軍人あがりのおっさんが、太陽のまぶしい直射を浴びながら水を待っている。海をすぐ目の前に見ながら、人々は一滴の水のためにこうして毎日毎日立っているのだ。

いつしか春木は砂漠を連想していた。茫々たる砂漠の中を水草を追って歩く一群の人々の中に彼はまぎれ込んでいた。彼は渇《かっ》えていた。コップ一杯の水でよかった。しかし、そのたった一杯の水でさえ恵んでくれる者はいない。もうこれ以上、彼は歩く気力がなかった。一人だけ落伍したかった。このまままくたばってしまってもよかった。だが人々は彼にそれをも許さない。働け！　落伍するな！　そして他人の恵みにすがるな！　それは太古から涯《はて》知れぬ未来まで、人類が続く限り、変わることのない鉄則なのだ。この鉄則のゆえに、彼は歩くことを強制されているのだ。

「僕だってね、まさか、香港へ来て、こんな渡世をするとは思っていなかったよ」

と大鵬は額を流れる汗をふきふき言った。かつては白シャツ階級だった、そのほっそりした身体つきがおかしなほど哀れに見える。それでいて、その眼の色は青空のようにくっきり澄んでいる。

「もし銀行チェックを落とさなかったら、今頃は台北の銀行で係長ぐらいにはなっていたかもしれんな」と春木が言うと、「そうなんだ」と大鵬は無邪気そうに笑った。

「拾った相手が悪かったんだ。でなければ、そとで話し合って解決のつくことだもの。なにしろインフレの真最中だろう。董事長《とうじちょう》や経理は皆いろんな名目をつけて、銀行から金を借り出しては、家を買ったり、品物の囤積《とんせき》をしていた。銀行利息は安いから、三、四ヵ月もすると、すぐ元利合計耳を揃えて返せるんだ。そりゃチェックを偽造した僕も悪いに違いないが、そのくらいのことは誰でもやっていたよ。僕は運が悪かったんだ」

「過ぎ去ったことをくよくよ言ったところでしようがないよ」

「それもそうだ。世の中には雨の降る日もあれば、天気の日もあるからな。そう悪いことばかり続くこともないだろう。君だって、悲観するに及ばないよ」

「ふふ」と思わず笑いが春木の鼻に抜けた。その笑いの意味が通じないとみえて、大鵬は真顔で言い張った。

「だからさ、それまでもちこたえなくちゃ駄目だよ。石の上にも三年という言葉があるだろう。三年ぐらいたてば、世の中が変わるかもしれないし、そうしたら、君だって大威張りで故郷に錦を飾ることができるかもしれない。さしあたりは食うために僕と一緒に水汲みをしないか。そのほうが運動にもなるし、だいいち気分が晴れるぜ」

気がすすむとかすすまないとかいっておられなかった。生きてゆくためにはどんなことでもやらなければならないことを春木は知っていた。

その翌日から春木は天秤棒をにない、雨の日も風の日も、一日に八回、一粁の道を急いだ。久しく労働に従事しなかった肩に、天秤棒は容赦なくめり込んでくる。最初の二、三日は仕事が終わると、しばらく口をきくこともできないくらい疲労した。しかも、それで得た報酬がわずか六十セントだから、家賃を払えば、飯にありつけないし、飯を食うと、家賃が払えなくなる。

「いまにいいことがあるよ。それまでは辛抱が肝心だ」と大鵬は盛んに力をつけてくれる。やはり年季が入っているせいか、痩せて長身なわりに力の強い大鵬は水桶を担ぎあげると、脱兎のごとく走る。春木は息せききりながらも声を張りあげずにはおられない。

「いいことなんかあるものか。この莫迦野郎！」

「どうしてそんなことが断言できるんだ」大鵬は往来に立ち止まると、肩を怒らせて怒鳴りかえす。

「現に去年、僕と一緒に肩を並べて水汲みをしていた男が、日本にいる友人とうまく連絡をつけていまじゃ密輸船に乗っている。すごくお金を儲けたぞ。近いうちに日本から帰って来るから、そうしたら、僕も一枚加わるつもりだ」

「ふん、そりゃ耳寄りな話だな」

「洪添財《こうてんざい》という男だが、とても友達思いの奴でね。いまに俺が出世したら、貴様の面倒をみてやると言っていたよ。僕が資本がないからはじめのうちは奴に助けてもらうよりほかないが、そのうちに地盤もできるだろうし、そうしたら、君も仲間に入れてやるぜ」

「ああ、その時はぜひ頼む」

春木はいつの間にか喧嘩腰になっている。

こうした春木の行動を老李は皮肉とも憐憫ともつかぬ微笑を浮かべながら眺めていた。困っている点では老李のほうがもっとひどかった。しかし、どんな貧乏のどん底にあっても、彼は決して参ったとはいわなかった。まかり間違っても春木のように水汲み渡世におちたりはしない。彼は労働者を莫迦にしている。労働をやって金持になれるはずがないと思っている。労働力を売って生きるくらいならむしろ飢死にすることを選ぶ男だ。事実、老李はいろんなことを考えていた。もし彼にわずかばかりの資本があるか、あるいは後援者がいたら、いつかは物にしてみせたに違いない。しかし繰り返し繰り返し失敗を重ねたおかげで、いまではすっかり信用を落とし誰からも相手にされない。

「あーあ、いまここに千ドルの金があったらなあ」と彼は独り言を言う。

「そしたらすぐ日本から積木をきる機械を仕入れてきて、積木玩具を作るんだがな」

だが、春木は聞こえても聞こえないふりをした。そんな大金は持っていないが、かりに持っていても、老李と合作する気持は失せている。それにいまの場合、老李を孤立させることは彼に対する無言の復讐でもあるのだ。

老李は知っている限りの知人からすでに借りられるだけのものを借りていた。しかし、生きるためには、面の皮をいっそう厚くして出なおすよりほかなかった。交通費がないために、バスなら十分ぐらいで行ける所を、三十分も四十分も歩いて、渡し場まで行き、そこから十セント出して三等船客になって香港島へ渡る。香港には若干の同郷人が貿易商を営んでいる。そこへ訪ねて行って五時間でも六時間でも執拗にがんばるのだ。たいてい相手のほうが根負けして、雀の涙ほどの恵みを与えてくれるが、時には乞食を追い立てるように追っ払われることもある。そんな時のために、彼は常に十セントを用意している。でないと、一哩の海を泳いでバラックまで帰って来るよりほかないからだ。彼は部屋へ入って来るなり、天井を仰いで叫ぶ。

「畜生！　畜生！　なんで女に生まれて来なかったんだ。女に生まれておりゃ素っ裸になってもまだ売るものがある。神様は不公平だ。畜生！　畜生！」

それは春木も同感だった。この頃、春木はよく女の夢を見る。貧乏をしてみる女の夢は切なくはかなくそれでいてどろどろと生温かい。一日に都合、八粁の道を駆けるようにして歩くおかげでめきめきと健康を恢復してきたのだ。肉体ばかりが恢復して、精神の方はどこかに迷児《まいご》になっているらしい。

真昼のひまな時刻に、彼はバラックを出て、この界隈の山道を散歩するようになった。水の少ない小川の流れを渡ると、竹藪に囲まれた尼寺があって、坊主頭の尼さんが時々、塀の上から外を眺めていた。尼さんの頭は同じ坊主でも、頭のてっぺんに二点、線香で焼いたとおぼしき跡がのこっている。その前を通る時、春木はいつも自分の頭をそっと撫でてみる。もう髪毛はだいぶのびている。これ以上のびると、こんどは理髪代の心配をしなければならなくなる。

尼寺をすぎて、畑の間を登って行くと、三層楼の巨大な廃屋がある。戦争中、アメリカ軍の爆撃で壊されたまま、戦後は手入れもされず、窓の鉄枠も破壊されたままである。この廃屋のあたりから見下すと、港へ出入りする船も飛行機も手にとるようによく見える。大陸の風雲が急を告げはじめてからこの方、交通量はますます増える一方である。広東と香港の間には「空のバス」が定時に飛んでおり、鑽石山の上にプロペラの音が絶えたことがない。飛行場の手前のアスファルト道路が二つに分かれた所にバスの終点があって、真赤な色に塗られた大きな二階バスがいつも三、四台止まっている。午後になると、その道路を最新型の自家用車が次から次へと通る。赤や緑や黄のけばけばしい原色の水泳着をきた男や女がハンドルを握っている。海へ行く人々だ。

ふっくらとした女たちの胸を美しい水泳着が包んでいた。それを遠目に見ながら、春木は妖しげな想像をしては溜息をついた。海のすぐ近くに住んでいながら、彼は一度も海の水に足をふみ入れたことがない。南国の海は美しい。きらきらと無数の真珠を埋めてでき上がったような海はどんな怒った眼にも美しい。だが、それがいまの彼にとってなんの役に立つだろう！

2

もうそろそろ秋風が吹きはじめていた。

ある夕方、水汲みに行く途中で大鵬は「痛いっ！」と春木が叫ぶくらい激しい勢いで、その肩を叩いた。ふりむくと、満面にこぼれるような微笑をたたえている。

「洪添財の奴がね、二、三日うちに香港へ着くそうだ」

これまでほとんど毎日のように大鵬は彼の親友の噂話をした。それによると、添財は大学の教育を受けたインテリで、やはり政治的な理由から香港へ流れて来たらしい。一時、生活に困ってこのバラックで、大鵬と肩を並べて水汲みをやったことがあるが、敏腕家だからすぐ日本にいる友人とわたりをつけて、貧乏人の「眼」の届かないところまで浮かび上がってしまった。しかし、水汲みをしていた洪はその当時、まだ流れ込んできたばかりの大鵬から金を借りたこともあり、そのことをいつまでも徳としていた、と大鵬は言う。

香港に帰っている間は、大鵬が訪ねて行っても、いつも愛想よく迎えてくれ、腹いっぱいご馳走もしてくれる。そのうちに人手が要るようになったら手伝わせてやるとも言っているそうである。もっともこの男はこのバラックでは誰にも評判が悪い。ことに老李は「あんな野郎があてになるものか。苦しまぎれに言ったことを大鵬があてにしているんだから、つける薬がないよ」とまで極言している。金持になった男で、この家の貧乏人によくいわれている者は一人もいない。ことに老李は借金の申込みに行って体《てい》よく断わられたのだから、恨みは骨髄に徹している。どんなに悪くいわれても、それがあの男の真価に響くものではない、と春木は思っている。大鵬の話だから、どこまであてになるかはわからないが、しかし、インテリらしいことと、政治亡命らしいことが、妙に印象にのこって、春木は毎日毎日その話を聞かされているうちに、いつとはなしにその男へ期待をかけるようになっていた。

　船が着くというその二、三日の間、春木はじっとしていられないような焦燥を感じた。彼は一日じゅう丘の上にあがって、港に入ってくる汽船を眺めた。イギリス船、フランス船、オランダ船、デンマーク船、スウェーデン船、色さまざまの国旗を翻した汽船が入ってくる。だが、いったいその中のどの船に、あの男が乗っているのかわからない。正式の旅券を持って正式に切符を買って乗るのではないから、本人が到着するまではどの船だか見当もつかない。大鵬の話によると、一回闇船に乗るためには千ドル払わねばならないそうである。それだけの巨額を費やしてもなお採算がとれるとすれば、密輸とはどんなに儲かるものだろうか。もし、その仲間に入れてもらえれば、どんなにいいだろうか。

大鵬は大鵬で、毎日、根気よく電話をかけて連絡をしていた。対岸の香港島に、あの男のかくし女が住んでいる。そこへ電話をかけるのだが、三日過ぎてもまだ着いていないという返事である。とうとう二人とも待ちきれなくなった。四日目の朝に、水汲みをすませると、二人は大奮発をしてバスに乗り込んだ。

油麻地碼頭《ユマテイマートウ》は海を渡って通勤する勤人や学生で混雑している。ここの渡し船は、トラックや乗用車をそのまま載せるので、広場には貨物を満載したトラックが列をなして止まっている。船が着いて、桟橋が降ろされると、鯨が口から潮水を吐き出すように、次から次へと自動車が巨体の中からとび出してくる。みるみるうちに鯨の腹がへっちゃべっていくような感じである。乗客も自動車もすっかり吐き尽くしてしまうと、鯨は大きな息をついて再び潮水を吸い込む。広場に止まっていた自動車は雑魚《ざこ》のように一台残らず、腹の中へ消えてしまい、鯨は満足気に唸り声をあげながら、ゆっくりと岸壁を離れる。

渡し船が海の真中まで来たとき、ちょうど一隻の黒い煙突の汽船が入港してくるのに出会った。ブーと汽笛で合図をしながら渡し船が徐行をはじめると、その前を黒い汽船が波を蹴って横切る。一万噸《トン》ぐらいはありそうな貨物船で、船員が甲板の上からぼんやりと港の風景を眺めていた。

「あ、この船はたしか神戸から来たんだ」

と大鵬が叫んだ。

「じゃこの船に乗っているかもしれんな」

「そうだよ。きっとそうだよ。この船以外に、ここ二、三日に日本から来る船はないもの」

二人の眼は黒い汽船のあとを追った。渡し船が向う岸に着いても、汽船はゆるりゆるりと海上を進み、西環《サイワン》のほうへ動いていく。海岸沿いに大小新旧さまざまの船が停泊しており、船の揺れ動く隙間から覗くと、藁や果物の皮や新聞紙が油と一緒に浮かんでいる。波止場に横付けになったサンパンから苦力が大きな籠を担いで出て来る。籠の中には何十羽となく鶏が入っており、籠が揺れるたびにケケケ……と弱々しげな声を立てた。

洪添財の香港の家は干諾道西《カンノトウサイ》という所にあった。そこは海産物屋や塩魚屋の並んだ街で、塩魚の醱酵した一種何とも形容し難い臭味が漂っていた。というよりこの街ができてからこのかたずっと続いている老舗が多いから、匂いはすっかり壁にまでしみついている。鼻をつまんでも、呼吸をとめても駄目である。大金をつかんだ男にしては予想を裏切る穢《きたな》い街に女をおいたものだが、しかし、それでもいまの春木が住んでいるバラックよりは数等上の住居には違いない。

「この二階だよ」

と言われた三層楼の階下はやはり塩魚屋だった。二階へ上がる階段は裏口についているので、横町へまわると、魚でも洗うらしい生臭い水桶が石段の上り口のすぐ脇に置いてある。大鵬の後からついて登ると、ペンキの剝《は》げた戸口にぶっつかった。門鈴をならすと覗き窓が細くあいた。

「誰呀《ピンコォ》?」

女の声である。

「洪先生、まだ帰りませんか?」と大鵬が聞くと、

「あら、周さん。ちょうどさっき船が着いたところなのよ」

と言って扉が開いた。二十三、四の若い広東人の女で、パーマネントをかけた髪の寝乱れたのがかえって色っぽかった。

「船から降ろす荷物があるとかで、まだ家には戻らないけれど、しばらくお待ちになります?」

「いや、船に行ってみます。船務行はどこです。建隆ですか?」

「ええ、あすこへいらっしゃればわかるわ」

「じゃまたあとで来ますから」

中には入らないで、二人はそのまま階段を下りて外へ出た。

「凄《すご》い美人じゃないか」

電車通りを歩きながら、春木が言った。

「うん。ダンスホールで拾った女だよ」

「それにしてもさ」

「なあに、金の力だよ」

「しかし、君にはばかに好意をもっているみたいだね」

「そんなことはないだろう」と照れながらも大鵬は嬉しそうだった。「でも僕なんか駄目だよ。金がないもの」

「金がなくたって美男子は得だよ。旦那のいない間が長いだろう、あの女は友達を欲しがっているぜ。きっとうまくゆくぜ」

「でもそんなことしちゃ、彼奴に合わせる顔がないからなあ」

当惑しながらも、大鵬はまんざらでもなさそうだ。

「だからこっそりやるんだ。君はいつもチャンスはどこから来るかわからんと言っているじゃないか。こんなチャンスを逃がす莫迦もないだろう。僕に君ほどの面があったら、絶対取り逃がさないね」

いつの間にか、春木は老李のような口をきいていた。そういう冗談をいう相手としては大鵬は面白い男だ。すぐなんでも本気にしてしまうのである。

はたして彼は少し考え込んだ。うつむきかげんで道を歩きながら、もう少しで自動車にぶつかりそうになった。

「丟那媽《テウナアマア》！（この野郎）」

　と運転手に怒鳴りつけられると、恐縮して首すじまで真赤にした。

　建隆行は海岸通りにあった。昼夜分かたず黄色い電灯のついた暗い木の階段を上がった三階である。船荷の積み降ろしが表看板であるが、香港へ集まって来る各地の水客（船で商売に来る人）のために木賃宿のような仕事も兼業している。しかし本職は闇貨物や闇乗船者を取り扱う仕事で、もちろんその方面の収入が一番大きい。洪添財はちょうど店の広間で、茶をのんでいるところだった。

　大鵬の噂話から背の高い、神経質な男を想像していたが、実際に会ってみると、ずんぐりと小肥りした醜い男である。どこにもインテリのもつためらいや、相手の気持になって考えようとする親切気がみえない。

「これからまた船に行かなくちゃならんのだがね」

　大鵬の顔を見ると困ったような表情をした。

「一緒に行ってもいいぜ」と大鵬が言うと、

「そうか。じゃ行こう」

　と言いざま階段を駆けるように下り出した。店のすぐ前にはポンポン蒸気船が待っている。彼らが乗り込むと、船は景気のいい音を立てながら、海の真中にとまっている黒い汽船さして走り出した。

「日本はもう寒いだろう」

「ああ、寒い」

「今度はしばらくこちらにいるのか？」

「いや、すぐ行く」

「すぐっていつだ？」

「なるべく早く」と添財は答えた。「いまが時期なんだ。だから明日船があれば、明日にでも行くよ」

「そりゃ奥さんが可哀そうだ」

と春木が脇から口を出すと、彼ははじめて春木の存在に気づいたかのように、

「なあに。人生いたる所青山《せいざん》ありさ。ウァハハハ……」とゆさぶるような笑い方をした。

甲板に上がると、船員たちを総動員して、船室にかくしてあった荷物を、小船に降ろしはじめた。船員たちが脇目もふらずに働いたので、荷物はまたたく間に片づいてしまった。

「金のためとなると、中国人はこのとおり勤勉な国民だ。この調子で国のために働く気を起こせば凄いんだがな。内戦の起こる余地なんぞないよ。ハハハ……」

船員として潜り込んできたのだから、それにふさわしい粗末な服装をしているが、彼はどの船員よりも威風堂々と見える。水手頭でさえ彼にはペコペコしている。この男が一年

ほど前には大鵬と肩を並べて水を汲んでいたとはとても思えない。人生、そう悲観したものでもない、と大鵬がいうのも無理はない。しかし、大鵬は大事なことを見逃している。自分と一緒に水を汲んでいた男が出世したのだから、自分も出世しないはずはないという論理が成り立つだろうか。春木はなんとなく悲哀を覚えた。襟首をかすめる風があまり冷たいので思わず大きなくしゃみをした。クレンチをあげたり降ろしたりするけたたましい音が妙に胸にこたえた。

　その夜、添財が二人にご馳走すると言った。しかし、一流の餐室やキャバレーへ行くには二人の服装はあまりに貧弱だった。

「おい、俺の古い服を出せ」

　と添財は夫人に言った。

「あんたの服着られやしないわよ。二人とも背が高くて、スマートじゃないの」

「いいから出せ」

　出された服を着てみると、なるほど丈も低いし、胸もだぶだぶだ。一見して借物だとわかってしまう。しかし、着て着られないことはないし、なんといっても木綿の服よりはましである。ことに白いワイシャツを着て、ネクタイをすると、大鵬は見違えるほど色男になった。襟元のあたりに、春木も驚くほどの魅力が出てくる。

「ちょっとこれからまわる所があるんだが、一緒に行ってもいいだろう」

自動車に乗り込むと、添財が言った。タクシーはネオンの輝く皇后道中《クインズロード》を通ると、香港上海銀行の裏手から山を登りはじめた。右手に聖ジョン・キャセドラルの建物、それから緑に覆われたヴィクトリア公園、これらの閑静な地域を過ぎると、車は左に折れて、マクドナルド・ロードへ入った。富豪たちの住む大邸宅街である。どの家も土地の狭い香港には珍しい広大な敷地で囲まれており、門前の車庫には、高級車がとまっている。

「ここでいい。しばらくそのまま待っていてくれんか」

タクシーを降りると、添財は運転手に言った。

暗闇の中を見上げると、ほとんど完成し上がった新築の堂々たる三階建の建物が、目の前に聳《そび》えていた。

「うむ、だいぶ、でき上がったな」

そう呟きながら、添財はまだペンキを塗っていない鉄の扉をあけて中へ入って行った。

「君の家かい」

と大鵬がきくと添財は笑いながら頷いた。すっかり度胆を抜かれている大鵬を楽しむように、

「仕事が忙しくて、建築屋まかせなんだ。海がよく見える所だよ」

なるほど屋上まで上がらないでも、庭から港が見渡せる。海上には明りをつけた汽船がちらほらしており、対岸の九竜《クウロン》半島の燈火がちょうど美人の身体いっぱいに輝く宝石のよ

うに豪華にきらめいていた。

「素晴らしいな」

「神戸でもいま、これぐらいの家を建てているよ。もっとも向うは日本式だがね」とさりげない様子で添財は答える。

「中に住まわせる人も日本人ですか」

と春木が聞くと、彼は声を立てる代りに、にやにやと笑った。

三人はそれからふたたび山を下ると、石塘咀《セットンツウイ》にある広壮な広東料亭へ向かった。添財は脂肪分に飢えていた。日本のいわゆるシナ料理は彼の口に合わないが、そればかりでなく一週間に及ぶ船上生活は、歯ブラシとタオルを一枚持ち込む以外は着のみ着のままであり、船員と同じ飯をあてがわれるので、いやでも痩せてしまう。船を降りたら、なによりもまず腹ごしらえだと彼は言う。言にたがわず彼は相当な健啖家だった。だが、飢えている点では大鵬も春木も変わりはない。三人ともよく飲み、そして、ガツガツ食べた。

久々の酒で、大鵬は額の血管が見えるほど顔じゅう真赤になった。酔がまわると、自分がいかに添財と親密であるかを春木に見せたいらしく、しきりと添財にからんだ。一緒に水汲みをした頃の事を懐かしそうに話したりするが、そのたびに添財が厭な顔をするのを春木は見逃さなかった。春木は大鵬の無神経さに苛立《いらだ》ちを感じた。しかし、別の意味で、彼もやはり添財によく思われたかった。機会を見て、彼は言った。

「あなたもやはり政治的なことから台湾を去ったのだそうですね」

するると、添財は急にびっくりして彼のほうを向いた。一種悲痛な表情がその顔に浮かんだ。やはりこの男もそうなのだ、とその時、春木は思った。しかし、それはたとえば、流れ雲が太陽を遮った時のように、ほんの一瞬の出来事にすぎなかった。

「そんな話は君、やめようじゃないか。僕はいま商人なんだ。商人が政治の話をしたところではじまらないよ」

この一言で、春木はひどく自尊心を傷つけられた。彼が添財に対して抱いていた秘かな期待は完全に破壊されてしまったのだ。もともと添財はいま昇天の勢いにある成金で、自分は水汲みをしてやっと糊口をしのいでいる貧乏人にすぎない。二人にもしなんらかの親近感があるとすれば、それは同じ亡国の運命を担っているという共感だけであろう。それがないとすれば相手に近づくなんの手がかりもないことになる。知らず知らずのうちに、見も知らぬ相手によりかかろうとしていた自分が恨めしくなってくる。その自己嫌悪が強くなればなるほど、大鵬の親しそうな口ぶりが鼻持ちならなくなった。

食事がすむとそれからキャバレーを三軒ばかり歩いた。どのホールでも添財はダンサーに知られている。そうなるまでにどれだけ資本を注ぎ込んできたかは、彼のチップのはずみ方でわかった。ホールを出る時、彼はポケットから百ドル紙幣の束を取り出すと、その中から一枚ずつ抜いてダンサーたちに渡した。そのくらいの金はいまの彼にすれば痛くも痒《かゆ》くもないに違いない。しかし、春木は彼が故意に自分らを絶望させようとしているとしか思えなかった。ダンサーたちは金に対しては本能的な嗅覚をもっているとみえて、添財にだけ愛想よくふるまう。自分らは、その彼を引き立たせる脇役としてさんざっぱら酷使されているのだ。それを思うと、ご馳走になったことなど少しも有難くなかった。

大勢のダンサーに見送られて、車に乗り込んだ添財はすっかりいい気分になっていた。

「明日からまた忙しくなるんでね、もう相手はできんが、二カ月ぐらいしたら帰って来るからその時また遊びに来たまえ」

車は人通りの少ない深夜の街を通って、統一碼頭へ着いた。

「そうそう、服を着替えに行かなくちゃ」

と春木が思い出したように言うと、

「そのまま着て行きたまえ。どうせもう要らないものだから」

しかし、扉があけられても大鵬はまだ車中でもじもじしていた。

「実はいま、困っているんだけれど、少し助けてくれないか」

といささか言いにくそうに呟くと、みるみるうちに添財は不愉快な顔をした。だが相手の申し出を断わるために口をきくのが面倒臭いというように、ポケットの中に手を突っ込むと、一枚の十ドル紙幣を摑み出した。

春木は思わず顔をそむけたかった。その時、大鵬がのばしたあの華奢な手は、あれはまがいもなく乞食の手だった。もしそれが自分の手だったら、春木は庖丁を持ってきて、その場で切り落としてしまっただろう。なんという汚らしい、腐った手だ。恥知らぬ手だ。

「なぜ君も頼まなかったんだ？」

渡し船の中で、大鵬は平然として聞いた。春木の胸の中は軽蔑でいっぱいになっていた。

（俺は乞食じゃないぞ）と彼は叫びたかった。だが、自分もいつの日かこの男と同じようなことをしないとも限らない、という考えが心の片隅で渦巻いていた。渦巻きはしだいに大きくなって彼自身の姿は全くその中に見失われてしまった。

「君ほどあの男とは親しくないからね」と彼は弱々しそうに答えていた。

「それもそうだな。でも僕の言ったことに間違いはないだろう。奴は友達思いの男だから、君も奴と親しくするといいよ」

「うむ」

春木はこれ以上大鵬の相手をするのがばかばかしくなった。彼は渡し船のてすりに手を凭《もた》せかけたまま深夜の海を眺めていた。星の光を反射して、海は青白く光っている。どうしてか今夜の潮の流れは、ふだんよりずっと早いように思われる。すると、自分ひとりが小舟に乗って波間を漂流しているような錯覚にとらわれた。自分はただ流されているだけで、潮に抗して漕ぐことは許されていない。どこにも陸らしいものは見えないし、海鳥の飛んでいる形跡もない。糧食もほとんど尽きた。あとは、ただ肉体のくたばるのを待つだけだ。

3

その翌日も大鵬は彼に一緒に行くように誘った。昨夜、もう来るなと言われたばかりじゃないかと言うと、いや、あれが彼奴の癖なんだ、実際に行って、手伝ってやると喜んでまた相手をしてくれるよ、と大鵬は平気な顔をしている。しかし、春木は行く気になれなかった。というより行くだけの体力がなかった。昨夜、いちどきにご馳走をかきこんだために、胃腸がびっくり仰天《ぎょうてん》して、明け方から腹を下しはじめたのだ。出かけるどころか、働きにさえ出られない。堕落した胃腸に活を入れるのは、一回でもう充分である。

結局、ひとりで出かけて行った大鵬はその夜遅く、なにやら大きな包をかかえて帰ってきた。中を開くと、路傍で売っているアメリカの軍隊用掛布団が一枚出てきた。暗いランプの下で、それにさわった時、春木は思わずぶるっとふるえた。もう冬が近いのだ。冬は声も立てずに襲いかかろうとする猛獣のようにすぐ近くまで押し迫ってきたのだ。

「今日は恥ずかしい思いをした」と包紙をたたみながら大鵬は言った。

「どうしたんだ？」

「ぱりっとした服装をして、こんなものを持っちゃ君、せっかくの紳士が台無しじゃないか」

それを聞くとさすがの春木もあきれ果てて、あいた口がふさがらなかった。女中や給仕よりもっと惨《みじ》めな水汲み苦力をやって辛《かろ》うじて生命を支えていても、大鵬にはまだ虚栄心が残っているのだ。

「老洪にもらったのか？」

「いや、十ドルもらって今日、帰りしな深水埗《サムスイポオ》の盛り場で買って来たんだ。背広なんか着込んで、盛り場でこんなものを買ったものだから、皆にじろじろ見られたよ」

「莫迦なことをいうな。蒲団が買えただけでも有難いじゃないか。俺なら大威張りで持って帰ってくる」

「そりゃ君は別だ。君は心臓が強いものなあ。老李と一緒に盛り場でのしいかを売った経験もあるしさ」

「水汲みとどれだけ違いがあるんだ」

「もちろん違いがあるさ。ここでは誰もが水を汲んでいるし、その中に混じっていても少しも目立たないもの。こっそり貧乏をするのはいいが、貧乏を人前にさらけ出してみせるのは厭だよ。いい男が素っ裸になって公衆の面前を歩かされるようなものじゃないか」

「なるほど」

「君の服を持って帰って来てやったよ」

そう言って、大鵬は新聞紙にくるんだ春木の服を投げ出した。

「君が、食いすぎて下痢を起こしたと話したら、洪の奴、心配していた。大事にするように伝えてくれって」

「美人には会ったかい」

「なにを言ってるんだい」

「美人からは伝言がないのか」

「莫迦も休み休みに言えよ。あんまり食べすぎて寝込んでしまったなんて恥ずかしくて言えるものか。君の品性を傷つけるようなことは頼まれたって言いやしないぜ」

「老洪はいつ出発するかきまったかね？」

「いつとはっきり言わないが、もうすぐらしいぜ。おかげで今日は一日、ペニシリンやストマイを詰める手伝いをさせられて、休むひまもなかった。飯も船務行のすぐ近所で簡単に食べただけだ」

「で、明日また行くのか」

「もちろん行くよ」

その翌日、大鵬は昼少し過ぎると帰ってきた。今日は奥さん孝行をするとかで、添財は夫人同伴で出かけたという。

「彼奴も忙しい男だ。昔の蒙古人みたいに飯の食い溜めをして、いざ戦闘開始となると一週間でも二週間でもがんばるからね。海のジンギスカンだよ、彼奴は」

大鵬は添財に絶大な信頼をよせている。その証拠にしきりと彼をほめそやした。いまに彼が密貿易で大をなしたら、自分を引き立ててくれること間違いなしと確信しているのである。

「僕が出世したら、その次は君の番だ。僕もこれで二年近く水汲みをやっているんだから、もうそろそろ卒業してもいいはずだからなあ」

その翌日大鵬が塩魚屋の二階へ行った時は、海のジンギスカンはもう遠征に出かけた後だった。彼は美人に迎え入れられて、昼飯のご馳走にあずかり、すっかり有頂天になって帰って来た。

「君に言われるまで全然気がつかなかったが、今日よくよく見てみたら、なるほど絶世の美人だな。ことに笑った時の、あのこぼれそうな眼の美しいこと。女を見る眼じゃ君もなかなか隅におけないね」

「そりゃそうさ。ところで女にもてる第一の秘訣を知っているかい？」

春木が思わせぶりな口をきくと、

「なんだ。なんだ」

と大鵬は身体を乗り出してきた。

「誤解しないように念を押しておくが、美男子だということじゃないぞ」

「じゃ、なんだ。金があるってことだろう」

「それはかりでもないさ。金があれば、女はついて来る。これは人間はパンなしに生きて行けぬというのと同じく万古不易の哲理だ。でも、人間はパンのみにて生きる者に非ずという真理もあるだろう。女は金にのみついて来る動物じゃないよ」

「じゃ、愛情か？」

「莫迦な！」春木は白い歯を出して意地の悪そうな笑いを浮かべた。

「王子様と王女様の恋物語じゃあるまいし、ふざけたことを言うもんじゃない」

大鵬はすっかり戸惑ったらしく、おかしいくらい、何度も眼の色を変えた。

「なにもそうもったいぶることはないだろう。早く言ってしまえよ」

「じゃ教えてやろうか。簡単なことだが、でも一番肝心なことなんだ。できるだけ女に親切にすることだよ」

「なんだ。そんなことなら僕だって知っている」

「そう思うだろう。ところが、女に親切にすることぐらい難しいことはないぜ。たとえば、愛していなくても、私は貴女を熱愛しています、なんて芝居を上手に打たなくちゃならないんだ。いいか、女が足の裏をなめてくれと言ったら、なめたくなくてもなめるんだ。背中をさすってくれと言ったら、さすってやるんだ」

「そんなことは少しも苦痛じゃない。僕なら喜んでやるよ」

「だから、君にならできると僕は言っているんだ。この人なら私のためにどんなことでも犠牲にするに違いない、と相手に思い込ませてしまうんだ。相手にそれだけの信頼感を抱かせれば、あとはもうこっちのものだ。いったん思いつめたとなると、どんな危ない芸当だって女はへっちゃらだからね」

「それもそうだな。最初はやっぱり男のほうが積極的でなけりゃ駄目だろうな」

以前から大鵬は人一倍、自分の服装に気をつかう癖があったが、それ以来、服装に関してはますます神経質になった。銀行員などというお客相手の商売をしていた時代の名残といえばそれまでだが、このバラックで食うや食わずの生活をしていても、彼は最後まで一張羅《いっちょうら》の背広を手放さなかった。もう相当くたびれてはいるが、赤革の靴も持っているし、ネクタイも一ダースぐらいはある。この世の中において、もし生命の次に大事なものがあるとすれば、それはトランクの中に行儀よく蔵《しま》い込んである、これら紳士には欠くべからざる一揃いの身の回り品であろう。昔の武士が痩せても枯れても、鎧兜《よろいかぶと》を売らなかったように、こうして一旦緩急に備えている点では、大鵬はみどころのある紳士であるといわなければならぬ。

けれども紳士のいでたちをすることにはある種の苦痛が伴うものである。なぜならば、紳士らしくふるまわねばならぬからである。まさか革靴をはいて、一時間近くかかって渡し場まで歩くわけにはいかぬ。渡し船の中は時間が短いのと、靴の底がへらないから三等でもさしつかえないが、そこまで行くバス代と渡し船の代を合わせると、最低六十セントはかかる。つまり、紳士らしくふるまうためには、彼は八粁《キロ》の道を汗水垂らして天秤棒を担いだうえに、その日一日飢えなければならないのだ。こうした出血作戦が毎日続くことはもちろん不可能であった。しかし、彼は辛抱強い男である。だいたい一週間に一度ずつ、彼は海を渡って香港島へ出かけて行った。

大鵬の話によると洪夫人は山の中腹にある大邸宅が落成したので、そちらへ転居したそうである。車庫の前にはいつも四九年型のビックがとまっており、銀色に塗り立てられた鉄の門には「内有猛狗」の貼り札がしてある。ライラックや紫陽花《あじさい》などの草花に埋められた庭園には、小さな池があって、睡蓮が浮かんでいる。その素晴らしいことを大鵬は夜遅く帰ってくると、事細かに喋《しゃべ》ってきかせる。が、肝心の女のことはいっさいふれようとしない。

「どうだ。よろしくやっているらしいね」

春木が冷やかしても、彼はただ黙笑するだけで、多くを語らないから二人の間がどんな具合に発展しているか、さっぱり見当がつかなかった。

ところが、それからしばらくたつと、大鵬は急に饒舌《じょうぜつ》になった。今日は彼女のビックに同乗してリパルス・ベイまでドライヴに行ったとか、今日は皇后戯院に映画を見に行ったとか、金陵酒家で食事を一緒にしたとか、夢のような話である。

「昔ダンサーをしていたのなら、あのほうの腕もたいしたものだろう」

春木が言うと、大鵬は気の毒なほどあわててしまった。

「そんなことききくもんじゃないよ。いくら親友でもさ」

「自分ひとりで楽しまないで、少しは公開するものだ。ちらりとしか見たことがないが、あの乳房はよかったぞ」

「品がないな」と大鵬は遮った。「君と一緒に話していると、僕まで品がなくなってしまう」

しかし、大鵬の話には何となく不審な節がないでもなかった。もし本当に女とぬきさしならない関係になっているとすれば、彼がいつまでも同じ背広を着ているはずがない。彼が貧乏していることを向うも承知なのだから、いろいろと心尽くしのプレゼントをしてくれそうなものだ。

ある日、大鵬が背広を着込んで、いつものとおり出かけて行くと、春木はその後から相手に気づかれないように、こっそりついて行った。一方がバスの二階に上がるのを見届けてから、一方が階下に乗り込んだ。春木は大鵬と同じ渡し船に間に合わせるために、一等を奮発し、香港島に着くと、柱のそばにかくれて、相手の出て来るのを待って尾行した。

大鵬はゆっくりと街を歩いた。流行の品々の並んだ有名店のショー・ウインドの前まで来ると、立ち止まって長い間丹念に中を覗いた。一足百ドル以上もするフローシャイムの靴や英国仕立てのガウンやカシミヤのシャツなど、貧乏人にはまるで縁のない紳士用品が飾ってある。彼はその前に立って、心からそれを楽しむ様子である。時計屋の前でもそうだったし、靴屋の前でもそうだった。彼は冷やかしの客には見えないほど、熱心に見惚れていた。

それから、辻を横切ると、中央市場がある。彼の姿がいきなりその中に消えたので、春木があわてて後を追うと、じめじめした廊下を入った所に公共便所があった。老人がひとり便所の入口で塵紙を売っている。しばらく待つと、大鵬が便所の奥から姿を現わした。

今度はデパートに入った。デパートはちょうど大売出しの最中で、客が混雑をきわめている。まだ時間の余裕があるとみえて、大鵬はゆうゆうと人ごみをかきわけて歩いている。煙草の道具ばかり売っている所に立ち止まる。ガラス戸棚の中にダンヒルのパイプやロンソンのライターがずらりと並んでいるのを店員に取り出させる。戸棚の上がそれらのものでいっぱいになった。大鵬はなにやら喋ったが、急に笑顔をした。生活に不自由のない紳士らしい笑顔である。何か買うのかと思えば、そのまま戸棚を離れた。

その次は映画館だ。ポスターや写真の張りつけてある所で、彼は何十分もねばっていた。今週の番組はおろか、来週の映画の配役の名前から、その服装まで全部暗記してしまえるほど長い時間である。家を出てから彼がそこを離れるまでにすでに三時間以上を経過している。しかし、時間はまだたっぷりあるらしい。冬の陽は暮れやすいとはいえ、まだ山の端にもかかっていない。大鵬は時計塔を見上げた。春木はいらいらしてきた。すると、大鵬はまた歩き出した。その次に止まったのは珈琲屋の前だった。ぷーんと芳しい匂いが通りにまで漂っている。彼はそこで人を待っているような恰好をしたが、その実、いくどもいくども深呼吸をしているらしい。

狭い香港の繁華街ではもうこれ以上することはなにも残っていないはずだ。やっとのことでそこを離れると、今度は銀行の建物の前を横切って、公園へ登る坂道のほうへ出て行った。いよいよこれから山頂の邸宅へ乗り込むのであろうか。しかし、聖ジョン教会の前を通り、登山電車の駅を過ぎると、大鵬はそのままヴィクトリア公園の中へ入ってしまった。

もうあたりはすっかり暗くなっている。椰子の葉に冬の風がさらさらとなって、ぞくぞくとするような寒さが春木の身体の底から湧いてくるようだった。公園の中にはほとんど人影もなかった。大鵬はひとりベンチに腰をおろし、じっと海のほうを見つめている。洪添財の邸から眺めるのと同じあの港の風景だ。

彼は誰かを待っているのかもしれない。あの女が人目を忍んで、そっと会いに来るのかもしれない。じっと頰杖をつきながら、思案気にしている彼は何者かを待っている風情だ。

こうして何時間かが経っていった。対岸の明りは夜に入ると、数がふえたが、夜がふけるにしたがって、しだいにまた消えていった。もう何時になっただろう。時計を持っていないので、大鵬自身にもわからないはずだ。彼はベンチから腰を上げ、暗い公園の道を、もと来た方向へ向かって歩きはじめた。冷たい石段には風のほか誰もいなかった。

二、三分遅れて、バラックにたどりついた春木が聞いた。

「ずいぶん帰りが遅いな。あんまり寒くてやりきれんから、いま、腹ごしらえに行ってきたところだ。今日はどうだった？」

「どうしても今日は、泊まっていけと言ってきかないんだ。いくらなんでもそれじゃあんまりだから断わると、あなたは冷淡だって言うんだ。ほんとにいつか君の言ったように、女は怖ろしいもんだね、つくづくそう思ったよ」

「そうか」と春木がもっともらしい顔をすると、

「最近は僕も女に厭気がさしてきた。女なんて知らないうちが花だな。もう香港も厭になったから、今度、洪の奴が帰って来たら、日本へ行かせてもらうことにするよ」

さすがの春木も、本当のことをあばくだけの勇気が失せてしまった。大鵬はしんみりした調子で言った。

「この頃は船を見ていると、どれもこれも日本へ行く船のように見えてしようがないんだ。洪の奴が羨ましいよ。同じ女といつも一緒にいると、どんな美人だってあきあきするからな」

その後、大鵬は女の家へ行くのをやめて、ひたすら添財の到来を待った。一日に八杆の道を走ると、冬でも玉のような汗が流れる。その汗を手で拭《ぬぐ》いながら、彼は言った。

「奴が帰ってきたら、少し支度金をもらって服や靴など必要品を買おう。東京は物資欠乏で外国製品などとても高いそうだからね。そしたら、僕のお古でもよかったら、皆君に払い下げるよ」

　やがてクリスマスが来た。街のショー・ウインドには赤や青の照明が点滅し、大きな包を持った西洋人が行き来した。だが、このダイヤモンド・ヒルには寒い風が吹くだけで、サンタクロースの姿は見えそうもない。

　ある日、対岸へ出かけて行った大鵬が、吉報をもって帰ってきた。

「明日、奴が着くそうだ」

　彼はバラックの中を、急ぎ足で行ったり、来たりしながら言った。

「君も一緒に迎えに行かないか？」

「いや、またの機会にしよう」

「でもせっかくの機会を惜しいじゃないか。この前の時みたいにガツガツしないで、少し控え目に食ったら大丈夫だよ。それに顔をつないでおくほうが将来のためにもなるしさ」

「君からよろしく言っておいてくれ」

「そりゃもちろん、頼まれなくたって、そのくらいのことは心得ているよ」

　ところが、その翌日、大鵬はぶりぶり怒りながら帰ってきた。感情をかくすことを知らない男だから、酒でも飲んだように、首すじまで真赤にしている。

「俺あ、俺あ、親友と思っていた男から裏切られた。見事に裏切られた。畜生奴《め》！　少しばかりの小金を握ったとたんにすっかりのぼせやがって、たかが密輸をやって、あぶく金を摑んだだけのことじゃないか。それがよ、まるで天皇陛下にでもなったような面をしやがってさ」

「どうせそんなことだろうと思ったよ」

春木はべつに驚かなかった。大鵬は続けた。

「人間なんてわからないものだ。昔はあんな男じゃなかった。俺と一緒に水汲みをしていた頃は、いつもいまに俺が偉くなったら、貴様を助けてやろうと誓いあった仲だ。金ができたとたんに気が狂ってしまいやがった」

「困った時には誰でもそんなことを言うさ。人間は自分に都合の悪いことは片っ端から忘れるようにできているんだ」

「そんなことがあるものか。嘘と思うなら、俺を金持にしてみろ。俺あ、君のためにだっていろんなことをしてやる。小遣もやるし、困ったことがあったら、相談にものってやる。絶対に嘘は言わん。神様に誓ってもいい」

春木はほとんど笑い声がこみあがって来そうになるのを辛うじて抑えた。

「いったいどうしたというのだ。女のことでも感づかれたんじゃないのか？」

するとと、一瞬、大鵬はびっくりして顔をあげた。言葉に詰まってウウと唸った。

「俺がそんなへまなことをするものか」

「でも君があんまり逃げ腰になるから、女が前後の見境もなく告げ口をしたかもしれん。女は怖いぜ」

「いや、そんなことは絶対にない。俺あ、それほど要領の悪い男じゃない。悪いのは洪の野郎だ。彼奴は悪党だ！」いまにも泣き出しそうになりながら、大鵬は叫びつづけた。

「金、金、金、金がなんだ。金は天下の回り物じゃないか。悪党ばかり栄えるものか。俺がいま貧乏だからといって、絶対に金持にならんと誰が断言できるか。これを見ろ、これを」

　彼はポケットから一枚の赤い紙切れをとり出して春木の前につき出した。それは香港の春と秋に定期的に行なわれる大競馬の馬券だった。

「この馬票《マアピュ》が一等に当たったら、明日から俺あたちまち百万長者だ。香港ドルの百万ドルだぞ。米ドル二十万ドルだぞ。ビルディングを買って世界大漫遊をしてもまだおつりが来る。この香港で誰か一人が必ず当たるんだから、それが俺でないと誰が断言できるか」

　毎日、水を運んで稼いだわずかな賃金の中から、彼は自分の飢えを犠牲にして、一枚二ドルもする馬券を買っていたのである。毎期約二百万枚売れる馬券の中の、わずか一枚に彼のすべての夢が託されているのだ。海岸沿いに並んだ倉庫の中には山のようにシャム米が積み上げてある。その中から一粒の米を選び出すような、そんな確率にもなお絶望を感じない男。今期、不幸にしてその選にもれても、来期、来期が駄目なら、またその次と、いつかきっとその幸運に恵まれると信じて疑わぬ男。

「それが俺でないと誰が断言できる！」

と気狂いのようになって大鵬は繰り返した。それを聞くと、春木はもう我慢ができなかった。泣いたつもりが、大きな声を立てて笑っていた。笑ったとたんに涙が眼からほとばしり出た。

第三章　海の砂漠

1

カポックの黄色い花がまるで木の実のようにぼたぼたと落ちると、ヴィクトリア公園ではうす紫色のライラックが咲きはじめる。

もう春だ。雪の降らないこの香港では膚《はだ》をさす氷のような西北風が冬じゅう吹きまくるが、風の向きが変わって、海のほうから暖かい東南風がそよそよとそよぎはじめると、急に陽気が暖かくなる。公園の樹はいっせいにうす緑の芽を吹き出し、芝生はまばゆいくらい美しさを増す。

頼春木は山の中腹にあるこの公園のベンチに腰を下ろし、はるか下方を通る汽船を眺めている。九竜《クウロン》半島と香港島に挟まれた海峡は海も深く、そのまま天然の良港を形成し、眺めの美しいことでも、また出入りの船の多いことでも広く知られている。公園のゆうかりの樹の下からは、この港が手にとるように見渡される。もう三時間以上もここに坐っているが、日没が遅くなったので、陽はまだ高い。この三時間の間に、三隻の汽船が出港し、四隻の汽船が入港してきた。そのほかに澳門《マカオ》行きの小型船や戎克《ジャンク》船などが出たり入ったりしたが、それは勘定に入れていない。しかし、こうしてぼんやりと無思想に、風景に見惚れることは確かにいい時間潰しの方法だ。

この方法を彼に教えたのは周大鵬だった。昨年の暮のあの寒い時に、女と密会に行くと公言しながら、その実、大鵬はこっそりこの公園へ来て夜遅くまで、出船入船を見ていた。長い間、大鵬はそのことをひたかくしにかくしていたが、ある時、話の調子で、春木が問いつめると、とうとう本音を吐いた。それによると、最初の頃、女は愛想よく彼を迎え、飯をふるまってくれたりしたが、それは彼が彼女の旦那の洪添財の友人であるという一線を越えたものではなかった。ところがその間の区別のつかない大鵬がそれをいいことにしょっちゅう訪ねて行くので、とうとう居留守を使うようになった。邸宅の門前には自家用のビックが止まっているのだから、いないはずはないと思いながら、ある時、近くにある学校の運動場でがんばっていると、やがて女が門前に現われ自動車に乗ってどこかへ出かけて行くのが見えた。大鵬はひどく自尊心を傷つけられ、それ以来、女の所へは行かず、かといって自分の失敗を喋るのはいかにも情なかったので、一週間に一度はここへ来て、ひたすら添財が日本から帰って来るのを待ったのである。添財さえ帰って来れば、金を出してもらって、密輸船に乗って日本へ渡るつもりでいたのだ。ところが帰って来た添財にその申込みをすると、一言のもとにはねつけられた。期待が大きかっただけに、大鵬の受けた打撃は深刻だった。それ以来、彼は二度とふたたび公園へ来なくなってしまったのである。

だが、その代りに春木が時々、ここへ足を運ぶようになった。他人のために一日に八粁《キロ》の道を水汲みに行って、それでようやく飢えを充たす生活には何の希望もない。牢獄につながれたのなら、まだいつか刑期が終わって晴れの身になれるのだという夢があるが、この青空の下における牢獄は永遠に果てる日があるとは思われない。当然のことながら、春木の考えが少しずつ変わりはじめた。老李のようにユダヤ人に徹底したいとは思わないまでも、チャンスを追って、浮かび上がる努力をする以外に救いがないことは明らかだった。

(我々は誰からも保証されずに自分の力で生きて行かなければならないのだ。我々に与えられた自由は、それは滅亡する自由、餓死する自由、自殺する自由、およそ人間として失格せざるを得ないような種類の自由なのだ。金だけだ。金だけがあてになる唯一のものだ)いつか老李が怒り狂って吐いた言葉がそのまま脳裏に刻み込まれて忘れられない。のみならず、それがしだいに真実感をもって迫って来るではないか。

もっとも春木は大鵬のように幸運がいつかは必ず訪れてくるとは考えていない。幸運とは自分でつかむものだ。そのためには常々眼を光らしていなければならないのだ。だから渡し船に乗って香港へ渡った時は、同じ人込みの中を歩いていても、大鵬のように自分の身につけるものや、金があればすぐにも手に入れたいものに眼をくれることはない。たとえば、グロスター・ホテルのアーケードを通る時、彼は冷房器具や電気冷蔵庫を売る店の前には止まらずに、きまったように花屋の前に立ち止まる。花屋のウィンドから覗くとグラジオラスやパンジーやスイートピーなどが店いっぱいに並んでいる。だが、彼が見惚れるのは、ウインドの上の段に飾られているカトレアである。いつかその値段をきいたら、一鉢で三百ドルと言われてあっけにとられた。こんなとてつもない値段では誰が買うものかと思っていると、ちょうどそこへ一人の二十歳ぐらいのハイカラな服装をした女が、同年輩ぐらいの青年を連れて入って来て、「これいくら」と聞いた。「はい三百ドルでございます」と店員が答えると、「そう、じゃあこれをもらうわ」と言って、ハンドバッグをぱっと開いた。そのハンドバッグの中には百ドル紙幣がぎっしり詰まっており、女はその中から三枚抜いて店員に渡した。「お届けいたしましょうか」と店員がきくと、「いいわ、あなたこれを持ちなさいよ」と傍にいる青年に言った。青年はたぶん彼女の恋人か、ボーイ・フレンドなのであろう。女の命ずるままにカトレアの鉢を持ちあげると、そのあとからついてそそくさと自家用車のとまっている街路へ出て行った。それ以来、春木は香港へ出るたびに必ず花屋の前を通った。よく注意して見ると、洋蘭の売行きはなかなかばかにならない。薬九層倍というが、洋蘭はそれどころではない。農業学校時代に日本人の先生について洋蘭の栽培をしたことがあるが、雪や霜の多い日本と違って熱帯地方では洋蘭は温室の必要もなく、栽培もいたって簡単である。どこかに土地を借りて洋蘭屋をやれば、金になるのになあ、と考えるのだが、しかし、何を始めるにしてもある程度の資本がなくては話にならない。結局出るものは溜息ばかりだ。

この頃では、歩くことが彼にできる唯一の楽しみになった。時間がありあまりすぎるので公園に行くまでの間や、公園に坐っていることにあきあきすると、まるでのら犬のように、街の中をぶらついた。そのおかげでいろんな思わぬ知識を得たこともある。たとえば、デパートでも値切ることができるとか、九竜城の魚の値段は中央市場よりもかえって安いといったごときである。しかし、そんなことがなんの役に立つだろうか。さきだつものは金で、金のない人間がいくら努力してみたところでどうにもならないのだ。

この日いつものように、放心状態で、公園のベンチに坐っていると、彼のそばを五、六人の男が賑やかに笑いながら通りかかった。と、彼らの中の一人が、突然、日本語と福建語をちゃんぽんに使って、他の者に話しかけるのが聞こえた。

「あっ」と彼は思わず叫びそうになった。台湾人だ。台湾人に違いない。そう思ったとたんに懐かしさがこみ上げてきて、彼はいきなりベンチから立ち上がると、つかつかとそれらの人々の所へわって入った。

「あなたたちは台湾から来たのですか?」

相手はびっくりして彼のほうを見つめた。その中の、身体の図抜けて大きい、頑丈そうな男が真先に口をひらいた。

「いいところで台湾人に会ったぞ。俺たちは台湾から来たんだが、実は言葉がチンプンカンプンで困っているんだ」

春木が台湾人であることがわかると、彼らはたちまちその周囲に集まった。開襟シャツを着た別の男が言った。

「この人に聞いてみたら、どうだろう。俺たちは土地に不案内で、いろいろ困っているんだが、ひとつ一緒に宿まで来てくれませんか？」

「そうだ。そうしてくれないかな」

一行の者は船乗りで、いま、西環《サイワン》の海岸通りにある宿屋に泊まっているという。よく聞いてみると、彼らは十日ほど前に一隻の半密輸船を運転して台湾から香港へ着いたばかりである。半というのは、ある国民党の将軍が大陸にいる難民救助を名目に、ふだん厳禁されている米を積んで堂々と基隆《キールン》港を出帆したからである。米の値段は香港側が台湾より倍以上も高いので、香港に到着すると、将軍の懐中に大きな金がころがり込んだ。ところが、将軍の計画は悪辣《あくらつ》をきわめ、船をドックに入れるからといって、船員を現在の宿へ移すと、船員が香港見物に夢中になっている間に、船を他人に売り渡してさっさと姿を晦《くら》ましてしまったのである。

「二、三日前に、ドックに行ってみたら、その船の影も形も見えないんだ。ドックの者にきいたら、どこかフィリピンあたりに出て行ったというじゃないか。昔、日本軍が上陸用舟艇に使っていた船で、無電装置はあるし、全速力出すと、十六ノットぐらい走るし、密輸にはもってこいなんだ」

と大男が言うと、他の者がそれをうけついで、

「彼奴ははじめから香港で売りとばす腹だったんだ。でなきゃ、こんなに素早く話が成り立つものか。その船が自分のものならまだいいが、チャーター船なんだぜ」

「いまさら愚痴をこぼしたって仕方がないよ。それよりどこかもっと安上がりの所へ移らなくちゃ、明日にも破産するぞ」

彼らの泊まっている宿屋は、春木も何度かその前を通ったことがあり、海岸通りでは一番安い所だが、それでも一泊六ドルはとられる。これではとてももちこたえられるものではない。口々に窮情を訴えるので、春木は対策を考える旨を約して、いったん、家へ引き揚げた。その翌日に、六人の男が彼の住んでいるバラックへ引き移ることになったのである。

最初に春木と言葉を交したあの大男の名前を楊金竜《ようきんりゅう》といった。澎湖島の生まれで、身体が大きいだけに野人のふうがあり、窮地にあってもたいして心配そうな顔も見せず、言うことからしてしごくのんびりしている。

「香港は別嬪《べっぴん》が多いな。このまま国へ帰るのがもったいなくなったよ」

「しかし、香港ぐらい住みにくい所はないぜ。金がなけりゃ海に投身自殺でもするよりほかない所だからね」

金竜と一緒になると、春木はつい老李のような口をきいている自分を発見して驚く。しかし、金竜の反応はまた違ったものだ。

「なあに、金なんざあ、またどうにでもなる。俺あしばらく香港におりたくなった。どこか船会社で傭《やと》ってくれる所はないかな」

「船員の口もなかなか難しいらしいぜ」

「しかし、俺は経験も長いし、水の中にもぐることだって相当なものだぜ。船底の掃除のような仕事なら誰にも負けん自信があるな」

「ほオ、もぐりが専門か」

「人聞きのわるいことを言うな。俺のように澎湖島に生まれた者は子供の時から海中の海老《えび》や貝をとって、大きくなったんだからね。自慢じゃないが、他人にはちょっと真似のできない芸当だぜ」

それを聞いたとたんに、春木は「しめた！」と思った。西洋料理に使う伊勢海老は香港では相当に高値なはずである。土地の漁民は潜水術の心得がないので、手で釣ることしか知らない。金竜をうまく使えば、いい仕事ができそうだと思うと、もうその日から水汲みをするのがばかばかしくなった。

海の水はまだ冷たかったが、ある日、春木は金竜を連れて、香港島の太平洋岸にある石澳《セックオウ》という所へ出かけて行った。岩の多い海岸の小高い丘の上に、赤い屋根の洋館建の別荘がずらりと並んでいる。このあたりは香港に住む富豪たちが夏の間、水泳に来る所で、波も穏やかであるが、点々と島影が見えるので眺めも美しい。さすがに水泳に来る物好きはまだいないが、伊勢海老がとれると聞いては、じっとしておられない金竜である。服を脱ぎすてると、早速、海の中へ入って行った。岩の間を泳いで、何度か海面から姿を消したが、やがて海中から首を出すと、

「おーい」

と叫びながら、手をたかだかとさし上げた。すると、見よ、その手には一匹の伊勢海老が握られているではないか。

春木は思わずぶるっと身体をふるわした。武者ぶるいとはこんなことをいうのであろうか。何か激しい感動が胸の底から湧き上がってくるような気がした。眼がしらがぽっとかすんでしまいそうだった。よかった。よかった。ああ、よかった。もうこれで大丈夫だ。これで俺は飢えから解放されたのだ。神よ、あなたが証人だ。

海から這い上がってきた金竜は顔を流れる潮水を拭いながら、

「この辺は駄目だ。もっと沖へ出よう」

その手に握られた海老は五寸ぐらいの小さなものだった。しかし、それがいかに小さな

ものであるにせよ、海老がとれることは見事に立証されたのだ。

「寒くないか？」

「寒くたっていい。早く船を借りて沖へ出るんだ」

「でもほかになにも用意して来なかった。海老の容器《いれもの》さえない」

「用意なんか要るものか、身体を張ってやる仕事じゃないか」

なるほどそれには違いない。春木が付近の貸端艇《かしボート》屋に走って、ボートを一隻借りてくると、二人は沖へ向かって漕ぎ出した。

爽やかな日射しを浴びた、南国の海は眠ったように静かである。北方の海のあの深い青さが沈思なら、これは夢見る瞳だ。輝くばかりに美しい午後の海は、艶やかしい女の膚だ。そこには悲しみはない。嘆きはない。怒声も焦燥もない。ただ光と風と、その二つが織りなすやさしい歌声があるのみだ。

沖へ出た金竜は海の男の本領を発揮して、一糸まとわぬ素裸になった。思わず嘆声が出るような、隆々とした筋骨である。

「ここにこのまま舟をとめて待っていてくれ」

そう言うと、彼はさっと身を翻した。

跳び込んだ所から水しぶきが上がった。春木は櫓《ろ》をつかんだまま固唾《かたず》をのんで海を睨《にら》んでいる。一分、二分、三分……やがて水面が揺れ動いて、金竜の黒い頭がぽっかりと浮かび上がってきた。

「凄いぞ、ここは」

次の瞬間、

「わあっ」

と歓声をあげたのは春木である。金竜の手にしっかりと握られているのは、さっきとは比べものにならないくらい巨大な海老だった。春木は自分の肌着を脱いで、袖口や襟穴をしばりつけ、その中に海老を押し込んだ。生きんとして、激しくはねる海老を見ると、彼自身の心臓がぴくぴくと躍動した。久しく感じたことのない喜びがこみ上がってきて、とめようとしてもとまらなかった。

「寒い、寒い。酒がないと凍えてしまいそうだ」

「じゃまた出なおそうじゃないか、身体をこわしちゃつまらんからな」

「いや、もう少しがんばる。がんばって帰りに一杯やれるだけとるんだ」

そう言って、金竜はふたたび海底に姿を消した。

その日は結局、十四ほどつかまえただけであるが、二人はまるで百万長者になったように元気づいた。帰りに魚市場のある香港仔《ホンコンツァイ》に出て、それを叩き売ると、市場のすぐ近くにある居酒屋にとび込んだ。

「おい、酒だ。酒を持って来い」

酒でさえあれば、どんなものであろうともよかった。給仕が酒瓶とコップを持って来ると、注ぐのももどかしそうにいきなりぐっとのみほした。

「うーむ、うまい」

と金竜は満足そうに唸り声を立てた。

長い間断酒をしていた後だから、酔いはたちまちまわってくる。金竜の顔がみるみる関羽のように真赤になった。酔っ払うと、いっそう気が強くなり、声を大にして怒鳴り出した。

「おい、けちけちせんで、もっと持って来い」

テーブルの上に並んだ酒瓶を見ると春木は勘定のことが急に心配になって、せっかくの酔いがさめてきた。しかし、金竜は騎虎の勢いだからとめたところでとても耳をかすまい。こんな時はこっちが先に酔いつぶれたふりをするに限る。

やがて机にうつ伏せてしまった春木をみると、

「おいおい。何だ、これくらいでくたばるなんてだらしがないぞ」

金竜は酔ったようでも気はいたって確かである。

「これから家まではまだだいぶ遠いんだから、しっかりせい、しっかり」

「俺あもう駄目だ。もう動けねえ」

「莫迦なことを言うな。さ、さ、腰を上げた」

どうやら勘定はたりたらしい。金竜の肩に支えられて外へ出ると、春木は漁船の溜りになった海岸をバスの停留所まで歩いた。酔いがしだいにまわって、いい気分だった。大きな、白い月が林立する檣《ほばしら》の上に出ていて、夜の海が明るい。その月を見つめていると、春木の心に故郷のことが浮かんでくる。なんとなく感傷的に流れそうになる。この傷つきやすい心を春木は、意識的に抑制しようとするのだが、物ぐるおしいノスタルジアが、どうにも処理できない強い潮になって襲いかかってくる。いくら思い出したところで、もう二度と見ることのできない故郷ではないか。いや、俺にははじめから故郷なんぞあるものか。俺ばかりじゃない。どだい、人間に故郷があってたまるものか！

「明日は酒を用意して来るんだ。そうしたらモリモリ働けるぞ」

金竜の声には張りがあった。

2

本格的な伊勢海老とりはその翌日から開始された。

金竜が有能な潜水夫であることを春木はたちどころに認めざるを得なかった。海中からぬっと現われるたびに、彼は海老を手につかんでいる。一時間ほど海中で仕事をすると、今度はボートの上に上がって来て、息もつかずに酒をぐいぐいと喇叭《らっぱ》飲みにする。野郎同士だからとはいえ全裸のまま春木の前に坐り込んでひるむところがない。

「何年前だったかな、基隆の近くの海岸で工事をしたことがあったが、暑い時だからどの男も素っ裸だった。ところが、そこにある日、工事監督の嬶がやって来たんだ。女気ひとつなかった所へさ。すると実に不思議な現象が起こった。翌日、見ると二百人ほどいた男が全部パンツを穿いて仕事をしているんだ。誰に命令されたというわけでもないのにさ。女の威力は全く凄いもんだよ。ハハハ……」

「で、君もパンツを穿いた組か」

「ああ、穿いたとも。俺たちはな、ふだん裸が多いだろう。だから服を着ている時のほうがかえって感じが出るんだ」

「ヘエ、そうかな」

「たとえばだ、女の素裸よりはズロースの桃色がちらちらするほうがええじゃないか。今日はもうひとふんばりして、女のズロースを見に行こうぜ」

そう言うと彼はふたたびボートから海中へ下りた。

用意してきた魚籠が半分ほどになったのは、もう太陽が海の中に姿をかくしてからであった。暗闇の中で魚籠を手さぐりでつかみあげると、金竜は一日の疲れも忘れて、

「うむ。五十斤はたっぷりあるな。そろそろ引き揚げるか」

まだ太陽の温みのほのかにのこった砂浜には人の気配はなく、別荘に点々と電灯がとも

りはじめている。夜に入ると、星が空いっぱいに輝き出したが、二人は香港仔への道を急ぐのに我を忘れていた。喜びが温かく春木の胸を包んだ。この調子ならその日の市況によって多少の出入りがあるにしても一日に百ドル近い収入がある。酒代、船の損料、食事費などを差し引いてもかなりの金が手元に残る勘定だ。月に何回か休養をとるとしても、夏じゅう働けば……と空想するだけでも張りが出てくる。

ところが、彼の胸算用がまだ終わらないうちに、彼の夢は早くも破れてしまった。海老を売り払うと金竜は売上げ代金をごっそり自分の懐中にしまい込んでしまったのである。春木はあきれはてでものが言えなかった。自分にも当然利益の半分を要求する権利があるはずだ。プランは自分が立てたものだし、金竜が水に潜っている間も自分は一緒になって働いている。ところが、金竜は分け前をよこさないばかりでなく、次の日も次の日も、金のある間決して海へ行こうとしなかった。曖昧宿に女を呼んで夜を明かし、昼間は映画を見に行くのでなければ、朝から酒びたしになっている。直接、自分の懐中とつながっていることだけに、春木はそれが不服でたまらない。

「毎日、やれと言わんが、少し精を出して舟ぐらい自分たちで買おうじゃないか。借賃を倹約するだけでも、どんなにいいかわからんよ」

「魚じゃあるまいし、そういつも海の中に入ってたまるものか」

「でも夏の間しかできない仕事だから、稼げる間に冬の用意をしておかんと、あとでこたえるぜ」

「なあに。その時はまたその時で考えるさ。いらん心配をすると頭が禿げるぞ」

図体が大きいだけで、たいした知恵もなさそうな男である。それを見越した上でつけ込んだつもりだったが、歯が立たないどころか金竜と一緒にいると逆に肉体的な圧迫を感じてたじたじとなってしまう。金竜のほうでは彼をせいぜい臨時傭いの船頭としか思っていない証拠に、時々、気が向いた時に五ドルか十ドルくれるていどで、あとは主人面をして、一緒に飲み食いをした時の金を払ってくれるだけである。喧嘩しようにもはじめから勝負のわかった相手だけに、春木は憂鬱になった。憂鬱の原因がはっきりしているだけに、ますます憂鬱の度が深まっていった。

とうとうある日、彼はいままでに一度もやったことのないことをやってみる気になった。いつものように、海からの帰りに酒屋に入って飲んでいた時のことである。金竜がしたたかに酔っ払って便所に立った隙に、春木は椅子の脇においてあった金竜の上衣のポケットから素早く十ドル紙幣を一枚抜いて自分の懐中へねじ込んだ。彼にしてみれば、奪われたものを取り返すだけのことにすぎないと思うのだが、さすがに胸がどきどきして落着きを失ってしまった。やがて、便所から戻った金竜は彼の顔を見るなり、

「どうした？　莫迦に顔が蒼いじゃないか」

「む、どうも気分が悪いんだ、飲みすぎたらしい」

「そうか。そいつはいかん。どこか近所の宿屋に行って横になるんだな」

「いや、家へ帰ることにする」

「家へ帰ってどうするんだ？　老李と尻つきあわせて寝たってはじまらんじゃないか」

「でも帰るよ。急に帰りたくなった」

春木がそう言うと、金竜もしいてとめようとはしなかった。

「ひとりで大丈夫か。なんなら送って行くぞ」

「いや、要らん」

まだ飲みたりないらしい金竜をのこして、春木はひとりで渡し船に乗った。海の風にあたると、上気した心の興奮が少しずつひいてきた。自分はなにもびくびくする必要はないはずだ。泥棒したんじゃなくて泥棒されたのを取り返しただけのことだ。しかし、それにしても彼奴はどうしてこうも明日を怖れぬ男なのだろうか。身体を張りさえすれば金は無尽蔵に次から次へと湧いてくると思っているのだろうか。いくら頑丈な男だって、稼ぎのない季節もあれば、病気をすることもある。そんな時はどうするつもりだろうか。少なくとも自分にはちょっと真似のできない剛胆さだ。それを思うと自分がいっそう貧弱な男に見えて、新しい自己嫌悪が心の底から湧き上がってくるのだった。

ところが、その翌朝、一文無しにならなければ決して戻って来ないはずの金竜が、のっそり帰って来た。

「畜生、昨夜の女郎にいっぱい食わされた」

春木の寝ころがっているベッドの縁に腰を下ろすと、金竜は言った。

「俺が酔っ払っている間に枕探しをやったに違いねえ。今朝帰りがけにポケットの中を探したら、十ドルたりなかったんだ」

それを聞くと、春木の胸が急に激しく動悸を打ちはじめた。それを相手に悟られないために彼はさりげない様子をよそおわねばならなかった。

「どうしてまた、女郎の仕業だってことがわかるんだ？　盗むなら全部盗みそうなものだが、昨夜は相当酔っ払っていたから途中で落としたんじゃないか」

「いや、俺は道で落とすようなへまはやらん。どんなに酔っ払ったって懐中にいくらあるかはちゃんと覚えている。全部盗《と》られればまた話は違うが、一枚抜いたくらいならわかるまいと考えるのはいかにも女郎らしい手口だ。癪《しゃく》にさわったからぶんなぐってやったよ」

「ヘエ。それで向うは黙って引っ込んだのか？」

「それが引っ込まないんだ。金を盗んだくせに、逆に食ってかかってきてさ、警察につき出すのどうのと大騒ぎをしやがった。おかげでもう十ドルまきあげられてしまったが、香港の淫売の図々しさったらない」

心からいまいましそうだった。笑っていいのか、泣いていいのか、春木は応対に困った。怖い者なしのように思えてもこの男は警察が苦手に違いない。でなければ、叩いたって金を出すような男ではない。しかし、この男から金をとるのが不可能なことだけは、これではっきりしたのだ。

「君はまだしらんだろうが、どんなに理屈が通っていても、香港じゃ先に手を出したほうが負けだよ」

傍で聞いていた老李が突然話の中へ割って入った。金竜は怒った眼つきになって相手を睨みつけた。

「いいことはいいこと、悪いことは悪いこと。悪いことをやる奴をぶんなぐってなぜ悪い？」

「悪いも悪くないも、法律がそういう具合にできているんだ。もしそうでなければ、力の強いものの天下になってしまうじゃないか。文明社会とは人間が腕力によらずに知恵で勝負をつける社会のことだ」

「ふん」と金竜は鼻先でせせら笑った。

「つまり貴様のような男が出世する世の中と言いたいんだろう。貴様は知恵者だからな」

「僕を皮肉る前に、飲屋で釣銭を間違えなかったか、宿屋の床の下にも落ちていなかったか、探すべきだよ。いきなり殴りつけちゃ女が可哀そうじゃないか」

「可哀そうなのはこの俺だ。畜生、腐っちゃうな」

「しかし、とにかく、暴力は通用せんよ。どうしても殴らずにいられない時は、テーブルでも叩くんだな」

「面白くもねえ」金竜は握った拳でもう一方の掌を叩き叩き言った。

「おい春木。映画でも見に行こう。明日からまた仕事だから、今日は一日気晴らしをするんだ」

「俺は行きたくない。誰かほかの奴でも誘って行けよ」

素気なく断わられると、金竜はべつに感情を害した様子も見せず、一人でのっそり出て行った。その後ろ姿を見送ると、老李は意味ありげな笑いを浮かべながら、春木をふりかえった。

「彼奴は根っから労働者にできた男だ。せっかく、いい男をつかまえたんだから奴さんから搾らんという手はないよ」

「しかし、あれであのとおりなかなか細かいんだ。けちで腕力が強いときているから処置に困るよ」

「そこのところは頭を働かせるんだ。金がとれなければ、海老をとればいいじゃないか」

春木はびっくりして思わず顔をあげた。金竜と一緒に仕事をするようになった彼は老李が金竜に近づくのを警戒し、自分も知らぬ顔をきめこんできたのだが、老李は見るところはちゃんと見ている。じっと老李に睨みつけられると、春木は嘘が言えなくなった。

「そんなことができるものか、だいいち小さなボートの中にはかくそうたってかくす場所がないじゃないか。かりにかくすところがあったとしても、まさかひとりだけあとにのこって持って帰ることはできんよ」

「じゃね、海の中へ袋か網に入れてぶらさげておいたらどうだ？」

「だって海の中からぬっと出て来るんだから、見つかったらおおごとだ」

「出て来るといったって、まさか舟の真下に出たりしないだろう」

「うん、そりゃそんなことはない。たいていは何米《メートル》も先のほうにぴょっこり浮かんでくる」

「舟に上がる時は舟尾から上がるんだろう？」

「まあ、そうだ」

「それなら舟首のほうへぶらさげておくんだ。君たちが引き揚げた後、僕がとりに行ってやろう。その代り儲けは折半だ。な、いいだろう」

それでもまだ二の足をふんでいる春木を老李は盛んにたきつけた。「要領よくやるんだ。どんなことだって危険は伴うものだよ。海中にもぐっているほうが危険率は大だが、じゃ舟の上にいるから絶対大丈夫かといえばそうでもない。とにかく、おっかなびっくりじゃ、一等賞はとれないぞ」

結局のところ、理屈よりも欲に屈服したというべきであろうか。

この妙案にはさすがの金竜も気がつかなかった。舟の上に這い上がってくると、時々、

首をかしげて、

「今日はずいぶんとれたような気がしたが、まだこれっきりかな」

そう言われると春木は内心ひやひやした。ごまかすといったところで、せいぜい十斤かそこいらで、しかも利益は老李と折半だから神経を消耗するわりには収穫の少ない仕事だ。はじめのうちは一日仕事をすると精根尽きはてて歩くのさえ大儀だった。何度やめようと思ったかしれないが、そのたびに老李がうしろから突っかえ棒をした。

「こんな絶好のチャンスをみすみす逃がす法があるものか。僕に舟が漕げたら、君と代わってもいいんだが、なにしろ君のように海岸に育ったんじゃないし、しかも金竜の奴は僕に好感をもっていないらしいからな。とにかく水汲みをしたり、物売りをしたりするよりはどれだけいいかわからん。いまのうちに少し貯めておけばあと当分は籠城しても大丈夫だよ」

おそらくこれは老李の本音であろう。今日の売上げはこれこれだったといってその半分をくれるが、正確な重量を量っているわけでないから、いつも春木はだまって受け取るよりほかない。何ら労せずして漁夫の利を占めている。そんな老李を思い出すたびに春木は地団太ふんでくやしがる。こんなことなら、いっそご破算にして老李も自分も一文の収入にもならないほうがましだ。だが、そうなると今度は金竜一人が得をしすぎる。それも癪だ。金は欲しいが、考えてみれば、金ぐらい憎たらしいものはない。その金に翻弄される人間ぐらい浅ましいものはない。こんな苦しい思いをして作った金をせっせと貯めたところで、どうせ大資本になる見込みがあるわけでなし、洋蘭の栽培をする元手にだってなるものか。金竜の影響を知らず知らず受けたのか、それとも神経の極度の緊張の結果か、春木の気持がしだいにすさんできた。ポケットの中に金が入っていると妙にいらいらした。

最近では金竜に映画や女遊びを誘われても、春木は厭とは言わなくなった。遊びの金を使い果たした金竜のほうが逆に彼を探してまわるようなことさえある。

「お前もずいぶん豪傑になったなあ」

金竜は感嘆の声をあげる。そんな時、春木は狡《ずる》そうな笑いをかみしめながら、

「これも皆、貴様の薫陶宜《よろ》しきを得た結果さ」

「まあ、いいさ。くよくよするより愉快に暮らそうじゃないか。ハハハ……」

あんぐりあけたその口の中へ、春木は爆弾でも投げ込んでやりたかった。爆弾と共にこの男が木っ葉微塵になれば、そのほうが人生はどんなに愉快かしれない。少なくともくよくよ生きている海底の伊勢海老どもは大喜びをするだろう。

3

夏の間じゅう、石澳の海岸は自家用車階級で賑わった。道路の脇にはM・Gやサンビー

ム・タルバットのような軽快な自動車がずらりと並び、女たちは上と下が二つに切れたナイロンの水泳着を着ている。赤や青や黄など色とりどりの日除傘の下では、金色のむな毛をした西洋人たちがながながとねそべったり、けだるそうに遠い海上の船を眺めたりしている。砂は白く、海の色は薄青い。

いつの間にか、カレンダーは九月になっていたが、熱帯の海はまだ真夏の暑さだった。ひと頃多かった学生たちの姿がよほど減ったくらいなもので、それも土曜日になると、自家用車の数は夏の盛りよりいっそう増えたような感じがする。

金竜が海底に潜っている間、春木はボートを波任せにして沖から海辺に集まる人々を眺めて暮らした。船乗りが時たま船旅をする乗客を眺める気持はこんなものかもしれない。海がロマンチックに見えるのは海に金を投ずる人々だけで、船員や漁夫のように海から金をとろうとする人間には海はおそろしく退屈な所だ。

ある夕方のことだった。春木がぼんやり海辺を見つめていると、ボートの上にあがってきた金竜がいきなりその前に立ちはだかった。驚いて、顔をあげたとたんに、あの筋金入りの拳固がふっとんできた。よけるひまがなかった。

「畜生！」

ボートが大きく揺れて、春木は危うく海の中へ落ちてしまうところであった。よろけながら春木は自分の眼の前にぶらさがっている海老の袋を見た。

「どうもおかしいおかしいと思っていたら、こんな小細工をしていたんだな。殴り殺すぞ!」

「殺せるなら殺してみろ」

怒りが胸の中で爆発して、春木は前後を忘れた。だが、さすがに殴りかえすだけの気力はなかった。

「お前のような盗人は今日限り馘《くび》だ」

「なにが盗人だ。貴様こそ盗人じゃないか」

紫色に脹れあがった眼の縁を押えながら、春木は怒鳴りかえした。

「二人で一緒に始めた仕事じゃないか。半分くれと言わなくたってくれるのが常識だ。それを貴様はひとり占めしているからやむを得ずやったんだ」

「なにをぬかす。悔しかったら、自分で海の中に潜って、一匹でもいいから海老をつかまえてみろ。海老一匹つかまえられんくせに、大きなことを言うな」

「貴様こそ大きなことを言うな。俺が教えてやらなかったら、この辺に海老がいることさえ知らなかったじゃないか。貴様のような奴は人間じゃない」

「おい、おい。もし俺がそのことを考えていなかったなら、お前のような下手くその船頭なんぞ傭うものか」

金竜は落ち着きはらっている。

「しかし、もうお前なんかに船頭をしてもらいたくない。さあ、そこをどけ。舟は俺が自分でこぐ」

　春木の手からオールを奪うと、金竜は陸へ向かって漕ぎ出した。ボートが海岸に着くと、金竜は収穫物を自分で担ぎあげ、あとも見ずにさっさと行ってしまった。

　夕闇の迫る砂浜に、ひとり取り残された春木は、へなへなと砂の上に坐り込んだ。渚を打つ波のざーっという音だけが強く胸を打ってくる。白い泡を立てながら、波が足を洗ってはまたひいていくが、そこから立ち上がる気力もない。そのまま波にさらわれていくとしても、どうにも抵抗のしようがない感じだった。

「どうしたんだ、おい」

　ふと見ると自分の前に老李が立っている。死んだ魚のようにどろんとした春木の眼を見ると老李はすべてを了解した。

「拙いことをしたものだ。長い間気づかなかったのに、どうしてまた今日になって見つかったりしたのだろう？」

　春木は何も答えないで、放心したように坐り込んでいる。

「しかし、どうせ寒くなれば駄目になる仕事だ。少し早く切りあげたと思って諦めるんだな」

　そう言われると、春木は無性に腹が立ってきた。

「貴様はそんなことを言っておれば、気がすむだろうよ。少しは人の身になってみろ」

「まあ、まあ、そう怒るな。喧嘩をするにも相手が悪い。あんな男じゃこっちにいくつ生命があってもたらんよ」

「俺が奴を怖がっていると思っているのか」

「そうは思わないが、負けて勝つという言葉もある。奴はもう君と一緒に仕事をしないと言ったが、なあに、案外この二、三日のうちにまた頼みに来るかもしれないよ」

「冗談じゃない。あんな野郎とまた一緒になってたまるか」

「そんないい方は、君、まるで子供が駄々をこねているようなものじゃないか。大人の世界じゃ、どんなに癪にさわることがあっても、相手に利用価値のある間はだまって辛抱するものだ。後足で砂をひっかけるのは、それからでも遅くない」

　老李の言葉には予言者のような自信が溢れていた。

　彼のその予言に少しの狂いもないことは間もなく実証された。それから三日ほど過ぎたある朝、金竜が大きな足音をたててバラックの梯子段を上がってきたのである。

「おい、頼。仕事だ」

　狸寝入《たぬきねい》りをきめ込んでいる春木の肩を彼は激しく揺り動かした。まさかそれでもまだ寝ているふりはできない。

「もう鹹だと言ったじゃないか」

「まあ、そうむくれるな。あの日は俺も悪かった。その代り今日から一回に二十ドルやるからいいだろう」

ふだんと打って変わって、春木の鼻息を窺《うかが》うような猫なで声である。

「そりゃ船頭は腐るほどいる。しかし、やっぱり相棒は気のあった奴がいい」

金竜の腹の中が春木にはみえすいていた。素性の知れない広東人の船頭を使っては安心して潜っておられないからだ。その点、春木ならいつでも腕力にものをいわせることができると思っているに違いない。

「な、相棒」

もう一度そう言われると、春木は身体じゅうがくすぐったくなってきた。もう三日前の恨みは見事に晴らしたような気になった。

「話はもうわかった」

背中を向けたまま、春木はちっぽけな勝利者の喜びにふけった。

夏もすでに残り少なくなっていた。海岸の人の出が日一日と淋しくなり、気候に対してあまり敏感でない西洋人だけが夕方のひととき車を乗りつけるくらいなものである。海に入るというより、海辺の砂の上に寝転んで、日光浴をするのが彼らの楽しみであるらしい。

それらの人々の姿さえしだいに減少するにつれて春木らが海へ出る日数が逆に増えてきた。もう先が短いとなると、金竜自身にも焦りがみえた。もっともいまのうちにうんと稼いで冬籠りの用意をしようという殊勝な心構えではなくて、たとえば青春の過ぎ去るのを自覚して、最後を華々しく飾ろうとする若人の哀れな心のあがきのようなものである。だからその日の稼ぎが多くなればなるだけ浪費の度合も激しくなり、逆に心はいよいよ荒れすさんでくるのである。一回に二十ドルの稼ぎがその倍になったところで、春木のいまの気持を救うことはできないであろう。人生とは刹那を生きる以外の何ものでありえようか。刹那を辛うじてつなぎ合わせる金という糸が続く限り人生は続くものだ。そしてこの糸がぷつりと切れたところで、人生そのものが終わってしまえばいいのだ。

こうした彼の刹那主義は秋風が立ちはじめると、いっそう手に負えないものになってきた。ネグロス山中で、アメリカ軍の艦砲射撃や空襲を受け今日にも死ぬかもしれないという目にあっていた時でさえ、こんなに切羽詰まっていなかった。あの時の恐怖は、いわば山中を逃げまどうすべての人々に課せられたものではあったが、いまの場合は彼ひとりだけに加えられたものである。一緒に仕事をしている金竜でさえ、とても彼のやけくそな気持を理解できないであろう。それどころか、金竜は海から這い上がる前に必ず舟底を点検してまわるし、ボートの上に上がると、酒瓶をとりあげる前に、ボートの中をちらっちらっとさぐるような眼つきをする。疑われても仕方はないが、それだけにますます孤独になる気持をどうしようもない。

ある日、海から上がった金竜は大きな声でわめきちらした。

「畜生！　なんだってこう冷たいんだ」

彼は海に向かって怒鳴っているふうだった。酒をあおるようにのんでも、まだ身体のふるえがとまらなかった。どんよりと曇った寒い日で、ボートの上にいる春木はメリヤスを着ていても酒を飲まずにはいられないくらいだった。しかし、その日は莫迦に成績がよくて、魚籠の中はもう五十斤をはるかに越えていた。

「さあ、もうひとふんばりふんばるか」

そう言って、金竜はまた海の中へ入って行った。

太陽がすっかり海に落ちてしまうと、潮の音が急に大きくなってきた。それは人間の青ざめた欲望、もう永遠にかえらぬ夢への妄執、さては殺されてもまだ諦めきれぬ人生への未練のように絶える間もなく続いている。ふっと春木は砂漠の中に突然ひとりだけ取りのこされたような幻覚に陥った。この彼の幻覚に油を注ぐもうひとつの出来事があった。それは酒量が嵩《かさ》むにつれて魚籠の中でひしめき合う伊勢海老のあがきが耳につきはじめたことである。彼は耳を覆った。だが海老の断末魔のあがきはますます激しくなった。おお、鈍感な伊勢海老よ。お前たちは海の底の生活にはもうあきあきしたのか、それとも海の底の生存競争に敗れて茫然自失しているところを捕虜になってしまったのか。それとも自らすすんで死への道を急いだのか。おお、哀れにして愚かなる海老どもよ。もし自ら選んだ道であるならば、なぜいまになってからじたばたするんだ。お前たちの運命はもう尽きているのだ。

ところが、伊勢海老には酔漢の気持など全然通じないとみえ、相変わらずガリガリいっている。

「うるさいぞ」

春木は狂気のごとく魚籠を揺り動かした。上のほうへ這い上がっていた海老がもんどりをうって下にくたばっている仲間の上に転落した。

「お前たちは晩餐に十ドルを出すことのできる階級の餌食になるんだ。見事な鮮紅色になって、行儀よくサラダ菜の上にのっかるんだ。いまごろになって、暴れたってはじまらんぞ」

そう叫んだのは彼自身であったが、彼は誰かにそう言われたような気がした。

そうだ。俺はもがいているのだ。この暗闇の砂漠の中で、たったひとりでもがいているのだ。俺の頭の上には今夜という今夜は星さえも光ってくれない。俺は方向を失い、人生への希望を失い、愛の遺言を伝えるべき恋人にもついにめぐり合わず、こうしてこのまま永遠に人間の社会から葬り去られ、忘れ去られてしまうのだ。

「誰だ！　誰だ！　この俺をここへ置去りにしたのは誰だ！」

彼はボートの上に棒立ちになった。

と、その時、不思議にも海岸に点々と明りがきらめくのが見えた。寒そうに点滅する光であったが、まるでそれが神の啓示でもあるかのように彼の胸はときめいた。ほとんど本能的に彼はオールをつかんでいた。油のきれたような悲鳴をたてながら、オールは勢いよく動きはじめた。海の音はもう耳につかなかった。

「おーい。おーい」

と海のどこかで叫んでいるような音が聞こえる。たしかに、春木はそれをきいたような気がする。しかし、彼はふりかえって見ようともしなかった。

「砂漠の王者よ、さようなら」

彼は暗闇に向かってそう叫んでいた。

4

どこをどう歩いたか覚えていない。

春木はポケットに百ドルほどの金を握っていた。ネオンの輝く夜の皇后道中を彼はまるで誰かに後をつけられているかのように、時々後ろをふりかえったり、またふいに横町に曲がったりした。工業原料や薬品を売る横町の家々はすでに堅く門をとざしており、鉄の格子戸の奥から電灯の明りが洩れてくる。冷たい石畳の道を急ぎ足で通り抜けると彼は海岸通りへ出た。

彼は一週間ほど前に海岸に面した曖昧宿で会った女のことを思い出していた。その宿は陸海空通《リョッホイホントン》というややこしい名前で、国際港香港を根城とする人々が陸も海も空も行くところ通ぜざるはなしという意味なのであろう。古い建物を緑色にケバケバしく塗り立てた安っぽい感じの宿で、そこでボーイが呼んでくれた女も同じように安っぽかった。女はリリといい、おそらく彼と同じくらいの年ではないかと思われるが、自分では二十三歳と言った。そんなことはどうでもいいが、年をくっているわりにはおどおどしたところがあった。上海女によくあるかぶらのような、ふっくらとした顔つきで、皮膚が雪のように白い。寝台につく前に、彼女は長い間、もじもじしていたが、ようやく決心したように、春木の前に手を出した。前金をくれという意味であることはわかったが、春木は急に悪戯《いたずら》っ気《け》を起こして、さっと相手の手を握ると、二、三度軽くふりまわした。彼女は呆気にとられていたが、彼が笑うと、自分まで笑い出してしまった。

「だって商売なんですもの」

「知っているよ」

「ならあんまりからかわないでよ。まさか今夜はじめて浮気をするわけでもないのに」

「それがはじめてなんだ。見てごらん、心臓がどきどきしているよ」

そう言って彼は彼女の手を自分の胸にあてた。本当に胸は動悸を打っていた。

「じゃ仕方がないわね」

リリは観念したように、寝台の上にねころんだ。

もし春木がこの上海女に好意をもったとすれば、それはいじらしいくらい諦めのよい彼女の気質のせいだろう。でなければいまこうして道を歩きながら、彼女を思い出す道理がない。同じ女と一度以上夜を明かす習慣はこれまで一度もなかった彼である。

宿のガラス戸を押し開けて入ると、彼は帳場を素通りして、いきなり階段を駆け上がった。顔見知りのボーイがいた。

「おい。リリを呼んでくれ」

部屋の扉をしめてひとりになると、彼はほっとした。ものの五分もたたないうちに、廊下を歩いてくるハイヒールの音が聞こえた。

「きっとまた来てくださると思っていたわ」

こんなに夜遅くなってもまだ身体があいているとすれば、リリはよっぽど人気のない女に違いない。しかし、彼女が心から喜んでいるのを見ると、春木は急に不機嫌になった。

「まあどうかなさったの？」

「どうもしやしないよ」

「でも今夜はなんだかおかしいわ」

「おかしくなんぞあるものか。それよりとても腹が減ったから、雲呑麺《ワンタンメン》をとってくれ。君も食べるなら二つだ」

やがて麺が運ばれてきた。それを餓鬼のようになって食べている春木をリリは傍らからじっと見つめている。

「あなた、この前、奥さんや子供を国へおいていらっしゃるとおっしゃったでしょう。でもあとでいろいろ考えてみたんだけれど、あなたは家庭をもっている人のようには見えないわね」

「そんなことがあるものか」

「ええ。でも同じ遊ぶにしても家庭のある人はどこか落着きというか余裕というか、そんなものがあるものよ。あなたにはそんなところがなくて、なにかこう海の上でもぽかぽかと浮いているようだわ」

「厭なことを言うなよ、せっかく、遊びに来たのに、うるさいことを言うと、帰るぞ」

「ほら。そんなところがおかしいのよ。私の言っているのはそこなのよ」

「ちぇっ」と春木は思わず舌打ちをした。女の前で裸になっても、自分にはまだ誰にも見せたことのないもう一人の自分がいる。その自分を裸にされたような気がした。莫迦のように見えても油断も隙もない女だ。

しかし、そうなると、またそれで彼は妙な安堵を覚えた。今夜はこの女の黒髪に顔を埋めて吹けば飛ぶような「ソア・ド・パリー」の匂いを嗅ぎながら、ゆっくりと人生を堪能しよう。

そして、明日は？　明日はまた波に任せるのだ。

「私、上海に母親をひとりのこしているのよ。あなたのお父さんやお母さんはまだご健在？」

「いや、みんなあの世に行ってしまったよ」

彼は心にもない嘘を言った。父親はまだ生きていて、嘉義に近い片田舎に住んでいる。世の中が変わっても、決して自分の生活の方法を変えない頑固な父親だ。

「じゃ、その点だけでも気が楽だわね。私なんかなまじっか母がいるためにとても苦労するわ。まさか私がこんな生活をしているとは思ってもいないでしょう？」

その夜のリリは少しばかり雄弁だった。

「こんな話したって、なんの役にも立たないんだけれども」

と前置きしながら、ぼそぼそと自分の身の上話をはじめた。

リリの父親は上海の交通局で永年勤めた親日家で、戦争中に日本軍に協力したおかげで、戦争が終わると漢奸の罪に問われた。しかし、気の弱い父親は、官憲が逮捕に来る前に自ら青酸カリを飲んで生命を絶った。リリと母親は家をたたんで、姉の家に寄寓したがその姉の一家も、共産党になってからは、資本家として清算の対象になり、いまでは没落離散してしまったという。

「で、君は結婚しなかったのか？」

「結婚どころじゃなかったわ。まだ父の羽振りがよかった頃は、私を好いてくれた人もあったけれど、でも落ち目になると駄目なものよ。生活のために人の世話になったこともあるけれど、その人もやっぱり封建地主とかで、土地を没収されたうえに、首を縊ってしまったし、私って人間はよっぽど悪い星の下に生まれているんだわ」

「ふん」

春木はたいして心を動かされなかった。これに似た話をこれまで耳にたこができるほど聞かされている。難民の話なんて、どれもこれも大同小異で、必ず過去に華やかな時代があるものだ。未来もなく、現在もなく、ただ過去があるだけだ。その過去だって嘘か本当かわかったものではない。

「でも私の父なんか名もない官吏だったからまだいいけれど、周仏海や陳公博のような人だってみな死刑にされてしまったんですもの。汪精衛先生もいい時に死んだわ。あの方の息子さんもいまは香港にいるのよ」

「ほオ」

「あなた知らないの？　鑽石山のバラック街に住んでいるわよ」

「本当か？」

春木は反射的に身体を起こした。自分の住んでいるあの貧民窟に汪精衛の息子も住んでいる。すると、不幸は俺ひとりの身の上にだけ落ちてきたのではないのか！

「鑽石山の中をよくご存知？　華清池のすぐ近くに、古いお寺があるでしょう。あの脇を入ったところよ。その近くには汪さんの幕僚だった人も何人か住んでいるはずだわ。畑を借りて、野菜を作ったり、花を植えたりしているけれど、皆生活には困っているらしいわ」

「もうそんな話はやめてくれ。気が滅入ってしまうじゃないか」

「そうね。でも自分だけが不幸じゃないってことがわかると、私、なんだか安心するわ」

「莫迦だな」

「ええ、私、莫迦だわ。つくづく莫迦だと思うわ」

いつの間にか、彼女は強く彼の胸にしがみついていた。

5

春木が張込み中の密探（刑事）にいきなり両手をつかまえられたのは、その翌日、曖昧宿の戸口から寝呆け顔で出て行こうとした時である。

彼は少しもあわてなかった。刑事が手錠をはめると、宿のまわりに人だかりがした。彼は顔を上げてそれらの人々を見た。人々の中にはリリの姿は見えない。人知れぬ微笑がその顔に浮かんできた。自分の持っていた金を一銭のこらず与えた時の、彼女の驚いた表情を思い出したからである。

「さ、どいた、どいた」

人波をかきわけた密探は、タクシーをとめると、春木を先に乗せ、自分もその脇に乗り込んだ。

警察の厄介になるのはこれが最初ではない。物売りをしてつかまえられた時に比べると、彼はずっと落ち着いていた。というよりここへ来るのが彼の最終の目的ではなかっただろうか。

凶悪犯人と思われたのかどうか知らないが、独房に入れられたのは有難かった。鉄のベッドが片隅に置いてあって、たぶん、ＤＤＴを撒いたのであろう、白い粉が板の間にこぼれている。狭いことは狭いが、清潔で誰とも口をきかないですむのがとても気楽だった。

午後になると、鉄の格子があいた。取調べだと思って出てみると、老李がそこへ来ている。

「いったいどうしたというんだ」

老李はとてもびっくりしているらしい。しかし、老李の顔を見ても春木は少しも嬉しくなかった。

「どうもしやしないさ」

「でもさ、金竜を海におっぽり出したまま一人で陸へあがったそうじゃないか」

「それがどうしたんだ」

「冗談じゃない。そんなことをしてただですむと思っているのか、金竜の奴、素っ裸で陸まで泳ぎついて、海岸をうろうろしているところを警察に捕えられたそうだ。警察で着るものを借りて帰って来てそんな話をするから、こっちが驚いた。どうして君がそんな気になったのか、僕にはてんで見当がつかん」

「理由なんかあるものか。ただなんとなくそんな気持になったんだ」

「莫迦な」と老李は言った。それから急に声をひそめると、「同じやるにしてもさ、もう少しほかに方法がありそうなものだ。だいいちあんな所じゃ泳いであがれる距離じゃないか。君はもう少し利口かと思ったがな」

「そんなことを考えてもみなかったよ」

「おい、気は確かかい？」

「ふふ……。気はいたって確かだ」

　春木は金竜が裸で警察につかまった時の情景を思い浮かべていた。世の中に怖いものなしのあの大男が嘘のように警察を怖がるのが目に見えてくるようだ。

「全く正気の沙汰じゃないぜ。自分で投げた石のとばっちりを自分が食うのを承知だとすると、これはまるで自分を虐待しているようなものじゃないか」

「そうかもしれん」

氷のように冷たいその返事を聞くと、さすがの老李もあきれて口がきけなくなった。

老李が帰ると、春木はまた元の独房へ戻った。ひとりでいることがこんなにいいと思ったことはいままでにない。もしこのまま一生を終わることができたらどんなにいいだろう。どうせたいして楽しくもない人生だ。自分は殺人未遂の罪に問われるかもしれないが、一生でなくて何年かであってもかまわない。とにかく、自分の力や人の力で生きてゆくのが面倒くさい。ここの政府がただで養ってくれるなら、それでもいいと思う。

夜になってから、彼はもう長い間思い出したこともない母親のことを思い出した。母親は彼がまだ子供の頃に死んでいるから、思い出といっても、せいぜい三十代の女くらいの若さである。十年たっても二十年たっても自分の心の中に生きている人の面影は少しも年をとらないから不思議だ。

「お母さん」

と彼は呼んでみた。すると面影の中の母親は静かに顔をあげて、じっと彼のほうを見つめた。その顔は少しばかり笑っていたが、とても淋しそうだった。ああ、やっぱり母親は死んだのだな、と彼は思った。

母親の姿が消えると、今度はリリの顔が浮かんできた。リリは少しも苦労性の女に見えない。リリは生きているのだろうか。人間の誰もが食べるような食物を食べているのだろうか。そう聞いてみると、彼女は笑った。それがとても朗らかそうだった。目尻のあたりが特に人がよさそうに見える。ああ、やっぱり彼女は生きようとしているのだ。生きるのはとても難しいんだよ、と教えてやりたいのだが、彼女はてんでそれを受けつけそうにもない。でもとにかく、彼女に自分のありったけの金をやって本当によかった。もう自分には金なんぞ要らなくなったのだから……。

ところが次の朝、昼近くになってから、留置所の係官が鍵をじゃらじゃら鳴らしながら入って来て、彼の入っている部屋の扉を開けた。

「おい、早く出て来い。釈放らしいぜ」

「えっ」死刑の宣告を受けたよりもまだ驚いた叫び声を彼はあげた。

「ぐずぐずせんで早く出ろ。お前は運のいい男だ」

なにがなんだかさっぱりわからない。追い立てられるようにして外へ出て見ると、警察署の裏門のところに老李が立って待っていた。春木の顔がみるみる凄い形相になった。

「なんだって要らんことをするんだ、貴様は！」

「莫迦野郎！」ふだんに似ぬ威厳のある声で老李は一喝した。その勢いに呑まれて、春木は口をつぐんでしまった。

「そんなに牢獄が恋しいなら、たったいま出て来たところから入って行け」

しかし、そう言われても、もう一度回れ右をして中へ入って行く気はさすがに起こらない。もっとも入りたいと言っても入れてはくれないだろうが。

警察署は山の中腹にあって裏門からすぐ急な坂になっている。その坂に沿って海岸まで段々になった建物が続いている。秋晴れのさわやかな日射しが、洗濯物のひるがえる年代の経った高層建築の間から覗いていた。付近には場末の穢《きたな》い店が並び、屋台の花屋では広東人の女が葬儀用の大きな花輪を道端で作っていた。

老李が先に立って歩き出すと、春木は羊飼にひかれた羊のように後について下りはじめた。

「いくら世の中が厭になったからといっても、牢獄に救いをもとめるという手はない。本当に厭で厭でたまらないなら、あすこに見える、あの、香港上海銀行の十三階に上がって、派手に跳び下りるんだ。そうすれば、ひと思いに解決がつく。高い建物がたくさん建っているのは、土地が狭いせいばかりじゃない。世の中が厭になった人間のためを思って、建築家は設計しているのだ」

「………」

「もしそれが厭なら、本当に世の中に愛想をつかしたのではない。面あてに牢獄に逃避行を企んだところで、世間は君の愚を笑うばかりだ。なるほど世間の風は冷たい。だが、その風で頭を冷やさなければ、人間は生きることの意味を忘れてしまう。牢獄は一時逃れのためにはいいかもしれないが、人間が本当に生きたいと思う時に、それができなくなってしまう。自由とは、荷厄介な代物さ。たとえてみれば、女みたいなもので眼の前にいるとうんざりするが、やはりなくてはならないものなんだ。やりきれないくらい孤独な存在なんだよ」

「……………」

「君がなにをやらかそうが、僕はちっとも苦にならない。仲間を踏台にしてよじ登ろうが、他人の金をふんだくろうが、またあの金竜の奴を海に置きざりにしようが、そんな君を僕は非難しやしない。どうせ世の中ははじめから不公平にできているんだ。誰かが得をすれば誰かが損をするようにできている。共存共栄とか、右の頰を殴られたら、左の頰も出せなんていうのは、政治家や坊主の飯の種さ。ただ忘れてならないのは、いまは文明の世の中だということだ。文明とは人間が原始的な暴力手段に訴えて奪い合う代りにもっと巧妙な間接的な方法を使うことをいうのだ。政治にしても、商売にしても学問にしても皆そうさ。そして、行動の自由が人間に許されている限り、人間は自分に有利なチャンスがきた時、いつでもそれをつかまえることができる。牢獄にはその自由がない。僕が君のことで心配するのは、その点だけだよ」

「どうやって金竜を口説きおとしたのですか」と春木は聞いた。

薬にもならない理屈を並べ立てられるよりも、さっきからその返事が気にかかっていたのだ。

「そんなことは造作もないことだ。奴はまさか君が自分を殺そうとしたとは思ってもいない。そんなことよりも君が持って逃げた海老が惜しくて惜しくてたまらないんだ。彼奴、裸で警察につかまったりしなかったらおそらく警察に訴えたりしなかっただろう。警察とかかわり合いになるのがとても厭な男らしいからな。だから、海老の代金を僕が払ってやると言ったら、即座に示談にすることを承知したよ。素朴愛すべき男だよ、彼奴は。アッハッハッハッ……」

それから急に思い出したように言葉をついだ。

「そういえば、昨日だったか、奴のところへ台湾から入境証が舞い込んできたそうだ。女房から帰れ帰れと矢の催促さ。あんな男は帰る故郷があるんだから帰ればいい」

海から冷たい風が吹き上げてきた。渡し場へ歩いて行こうとしてふと見ると、港の真中で二万噸《トン》級の巨大な英国船が静かに方向転換をしていた。海で真中に突き出した九竜碼頭は、船を見送る人々で埋め尽くされている。二人を乗せた渡し船が海を横切って対岸に着いても、巨船はまだ少ししか動いていない。

蛍の光、窓の雪
文読む月日重ねつつ

船上の楽隊の奏でるリズムに乗って、公学校の時にでも覚えたのであろう、老李が古い歌を嗄れ声で唱っている。あの「蛍の光」が外国の歌であることを、春木はフィリピンの子供たちがうたっているのを聞くまで知らなかった。それを知った時、春木はとても悲しかったことを記憶している。西洋人の真似ばかりしている日本人のそのまた真似をして生きている自分が無性にいじらしくなって、思わず涙が出たほどだった。しかし、いまはもう泣くまい。泣いたところで失われた夢はもう帰ってこないのだ。

第四章　揺銭樹《かねのなるき》

1

老李《ラオリイ》のような男でも縁起を担ぐということを春木が知ったのは、旧暦の正月が明けてからである。

それまでの約三カ月間、春木は全然働かないで、もっぱら老李に食わせてもらうことにした。伊勢海老をごまかして貯めた金がまだいくらかあったので、老李は春木に厭な顔も見せなかったし、春木自身ももう二度と水汲みをする気にはなれなかった。

「待てば海路の日和さ」

と老李は落ち着いている。いつ海路日和になるか見当もつかないが、老李がそう言うのだから、そういうことにしておこう。老李は予言者で、いままでなにひとつとして的中しなかったことがない以上、彼の家来になって、彼任せにするに限る。

クリスマスが過ぎ、新暦の正月が過ぎ、旧暦の歳末になると、香港の海岸通りにある高士打道《グロスターロード》と、九竜半島の旺角《モンコク》という所に、花市が立つ。桃の花、ダリア、グラジオラス、水仙、菊、その他季節の花が市を埋めるが、その中でも桃の花が人気の中心である。桃の花は香港の正月には欠くことのできないもので、ふだん花など買ったことのない家でも大きな花瓶に桃を飾って来訪の人を迎える。そして、その花の咲き具合によって、これから始まろうとする一年の収穫を予告するのである。

もう何年も正月らしい正月を迎えたことのない老李が、年の暮から今度こそどうしても桃の花を買うと言い出した。大陸の内戦で、香港には難民が雪崩《なだれ》込み、いろいろと激しい変化が起こったが、過ぐる一年間は土地の商人にとっては確かに最良の年であった。一本五十ドル、百ドルもする桃の花がとぶように売れる。とてもそんな金持の真似ができるものかと春木がたかをくくると、

「本当に買うんだぜ。ただし年が明けて花売商人が花の捨て場に困る時間になってから行くんだ」

なるほど老李の話には一理がある。

大晦日の晩の十二時になると、鑽石山の貧民窟でもあちらこちらで爆竹の音がやかましく鳴りはじめた。それを合図に老李は蒲団の中にもぐり込んでいた春木を無理にたたき起こした。

「実はいま、ちょっといい着想があるんだ。成功するかしないか、まだ未知数だが、どう

も今年は成功しそうな気がする」

「なんの話だ？」

つい釣られて春木は寝床の中から這い出した。

「早く着がえをしろよ。話は外へ出てからする」

だらだら坂になった鑽石山の小道は赤い爆竹の屑でいっぱいになっていた。その上を踏みつけながら、

「種明かしをすれば、たわいもないことなんだ。なぜいままでそれに気付かなかったのか不思議でならない」

老李はひとりで喋り、ひとりで頷く。

「結局、人間はどんなに賢い奴でも運不運はつきものなんだと考えるよりほかない。一つの事業なり、念願なりが成功するためには、時期というものがある。たとえば花だって季節が来なければ、咲きはしない。とすると問題は花が咲くまで人間が辛抱しきれるかどうかにあるらしい」

「説教は後まわしにしてくれ」

いらいらしながら、春木は怒鳴った。

「ハハハ、そうあわてるなよ。たしか君の友人で台北でお茶屋を開いている男があったな」

「いるよ」

「今夜帰ったら、すぐその男へサンプルを送るように手紙を書いてくれんか」

「サンプル？　お茶のサンプルを取り寄せてどうする？」

「まあいいから僕のいうとおりにやってくれ」

「お茶屋でもはじめようというのか」

「そのとおりだ。なんだってそんな間の抜けた顔をするんだ？」

「茶の商売ぐらい難しいものはないそうじゃないか。玄人さえフウフウいっているというのに、ずぶの素人にできるはずがない。しかも一文無しの無手勝流でさ」

「資本があって、専門のことをやるなら、莫迦でもできる。他人の褌《ふんどし》で角力《すもう》をとるのが商人の腕だよ」

「なにか変な企みでもあるんじゃないか」

「だまって見ていろよ。いまに香港じゅうの人をあっといわせてみせるから」

老李はさも自信あり気に、にんまりと笑った。

終点から赤い二階バスに乗り、二人は旺角の花市の前で降りた。もう午前一時を過ぎていたが、どこの店の前も人だかりでいっぱいである。運転手にダリアの鉢をかかえさせている太々《タイタイ》や、千葉水仙を後生大事にさげている長衫《ちょうさん》の老人、さては時間を気にしながら、客を呼びつづける花売商人。

「さあさ、一週間前に車を乗りつけた紳士が三百ドル出しても売らなかったこの見事な桃の花がたったの五十ドル。五十ドルです。さあ、買って下さい」

人々はぞろぞろと機械的に動いている。流れ作業の機械の上にのせられた半製品のように、先へ先へと押し流されて行く。

「いまにあれが五ドルで買えるようになるぜ。少し早すぎたからどこかで粥《かゆ》でもすすろう。粥代ぐらいは花屋さんが出してくれるよ」

粥屋の中を覗くと、どこもここも満員だった。

「人間は誰でも同じようなことを考えるらしいな」

しばらく戸口に立って待っていると、やがて奥の座席が空いた。二人はそこへ入りこんで及第粥《カプタイチョッ》という内臓《もつ》の入った粥を食べた。及第という名からして変だが、粥といっても広東料理の粥は貧乏人の食べるものではないから（貧乏人は飯を食う）、あるいは生存競争の及第者の食べ物という意味かもしれない。湯気のふかふか立っているのを口で吹きながら、粥を口の中へ入れると、熱いものが食道を通り抜けて胃の中に流れ込む。身体全体が急に温かくなってくる。たいした豪遊ではないが、金持になったようないい気持だ。

粥屋を出ると、また半製品になって人波の中をもまれて歩く。

金魚を売る店があり、ゼンマイ仕掛けの蛙を売っている店もある。子供ばかりかと思うと大きな男がのっそりのっそり動く蛙に見入っている。

二時を過ぎ、三時を過ぎると、さしもの人波もしだいに密度がうすくなって、いつの間にか店をしまう商人の姿も出てきた。

「そろそろ勝負をしようか。もう少しすればただになるだろうが、元旦早々ただ貰いでは縁起でもないからな」

値段も安く、品のよさそうな店の見当をつけておいたので、そこへ入った。

「これいくらかね?」

老李が指さしたのは、この店でも一番見事な枝ぶりのものであった。

「ヘイ、五十ドルです」

「なにを言っているんだ。いったいいま何時だと思っているのかね。元旦早々苦力《クーリー》を傭って捨てに行くのはそう安くはないぜ」

「じゃ、いくらなら買います、旦那」

「そうだな。二ドルはどうだ?」

「ご冗談でしょう。二ドルで売るぐらいなら、いっそただでさしあげますよ」

「ただじゃ悪いから、二ドル払うと言っているんだ」

「それじゃいくら何でも可哀そうです。ね、旦那、もう少し色をつけて下さいよ」

「よし、じゃもう五十セント奮発しよう」

それ以上はもう出せないという気構えを見せると、商人はあっさり手を打った。もうあたりには人影もなく、花市の明りもほとんど消えていた。春木がそれを担ぎあげた。

「こんなに大きい奴じゃ、バスに乗せてくれないかもしれないぜ」

「じゃ歩いて帰ろう」

「それにしても厄介なものを背負いこんだものだ」

「いや、僕はさっきから、これをねらっていたのだ。でもまさか、二ドル五十セントで売るとは思わなかったな。此奴はきっと見事な花が咲くぜ」

「凄く金が儲かるぜ、と言っているように聞こえるな」

「まあ、だまってみていろよ」

老李は莫迦に上機嫌だった。

朝になると、バラックじゅうが老李の花のことで持ちきりだった。花瓶がないので、罐詰の空罐に挿したが、桃の枝を束ねていた竹縄をほどくと、ただでさえ狭い部屋の中がいっぱいになってしまった。水揚げをよくするために、老李は綿に水を含ませて、枝と枝の間に挟み、綿が乾燥すると、一日のうちに何度も水に浸しなおした。まるで老李自身の今年の運がいっさいこの花の咲き具合で決定されるかのような慎重ぶりである。

その朝、バラックの裏で、春木は水汲みから帰ってきたばかりの大鵬から話しかけられた。

「老李は二十五ドルも出してあの花を買ったそうじゃないか」

「うむ」

きっと老李が自分で宣伝したに違いない。事実それくらいの値打ちは充分にあったし、またそれだけバラックの貧乏人どもを驚かす効果もあったのだ。

「いったいどうやってあんな金をつくったのだろう。花のためにそれだけ金が出せるなら、きっとたいした金をつかんだに違いないぜ」

「さあ、知らんな」

「だって君は毎日一緒だから、知らんはずがないじゃないか。いいことがあったからって、ひとり占めするなよ」

「ほんとに知らないんだ。知っていたら公開するよ」

「奴が出世したら、君もきっとよくなるね。その時は僕のことを忘れないでくれ」

「そんな心配をするのはまだ早すぎる」

実際、春木には老李が何を企んでいるのかさっぱりわからない。ただ彼の命ずるままに台北へ手紙を出すと、折返しお茶のサンプルが航空便で届いた。それをさらに包装しかえると、老李はカサブランカにある商社にあてて発送した。発送人は香港の連邦公司というきいたこともない名前の会社である。

ここのところ、老李は毎日のように香港へ渡っていたが、ある日一束の印刷物を持って帰って来た。包装紙をとくと、中からインキの匂いのまだ新しい便箋と封筒が出てきた。

老李のある友人の住所が刷り込んであり、電話番号も電略もすべてそっくり拝借に及んでいる。

「どうだ。立派なものだろう。どうせ相手はアフリカの商人だ。便箋紙を見て店の大きさを判断するよりほかないんだから、うんと奮発して、とびっきり上等の紙を使った。これなら誰の眼にも一流商社に見えるだろう」

「便箋紙だけ見れば、そうかもしれん。しかし、お互いに一面識のない相手にいきなり注文などくれるかな。少なくともその前に銀行を通じて信用調査をしに来ると思うね」

「その点は大丈夫さ。銀行の調査係なんて原則としてお客に都合の悪いことは書かないものだ。とにかく、注文が来るか来ないか、この二週間のうちにきまるよ」

どういうわけで老李がこんなにも自信満々であるのか、春木には見当がつかない。

しかし、二月に入ってからの陽気が暖かかったのも手伝って、桃の花は次々と咲きつづけ、あの黄色くて栄養不良な老李の顔にさえ久しぶりに太陽がさしはじめたように見えた。

それから十日もたたないうちに老李が一本の電報を握って、あたふたと駆け込んできた。

「どうだ。僕の眼に狂いはなかっただろう」

彼の差し出したのは烏竜《ウーロン》茶五百箱の注文だった。春木は狐につままれた思いで、

「しかし、どうやって台湾からそれだけの茶を取り寄せる？　いまの僕にはとうていそれだけの信用はないぜ」

「なあに、カサブランカから信用状がくれば、それを抵当にして台湾向けの信用状を開けばよい」

三日もすると、フランス銀行を通じて、香港ドルにして約一万五千ドルの信用状が届いた。

それを見せつけられた春木は少なからず驚いてしまった。なぜならば台湾側からの買値は一箱三十六ドルだから、一万八千ドルの元値になり、この取引によって三千ドルの出血を見ることになるからである。貿易の素人が考えたら、無一文の老李にこんな商売ができるはずがないと思うかもしれないが、戦後の台湾香港間の貿易は公定為替相場と闇の間が数倍も差があるため、信用状の額面どおり取引が行なわれることはまずない。たとえば五百箱の信用状は一箱二十四ドルとして、総計一万二千ドルで組み、残金の六千ドルは、着荷後台湾側の指定人に香港ドルで支払うことになっている。老李の狙いはそこにおかれたのであるが、彼自身に三千ドルの損失をカバーする能力がないのだから、結局その皺が台湾側に寄せられてしまうのは明らかだ。

「そんなことをしちゃ、君、僕の面子は丸潰れだ。やめてくれ」

「僕が残金を払わないと思っているのか？」

「払える道理がないじゃないか」

「なんだってそうコセコセするんだろうな、君は」

老李はむしろ蔑《さげす》むような口調だった。

「五千ドルや六千ドルの金で、この李明徴は男を売りやしないよ。こう見えても野心はそう小さくはないぜ。君は僕のようなやり方は無茶だと思っているのだろうが、僕に言わせると、君の算術は学校で習ったのから一歩も出ていないじゃないか。もし、一プラス一が二で、二プラス二が四だったら、世の商人はとっくの昔に滅亡しているよ。商人の世界の銭勘定はまた違っているんだ。とにかく、勘定はちゃんと払うから心配するな」

そう言われると春木は二の句がつげなかった。老李は月百ドルの契約で友人の事務所に机を一つ借り、表に連邦公司の看板を掲げた。

「君を副経理にするから、毎日出勤してくれ。はじめのうちはたいして月給も払えないが、そのうちに金が儲かるようになったら、相当のことがしてあげられると思う」

どうせ食わせてもらっているのだから、春木は老李の言うとおり、毎日、事務所に出るようになった。間もなく台湾から五百箱の茶が到着した。それをカサブランカ行の英国船に積み込み、船会社からもらった荷積証書や保険証書などいっさいの必要書類を取り揃えて、銀行へ提出すると、すぐ差引三千ドルの金がおりた。

「さ、久しぶりにお茶でも飲みに行こう」

商人の町香港では茶楼といって、商人たちが茉莉花の匂いのする香片茶や、広東省の六安に産する六安茶や、その他水仙、竜井など、それぞれの好みに応じた茶を飲みながら、商談をする所がある。広東人が人口の大部分を占めているこの商港では、十二時から三時頃までが茶楼の一番混雑する時間である。どこの商店も原則として朝と晩の二食を店員に食わせるが、金のある階級も貧乏人も昼はお茶を飲んで軽い点心を食べるからである。

老李に連れられて上がった茶楼は、オフィス街のビルディングの一番上にあって、何十も卓の並んだ広い部屋の中が美しく着飾った人々でいっぱいになっていた。高等難民とおぼしき上海人や北京人は男も女も派手な服装で、その中に入ると、二人の一張羅さえずいぶん貧弱に見える。

「人間と生まれたら、金持になるべきだな」

老李は周囲を見まわしながら言った。

「そして、どうしても金持になれる見込みのないものは共産主義者になるんだな」

「全くだよ。こんな連中を見ていると、僕でも共産主義者になりたくなる」

「自分に自信の持てない人間の言う言葉だ。それがいまの世の中の流行だからね。もっともひところ前までは反対に、国粋主義者になったものらしいが、要するに左になる奴は右にもなる。いじらしいくらい弱いことではどちらも似たようなものだからな。僕はそんな奴を軽蔑するが責めやしないよ。僕だって人によりかかって生きたいと何度思ったかしれないからね」

「なんだか僕のことを言っているみたいだな。耳がかゆいよ」

「いや、君のような男は共産主義者にもなれないだろう」

「じゃもっと悪いのか」

「ハハハ……。そんなにひがまなくてもいいじゃないか。僕の見るところじゃ君はしんは弱い男じゃないが、ただ少しやきがたりないんだよ」

「じゃ、どうすれば、やきがたりるようになるんだ」

「もっと苦労するんだ。苦労がたらんよ」

「これでもか」

「もちろんさ。その証拠に、いつも世の中をおっかなびっくりで生きているじゃないか。矢でも鉄砲でも来いという気持になるまではまだまだ年季を入れる必要がある」

「性格の問題だよ」

「まあ、それもあるだろうが、しかし、君は悲哀というものを知っている。悲哀を知っている人間は共産主義者になろうと思っても遂になりおおせないだろう。なぜって、君、悲哀は人間性のもっともっと深い所に根ざしていて、社会制度をいくら改善したところで、解決ができないものだからな」

「しかし、人間の社会にはまだまだ改善の余地があるだろう」

「そりゃあるだろう。しかし、どんなに世の中が変わったって、人間は絶対に人間を信ずることはできないだろう。結局、生き方は二つあるだけだ。民衆に媚びて生きるか、それとも威張って生きるかだ。媚びて生きれば生きるほど人間はますます疑い深くなってとうとう最後には疑いの虜になって滅びてしまうだろう。共産とか民主とかそんなに皮相な問題じゃなくて、それを越えたギリギリの話だよ」

「じゃ君は威張って暮らそうというわけか」

「そうさ。心にもなくぺこぺこして暮らすよりは、そのほうが僕の気質にあっている」

老李は小兵のくせに言うことが大きい。物を食べる量も莫迦にならない。二人の前にはいつのまにか蝦餃《ハウカウ》や焼売や炒麺の空皿が堆《うずたか》く積み上げられていた。

「これから、当分は借金取りにせめ立てられるだろうが、君は僕のせいにして、知らぬ存ぜぬで突っぱねればいいんだ。弁済能力のない人間がくよくよしたらおかしいぜ」

茶楼を出る時、老李はそう言ってそっとポケットから一枚の百ドル紙幣を抜き出して、春木の前においた。

「さしあたりの小遣だ。じゃ明日、また事務所で会おう」

2

夕陽が山の端に落ちて、香港の町に急に陰影が射した。

まだ夕陽の射している港の一角は真赤に焼けて海に火がついたようだった。

もうこれで、何時間ヴィクトリア公園のベンチに坐っていただろう。春木はさっきから、そろそろ腰を上げなければならないと思っていた。しかし、なぜか、まるでベンチが磁石仕掛けででもあるかのように、立ち上がろうとするたびにまた腰が下りてしまうのである。

なにも考えたくなかった。考えても仕方のないことだ。他人の金をだます仲間に入って生きることが、この二年間の成長を意味するだろうか。老李は血も涙もない男のように見えるが、全然そうだともいいきれない。他人を踏台にすることをすすめるかと思うと、自分の苦境を助けてくれたりする。なんのために自分を助けるのか、自分にどんな利用価値があるのか、その理由もわからない。とすると、老李は自分とはなにか桁違《けたちが》いにできた男だろうか。これまで生きてきた環境の産物としての学識や良心を自分はそのまま後生大事に温めているのだが、老李はまるで違う世界に生きてきたのであろうか。それとも人間はお互いに顔を合わせ、口をきき、笑ったり、怒ったりするが、本当は全然違う次元の世界に生きているのだろうか。どれもこれも皆わからないことばかりだ。

しかし、いまの春木にとって唯《ただ》ひとつさしせまった問題がある。それはポケットの中に入っている百ドルの金をどうやって使うかということだ。さっきから気にかかっているのは、人生の謎などよりも本当はこのことである。時計も持っていないし、洋服も持っていない。靴も買いたいし、シャツもボロボロだ。しかし、そんなものを全部買うには、百ドルはあまり少なすぎるし、さしあたり必要な日常品を買うにはちょっと多すぎる。なにし

ろ全然予期していなかった金だけに、この悩みは想像以上深刻だ。とうとう最後に、

「えいっ」

という気持になった。そうなると、彼はリリを思い出していた。いや、いま思い出したのではない。本当は百ドル握った瞬間から、真先に頭にきたのはリリのことだったが、少しばかり躊躇するほうが良識ある人間として自分に申し訳が立つと思っていたのだ。

もうリリには、四カ月も会っていなかった。もちろん、それは金のせいだった。金がなくてもリリは会ってくれたかもしれない。だが、そんなところに春木は妙に潔癖だった。どうせ金で結ばれた縁だ。金がなくなれば、リリだっていい顔はしないだろう。そんな顔のリリを見るくらいなら、鑽石山のバラックで天井の節穴でも眺めていたほうがいい。つまり知らず知らずのうちに彼はリリにある種のイメージを抱くようになっていたのである。男の心の中は、たとえてみれば、いくつもの部屋をもった大きな邸宅のようなものかもしれない。いろんな人間がいろんな部屋に入って来て自分と接触する。だが、どんな男だって、他人に滅多に入ってもらいたくない部屋を一つはのこしてある。春木のその秘密の部屋へ入って来ることのできる人があるとすれば、それは、リリだ。

春木は電灯のちらほらするタウンへ下りて、何カ月か前に行ったことのある陸海空通という宿へ足を向けていた。異動の激しい世界のことだから、リリはおそらく同じ所にはいるまいと思って、恐る恐る階段を上がった。ボーイは変わっていたが、リリという女を呼

んでもらえるかと聞くと、ちょっとお待ち下さいという。ものの五分もすると、リリが部屋の中へ入ってきた。彼の顔を見ると彼女は感きわまったような声をあげた。

「まあ、しばらく」

「びっくりしたか」

「あんまりいらっしゃらないから、死んでしまったかと思ったわ。いままでどうしていらっしゃったの？」

「いや、国へ帰っていたんだ。商売の資金をつくりにね」

「そうなの。で、お仕事のほうはうまくいってる？」

「まあね」

リリは以前と少しも変わっていなかった。

「君は？　ずっと元気だった？」

「それがね、あれから病気して寝込んじゃったのよ。あなたからあのお金を貰っていなかったら、死んでしまったかもしれないわ。私、少し痩せたでしょう？」

「そうでもないよ」

「そう？　それを聞いて安心したわ。あなたのほうは国へ帰って楽しかったでしょう？　久しぶりに奥さんや子供さんにも会えて」

「君のことを思い出して困ったよ」

「お世辞が上手になったわね」

とは言ったものの、リリはさすがに嬉しそうだった。

「本当だよ。お袋のお墓参りに行ったら、急に君のことを思い出してね。やっぱり君のようにお母さんがいるのは、心配も多いだろうが、心の支えにはなるよ。そう思うと、急に会いたくなって、大急ぎでやって来た」

「あんなうまいこと言って、私そんな口車になんか乗らないわよ」

リリとお喋りをしていると、春木はなんとなく落着きを取り戻してくるような気がする。

その夜、真夜中に目を覚ました春木は、自分の腕の中で前後もなく寝入っている彼女をゆすぶり起こした。

「ね、リリ」

彼女はそっと眼をあけて、そこに男のまなざしを見ると、静かに笑った。

「君、こんな生活をやめて僕と一緒に暮らさないか」

「どうして」

「もちろん、いますぐの話じゃないよ。もっと先になって商売が少し軌道にのってから」

「どうしてまた急にそんな話をするの」

「それとも厭か」

「ううん、厭じゃないわ」彼女は首をふった。

「でもあなたのほうが飽きてしまわないかしら？」

「そんなことはないさ。それよりも僕が貧乏でたいしたことがしてあげられないのが心配だね」

「全然、お金がないのも困るけれど、ふつうに食べていけたらいいわ」

「本当だね」

と念を押すと彼女はにっこり笑った。その眼つきがいつか彼が留置所の中で想像したのと、そっくりだった。やっぱり彼女は生きているのだ。その翌朝定刻の九時に事務所へ出ると、一人の男が来て待っていた。六千ドルの集金に来たのだということはきかないでもわかる。男をそのまま待たせたが、時計が十時をまわっても老李の姿は見えない。

「ずいぶん遅いですな。いつもこんなですか？」

「そうでもないんですが、どこかへ回り道をしているのかもしれません。お急ぎなら、午後にもう一度おいでになったらいかがです？」

「じゃ、そうしましょう。もし李さんがお見えになりましたら、ここの所へ電話をかけて下さい」

その男が出て行くのとほとんど入れ代りに老李が入ってきた。見ると、隆《りゅう》とした新調の背広を着込んでいる。靴やネクタイも真っさらだ。この立派な紳士から、二年前、湾仔《ワンツァイ》の盛り場で、のしいかを売っていたあの男を誰が想像するだろうか。

待っていた男のことを春木が伝えると、

「待たせておかないでも、まだ銀行から金が下りていないと言えばよかったな」

「午後にまた来るそうだ」

「じゃその時は来週来るように言っておいてくれ。銀行の手続にいろいろ手違いがあって、今週いっぱいは駄目だと言えばいいんだ。いま、ブローカーを走らせて、あちこち事務所を探しているので、僕はこれからそれを見に行く。どうだ。よく似合うだろう」

彼は微笑をしながら、春木の前で胸を張って見せた。

「よく似合うね」

と褒めると、

「そのうちに君もつくれよ。上等な服装《なり》をしていないと人が信用しないからね。じゃちょっと出かけてくる」

老李がブローカーを走らせているのは嘘ではなかった。それから毎日のように不動産のブローカーがたくさん現われるようになったし、それらの人々を相手に、老李はまるで大資本家のように鷹揚にふるまい、時々、きらっとした凄味を見せて、相手に自分の実力を信じ込ませる。もともと専門学校教育を受けており、喋らせても一人前のことをいう男だから、そうした演技をかなり自然にこなすことができた。もっともブローカーを出入りさせたのは、茶行から金を取りに来る男への牽制のためであったとも考えられる。なにはさておき、ポケットには実際にたいした金はないのだから、老李は言を左右にして支払を次週にのばし、その週になると、また次週にのばした。どうにも口実がなくなると、千ドル支払い、次の週に五百ドル、また次の週に五百ドルと都合二千ドル支払い、あとは手持品を売ってから、と言っていっさい受けつけない。というより、もうそれ以上払いたくても金がないのだ。身の回り品をいろいろ買ったあとだから、おそらく三百ドルとポケットには入っていまい。

しかし、老李は糞落ち着きに落ち着いていた。それを見ると、春木のほうがかえって妙な錯覚を起こした。たとえその日暮しの人でも百万長者の気構えで暮らせば、百万長者であり、反対に百万長者でも貧乏人のようにガツガツと暮らせば貧乏人なのかもしれない。とすると、老李は明らかに百万長者になったようだ。

その老李のからくりがわかったのは、四千ドルの借金を彼がきれいに返済してしまった時である。

五百箱の烏竜茶を載せた英国船がシンガポールやボンベイの諸港を経て、目的地のカサブランカに到着するまでに二カ月がたっていた。荷物をひとつ残らず開いて見ると、台湾の産地に茶園を所有する公司と自称するだけあって、見本と寸分違わない茶が、他の商社よりだいぶ安い値段で送られてきている。アフリカ商人はすっかり機嫌をよくし、好機逸すべからずと直《ただ》ちに一万箱の追加注文をよこしたのである。老李はふたたび信用状を抵当にして、残金四千ドルを支払ったほか、台湾から大量の買付けを行なった。ただし今度台湾から到着した茶は茶骨と称する粗悪品で、値段は前の半分にも及ばず、別に少しばかり上質茶を仕入れてきて茶骨の表面にばらまき、上質茶として売り付ける魂胆だったのである。

この計画を打ち明けられても、もう春木は驚かなかった。考えてみれば、それはいかにも老李らしい手口である。老李は公証人を買収して上質茶という品質保証書にめくら判を押させ、船積み後、所定の手続をすませると、約三十万ドルの支払を受けたが、彼の懐中にはおそらく半分ほど転がり込んだはずである。

金をつかむと、老李は鑽石山のバラックを出て、香港島の競馬場の近くにある豪壮なホテルへ引越しをした。

そのホテルの前には最新型の自家用車がずらりと勢揃いをしており、大きな一枚ガラスの扉をあけて中へ入ると、赤い絨氈《じゅうたん》を敷きつめたサロンは冷房装置がよくきいていて、外の暑さに比べてひんやりとするくらい涼しかった。老李は住客名簿の職業欄に貿易商と書き込み、原籍地はシンガポールということにした。案内されて上がった部屋は五階にあり、寝室と居間の二間つづきで、浴室の中はピンク一色で埋められ、バルコニーに出ると、海が手にとるように見えた。

「ここは一日いくらとるんだろうか」

「七十ドルだそうだ」

「へえそんなに高いのか」

坐ると身体がそっくりかくれてしまいそうになるソファの中にうずくまりながら、春木はついこの間まで、九竜城の労働者町で、石油罐で煮た飯をうまそうに食っていた老李の姿を思い出した。いつまでもあんな飯を食うのが厭になったので、老李はこんな一生一代の冒険をしてみる気になったのだろうか。しかし、それにしても、船がカサブランカに着いたらどうするつもりだろう。老李の見果てぬ夢はせいぜい二カ月の生命ではないか。

「商人というものは虎視眈々《こしたんたん》としてチャンスを狙っているから、決してこのチャンスを逃がしやしないよ。積荷を終えた電報を打っておいたから、きっともう一回追加注文が来るだろう。それが終わったら、この商売もおしまいだ」

「どうやってこの尻をぬぐうつもりだ？」

「その時になってから心配しても遅くないよ。だいたいが民事問題で、裁判になっても長びくだろうし、金を握ってしまえば、こっちが強いからね。少し金ができたから、今月から君には毎月千ドル月給を払うことにする。その代り、今度の新しい事務所に毎日出勤して適当に人を使って賑やかにやってくれ。僕はこのホテルで今後の対策についてじっくり考えてみるから、用事があったら、連絡をしてくれ。そうそう、それから一日も早く鑽石山を引き払ったほうがいいぜ。貧乏な奴らと一緒に暮らしていると、とても雑音が多いからね」

　もうこうなった以上はくよくよしたところではじまらない。どうせ自分はただの使用人で、使用人は月給をもらっている限りは主人の命令どおり働けばいいのだ。春木は春木なりに割りきって運命の日が来るのを待つことにした。千ドルの月給は副経理としては決して少ない額ではないので、彼は九竜の尖沙咀《チムシャツウィ》という住宅街の三階に部屋を借りて、リリと暮らすことになった。

　リリは何年も不安定な生活をしてきたあとだけに、この新しい生活をとても喜んでいた。この生活だって決して安定したものではないのだが、そうして喜んでいるリリを見ると、春木は本当のことを打ち明ける気になれない。不安定は人の世の常で、たとえ先が見えていても、その日が来るまでは落ち着いた気持で暮らすのが一番理想的な生き方ではないか。

「ね、あなた、私のことを可愛がって下さるのはいいけれど、奥さんや子供さんのことを忘れてしまっては駄目よ」

　とリリは言う。どこまでお人好しな女だろう。春木は思わず溜息が出た。

「だってちっともお便りが来ないじゃないの。いくら国に財産があるといったって、たまには送金ぐらいしてやるものよ」

「前にはよく手紙をよこしたけれど、返事をやらないものだから、もう諦めているよ。送金するといったって、たいした収入があるわけでなし」

「でもたとえ五十ドルだっていいわ。気持の問題ですもの。女ってそんなちょっとした心やりでもとても嬉しがるものよ」

春木が笑って相手にしないでいると、リリは自分で町に出かけて行って、女ものの長衫の衣料や子供のカウボーイのズボンなどを買ってきて、台湾へ送ると言ってきかない。その心理が春木には解しかねるのだが、あるいは彼の情婦となって彼を独り占めしていることに対する罪ほろぼしのつもりだろうか。春木はだまってリリのするに任せるよりほかなかった。

老李の予言したとおり、一週間もすると、また一万箱の追加注文がカサブランカから入ってきた。

「どうして商人はこう莫迦なんだろうな」

と春木が首をかしげていると、

「いや、最初のあの五百箱が効いているんだよ。僕のほうであと一万箱在荷があるが、同じカサブランカのもう一軒の店から照会があるが、できればいままでの取引先であるあなたの店に売りたいと言ってやったんだ。値段が相場より少しばかり安いから、他の店に買われて相場を崩されるより、独り占めしようと思ったまでのことさ」

「じゃ早いところ荷造りをしないと駄目だ。この間の船はもうどこまで行っただろうか」

「ちょうど、今日サイゴンに入ったところだ」と老李は即座に答えた。気にしていないふうを装っているが、老李は何事もちゃんと計算に入れているに違いない。「わざと船足の遅い船を選んだから、カサブランカに着くまでまだ二カ月ぐらいかかるよ、あちらこちら小さな港に寄って行くからね」

「で、今度もまた台湾に注文するつもりか」

「いや、もう面倒臭いから現地で集めよう。どうせもう後は野となれ山となれだから、黴《かび》のきた古い茶でも何でもかまわないよ。員数さえ揃えばいいんだ」

　老李は自ら事務所へ出て来ると、茶のブローカーを総動員して香港じゅうの粗悪茶を集めさせた。しかし、短い期間に一万箱かき集めるのは容易なことではなかったので、たりない分は空箱だけ買ってきて、石ころや新聞紙を詰め込んで重量を調節し、とにかく、所要の数量だけ作りあげた。

　ちょうどアフリカに行く船の期日に間に合わせるために、春木は四、五日の間、目のまわるほど忙しい思いをしたが、ようやく船積みが終わって、事務所へ帰ると、老李が笑顔で彼を迎えた。

「や、ご苦労さん。今夜はひとつ君のために慰労会をやるから一緒に行こう」

　タクシーに乗ってホテルへ戻ると、老李の部屋に客が来ていた。それは日本との密貿易に従事しているあの洪添財だった。

　添財は春木を覚えていたばかりでなく、狸の置物のような顔を綻《ほころ》ばせて、その手を握った。

「いつお帰りになったのですか？」

「十日ほど前です」

「日本のほうの景気はどうです？」

「最近は相当やりにくくなりました。密輸がますます大組織になったのと、アメリカから直接のルートが開けたので、大資本でないと駄目です。それで、李さんにも一肌脱いでもらって、ひとつ大々的にやろうというわけです」

「いや、それはこっちの言うことだ」

　と老李が脇から口を出した。三人はそれから表に待たせてある添財のビックに乗って石《セツ》塘咀《トンツゥイ》にある金陵酒家へ夕飯を食べに出かけた。シートの幅の広いビックの車は三人の男が坐ってもゆったりしている。こんな車に乗っていると、共産主義は対岸の火事ぐらいにしか見えないのは無理もない。

「奥さんには久しく会いませんが、お元気ですか？」

「ええ、まあ、宜しくやっていますよ」

「でもいつも留守にしていちゃ心配でしょう？」

「なあに、香港の女は麻雀を一組与えておけば、男がいなくてもいいんですよ。その点じゃ日本の女よりかえって扱いやすい」

「心配なのは、旦那さんのほうより奥さんのほうじゃないか、ハハハハ……」

老李が大きな声で笑った。

その晩は老李が主人役をつとめた。食事が終わるとキャバレーへ回った。どこのキャバレーでも添財は顔がきいている。女たちがわッときて、この肥っちょの小男を取り囲んだ。老李は仲間はずれにされ、ひとりでぼんやりソファにもたれかかって暗い照明の中で踊っている人々を眺めている。もうもうとした煙草の煙で、シャンデリアのまわりがぼっとかすんで見える。

「なんだ、お前たち。俺のまわりにばかり寄って来ないで、この老班《ラオパン》をもてなさないか。俺なんかよりこの李先生のほうがずっとでかい鴨だぞ」

添財が冗談を言うと、二、三人のダンサーがようやく老李のそばへ寄って来た。

「李先生ってとてもおとなしい方ね」とダンサーのひとりが言った。

「人は見かけによらんぞ」と添財が怒鳴った。

「李先生はどんなご商売？」といまひとりの女がきいた。

「さあ、どんな商売をしているように見えるかね」

「そうね。南洋帰りの華僑だわ。とてもお金持のようね、そうじゃない？　洪先生」

「お前はカンがいいぞ、李先生はマレー半島に大きなゴム園を二つも持っている。うまくだまして搾ったらうんと出て来るぞ」

と女たちは朗らかそうに笑いころげた。

「まあ」

「さ、踊りましょう」

「いや、僕は踊れないんだ」

老李はどんなにすすめられても絶対にソファから立ち上がろうとしなかった。春木や添財が女たちを抱いて、早いリズムに乗って忙しそうに踊っているのを、彼はゆうゆうと煙草をくゆらせながら眺めているばかりである。十二時を過ぎると、ホールの中は次から次へと入って来る客でますますいっぱいになった。遊んでいるというよりは、狂乱の限りを尽くしているような光景である。赤や青と矢継ぎ早に照明がかわり、そのたびに女たちの顔が妖しげな美しさを増してくる。どの女の着ている長衫もきらきらと光っており、腰の線が流れるように動いている。

一時近くなってから、三人はキャバレーを出た。暗い階段の踊り場を通る時、老李は春木の肩を叩きながら言った。

「さっきの女たちは昼間見たら皆失望してしまいそうだね」

3

春木が事務所の二階にいると、ある日、大鵬が訪ねて来た。大鵬は事務所の立派なのにまず驚き、春木の坐っている机の大きいのにもう一度びっくりした。

「たいした出世をしたもんだな」

「そうでもないさ。なんといったって、僕はただの傭人にすぎないんだからね」

それをどう勘違いをしたのか、

「もう予防線を張っているのか、今日は金を借りに来たんじゃないから心配するなよ」

「べつに心配していやしないよ」

大鵬は去年と同じつぎのあたった上衣を着ており、裏返しにしたワイシャツの襟がこれまた切れている。馬票にはまだ当たっていないに違いない。

「お茶の商売は難しいと聞いていたが、結構商売になるのかな」

「まあ、このとおりどうにかやっているよ」

「うむ」と大鵬は唸った。「やっぱり老李はたいした男だな。きっといまになにかやらかすと思っていたが、とうとう実現したな」

大鵬は春木がのしいかを売ってつかまえられた時に老李に毒づいたのをきれいさっぱり

忘れている。とすると、やはり老李の生き方のほうが正しいのかもしれない。

「君たちがバラックを出てから、とても淋しくなったよ。最近、また台湾からひとりやって来たからいいようなものの、ひと頃は話の相手もいなくて困った」

「ほオ、どんな男だ？」

「台北で、時計屋さんをしていたとかで、何でも共産党のレッテルを貼られてつかまりそうになり、すんでのところを逃げて来たんだそうだ。鄭という名前の奴だが、話のわかるいい男だよ」

「そりゃよかったな」

「いま、僕と一緒に水を汲んでいるんだが、彼奴の話を聞いていると、台湾はいよいよもって人間の住むところじゃなくなったらしいぜ。やはり一日も早く共産主義になって、蔣介石を追っ払わなくちゃ台湾人が助からんね」

「おやおや、君もだいぶ洗礼を受けたらしいね」

「そうでもないさ。でもとにかく、しっかりした信念をもったいい男だよ」

「そんなに信念のある男なら、なぜ中共に行かないんだろう」

「いま、上海にいる友人に連絡している最中で、そのうちに行くそうだよ」

と大鵬は答えた。

「じゃ君も一緒に行ったらいいだろう」

「うん。僕もそれを考えているところだ。君のようにうまくチャンスをつかまえたら、僕だって行く気はしないんだが、どうもなかなかそんなチャンスには恵まれないらしいからね」

「そう不景気なことを言うなよ。それより今夜は久しぶりだから一緒に夕飯でも食って女遊びでもしよう」

「いや、女なんか……」

　ふと見ると、大鵬は耳の根まで真赤にしている。春木はむらむらと悪戯気を起こした。そして、今夜はどうしても大鵬に女遊びを教えてやろうと思った。

　大鵬が一日に八粁《キロ》の道を走って他人の家の水運びをするようになってからこれで足かけ四年になる。そんなにして月にわずか十八ドルしか稼げないこの男に一晩五十ドルの豪遊をさせてやろう。そういえば、二十八歳になっても大鵬はまだ童貞を守り続けている。自分ではそれを誇りにしているようなことを言っているが、本当はそれほど純情な男でもあるまい。もし路上で一枚の小切手を落とさなかったら、この男の運命は全く違ったものであったかもしれない。かつて一度でもそんなことを考えてみたことがあっただろうか。それを思うと、この男に絶望を感じさせずにはおられない衝動が湧いてくるのだった。

「俺たちのような年になって、まだ独身だと言ったら、女に笑われるぜ」

「そんなこと知っているよ」はにかみながら大鵬は答える。

「それならいいが、独身の男を女が喜ぶと思ったら、大間違いだ。だから、あんた、どうして浮気なんかするの、と聞かれたら、僕はいつも、うちの女房は技術が悪くてね、と答えることにしている。そうすると女はすごく喜んで、とっておきのサービスをしてくれるぜ」

その夜、春木は厭がる大鵬を引っ張るようにして曖昧宿に連れて行った。女を二人呼んで好きなほうを大鵬に選ばせた。二人が部屋に入ると、春木はもうひとりを連れて他の部屋へ行くふりをして、そのままボーイにあとを託して家へ帰ってしまった。

翌朝、出勤する前に、例の宿に立ち寄ると、廊下で昨日の女に出会った。

「あなたのお友達ってずいぶん変わった方ね」

彼の顔を見ると、女はいきなり言った。

「どうして」

「だってなかなか洋服を脱ごうとしなかったくせに、横になると、いきなり私をつかまえてキッスするじゃないの」

意外な秘密を聞かされたような気がした。

「たった一度だったけれども、でもとても嬉しかったわ。だってこれまでいろんな人と接して来たけれど、キッスしてくれたのはあの人がはじめてですもの。私、すっかり好きになってできるだけのことをしてあげたのに、朝になると時間ばかり気にして、一番の渡し船が出る時間になったら、とめるのもきかないで、さっさと帰ってしまったわ。今度会ったら、また来るようにおっしゃってね」

まさか水汲みの仕事を気にして帰ったのだとは言えなかったので、春木は笑って頷くばかりである。

次の週に、大鵬がまた尋ねて来たので、この間はどうだったと聞いたら、彼はほかのことにはなにもふれなかったが、

「キッスってつまらないものだね。映画で見ていると、二人とも陶然としているから、どんなにいいものかと思っていたんだが、すっかりあてがはずれてしまったよ」

大鵬はその後も時々やって来るようになったが、老李はさっぱり姿を見せなくなった。茶を載せた汽船は刻一刻とカサブランカに近づきつつある。老李の生命ももう旦夕《たんせき》に迫ったようなものだ。同じ船に乗っている以上、自分の生活もしだいに終りに近づいているのかもしれない。しかし、いまの自分にはやがて落ちかかってくるかもしれない災難を避けようとする気はない。

「皆、僕がやったことなのだから、君に迷惑のかかることはない」

と老李は言う。あるいはそのとおりかもしれない。しかし、かりにそうでなくとも、なにを驚くことがあろうか。驚くのは人間がまだ人生に未練をもっているからだ。やがては幸運が自分を訪れるかもしれないという希望をもっているからだ。生きる勇気さえもはや

たいしてない人間にとって災難がなにであろう。人間の運命はなるようにしかならないものではないか。

いまの彼にとって気にかかることといえば、それはリリのことだけだった。自分が失業すれば、リリが生活に困ってしまうであろう。リリを困らせることは自分の本意ではない。もしそうなったら、リリと別れることにしよう。リリは再びもとの古巣へ戻って誰かほかの男をつかまえればいいのだ。あんな気のよい女だから、そのうちにいい男でも見つけることができるだろう。広い世界には捨てる神があれば、拾う神もあるはずだ。

そう決心すると、矢も楯もなくリリの顔が見たくなった。彼はいつもより早く事務所を出ると、渡し場へ向かった。リリがクリーム・パフを食べたがっていたことを思い出した彼は、途中で菓子屋によって箱にいっぱい詰めてもらった。

それを小脇に抱えて天星碼頭から渡し船に乗ると、九竜半島へ渡った。九竜側の碼頭のすぐ右手に大きな時計台があり、広東と香港を結ぶ広九鉄道の始発駅がそこにある。中共の統治する大陸が落ち着いてくるにつれて、難民の流入はほとんどとまったが、それでも弾圧の対象になった反動資本家や封建地主がいろんな手段を選んで香港へ脱出してくる。そうした没落階級にとって、香港は最後にのこされた唯一の天国だそうだ。

家に帰りつくと、珍しく来客があった。三十四、五になる痩せた男で、その傍で五つぐらいの女の子が、キャンデーをさかんにしゃぶっている。いきなり春木が入って来たのを見ると、男は狼狽して椅子から立ち上がった。

「私の姉の主人ですの」

とリリは言った。しかし、男の様子からして、たぶん、彼女自身の良人であるに違いないと春木は感じた。男は見るも哀れなほどあわてて、女の子を引き寄せると、すぐに出て行こうとした。

「まあ、いいじゃないですか。ゆっくり飯でも食べていったら」

「いいえ、まだ用事がありますから、いずれまた改めて」

貧乏臭い顔が、薄よごれのしたシャツの上で泣き笑いをした。やつれてはいるが、首すじも指の先も、箸よりも重いものを持ったことがないくらい繊細で、顔にもどこか苦労を知らない少年時代の面影がある。おそらく香港へ来るまでは、生活の心配などしたこともない男であろう。

リリに送られて玄関まで出て行った父と子は、階段の所まで下りてから後ろをふりかえった。その時、突然女の子が、

「さよなら、お母さん」

と叫んだ。その声があわてて口を覆った父親の掌の中に押しつぶされるのを春木は聞いていた。それを聞かなくても、彼にはわかっていたことである。

部屋へ戻って来たリリは蒼ざめた顔をしていた。

「聞こえちゃった？」そう言ってリリは顔を伏せた。

「何もかくす必要はないよ」

「でも悪いと思って」

「僕だってお前にかくしていることはたくさんある。もちろん、そんなことでお前を責めたりしない。人間は自分が一番信じている人にさえ打ち明けられない秘密をもっているものだ」

「私に秘密なんかないわ。ほんとはなんでもあなたに言ってきかせたいんだけれど、でもそれであなたを不愉快にするかもしれないと思ってやめたんです。ほんとは……」

「やめてくれ。聞かなくたってわかっている」

と春木は押しとどめた。

「君にどんな過去があっても、それが君に対する僕の気持を変えるものではない。それだけは知っておいてもらいたいな」

「ええ」とリリは頷いた。

「それからいままで君には言わなかったが、ほんとは僕は国に妻も子もいない」

「わかっていましたわ」

「じゃなぜいろんなものを買って国へ送ったりしたんだ」

「お前の子供だね」

「私があなたに言わなければならないことを、どうしても言い出せなかったからです。そんな自分の気持をどう処理していいかわからなかったからです。すみません」

リリは顔いっぱい涙を浮かべている。それを眺めながらも、胸に引き寄せるだけの気力がなかった。

「本当は私はあの人を見放すべきだったんです。苦労も知らない金持の家に生まれたあの人は、中共になってからはすっかり駄目になりました。全然、生活能力がなくて、親に頼れなくなると私にばっかり頼ろうとするのです。貧乏してその日の生活に困るようになっても、決して働こうとしないし、私が世話をして働きに出ても、すぐまたやめてしまうのです。もう私はあの人には愛想をつかしています。でも私たちの間には子供がありました。そればっかりに、私は苦労をするのです」

部屋の中はもうすっかり暗くなっている。その暗がりの中でリリはひそやかに忍び泣いていた。これが二人の別れの潮時かもしれない。やがて、この自分も短い黄金時代をあえなく閉じてしまうのだ。もう汽船はあの砂漠に挟まれた紅海を過ぎてスエズ運河に近づいているはずだ。砂漠に日が落ちて、星という星がただわけもなく輝くようになると、地上にまた花が一輪散る。散って風に吹かれて、どこへともなく消え去ってしまうのだ。

何度春木は自分の秘密をリリに打ち明けようと思ったかしれない。だが、そのたびに彼の心の中のもう一つの声にひきとめられた。いま打ち明けたところで、それがなになろう。打ち明けたところで、また逆にひたかくしにかくしたところで、時が来れば、いつか知れてしまうことだ。物事は自然の成行きに任せるほうがいい。この洋々たる大海にボートを浮かべて、ただ目的もなく漂流する人間にとって、先を急ぐ必要がどこにあろう。

それから一週間ほどたったある夕方、突然老李から電話がかかった。相談があるからすぐ来てくれと言う。タクシーをホテルに乗りつけると、老李は部屋の中で彼を待っていた。

机の上といわず、ベッドの上といわず、部屋の中は無数の荷物や包紙で取り散らかっている。その中にうずくまって、老李は何やら片づけていた。机の上に置かれた白い包紙は嵩《かさ》の小さいわりに莫迦に重たい。包紙の間から、小さな婦人用の金時計が何百個も覗いていた。

「もう一日二日したら、船がカサブランカに着くことになっている」

老李は春木に椅子をすすめながら言った。

「それで僕は、一時日本に避難しようと思う」

「…………」

「問題は君のことなんだが、君はどうする？」

春木は黙して語らなかった。

「もし君も一緒に行くなら、もちろん、君の船賃ぐらいの面倒はみてあげる。しかし、僕の考えではこの事件は君となんのかかわりもない。警察がつかまえに来たところで、君は使用人でなにも知らなかったと言えばよい。あくまでそれで突っぱねるんだ」

老李の視線は射るように鋭い。春木は直視を避けて、バルコニーのほうを眺めていた。

「実は僕にはまた別の計画がある。それは君もだいたい感づいていると思うが、香港と日本の間で密貿易をやるんだ。あんまりよく事情を知らないので、はじめは洪添財の奴を利用するが、僕は本当のところ彼奴を信用していない。だから、もし君がこちらにいて監視をしてくれたら、とても助かる。君の今後の生活の面倒も僕がみてあげられるはずだし、そのうちに君自身もあるていどの資金をつかむことができるようにしてあげるつもりだ」

「じゃ当分は日本にいるわけか」

「そりゃそうだよ。うっかり帰って来たらことだからね。洪添財は僕が帰って来られないことを知っているから、盛んに僕に焚きつけている。こちらに君のような人間がいなかったら、どんなに料理しようが向うの勝手だから、とても合作する気になれない。とにかく頼むよ」

「で、いつ出発するんだ？」

「今夜だ」

春木は自分が本当に信用されているのかどうか判断に迷った。もし心の底から信用しているのなら、いよいよ出発という日になってから知らせる手はないだろう。しかし、もし全然信用されていないのなら、なにも今夜という今夜知らせを受けることもないわけである。これは老李が自分を牽制して、一人だけ香港にとどめて、警察の餌食にするための芝居かもしれない。自分が網にひっかかることによって警察の眼をそらせるためかもしれない。

「とにかく、僕は香港にのこるよ」

「のこってくれるか。それから仕事のほうも引き受けてくれるか」

「いまのところは、なんとも言えんな」

「しかし、君、今後の生活のこともあるんだぜ」

「それはわかっている」

「話はそれだけだ。急に決めたものだから、てんやわんやだけれど、少し荷物づくりの手伝いをしてくれないか」

その夜、十二時を過ぎてから、添財が車を乗りつけて来た。老李は明日の朝早く発つ飛行機でシンガポールに帰るから、今夜のうちに飛行場の近くにある宿屋に移ると、ホテルの者に話してあった。ボーイに荷物を積み込ませ、三人の者が乗り込むと、車は夜の街を走り出した。小雨が降り出したとみえて、明けた車の窓から小粒の雫がとび込んできた。濡れた道路の上をタイヤの回る音がじーんと胸にこたえてくる。

車は人通りの少なくなった皇后道中を抜けていつか大鵬と二人で添財を迎えに行った、あの建隆行という船務行の前にとまった。薄暗い階段を上がると、建隆行の中は密輸船に乗る人で混雑していた。三人はそこでしばらく待たされたが、隣合って坐った春木と老李の会話はとかく途絶えがちだった。

「では皆さん出かけましょう」

店の番頭の合図で、一同は腰を上げた。海岸には小型のポンポン船が人々の乗り込むのを待っている。春木も一緒になって船の中に入った。雨はしだいに強くなって、夜闇の中でさえ船のエンジンの音が聞こえない。

やがて波止場を離れたポンポン船は港の真中にとまっている汽船に向かって走り出した。船のへさきに立った水夫が懐中電灯を点滅すると、汽船の甲板から同じような合図があった。ポンポン船は汽船に横付けになり、降ろされた桟橋から一人ずつ甲板へ上がって行った。

「じゃ元気で。向うへ着いたら、また知らせるからね」

老李のさし出した手は冷たかった。闇船の乗客たちが甲板の上に見えなくなってしまうと、ポンポン船は汽船を離れて、また元の波止場へ戻りはじめた。対岸の灯もあらかた消えて、終夜つけっぱなしの広告塔だけが夜の港にあかあかと輝いている。もう渡し船の最終時間も過ぎてしまい、波打ちぎわはひっそりとして人影がない。

雨のそぼ降る街路の騎楼の下を春木はひとりで歩きはじめた。老李を責める気持は不思議と湧いてこない。人には皆それぞれの生き方がある。今日は老李が去り、明日はやがてリリが去るだろう。そのリリを責めることもいまの自分にはできない。いや、もともと人間は誰をも責めることはできないのだ。それにしても、自由への道はなんと残酷な道であろうか。

濁水渓

1

昔から私は孤独な男だった。妹が一人いたが、年が五つも違っているので、子供の時から遊び友だちがなかった。八つの歳《とし》に内地人の通う学校へ入れられた。それは田舎の街で二林街長とか、後に台中州会議員をやったことのある父の嗜好《しこう》であり、父はそれが自慢だったらしいが、小学校では一組五十数名の生徒のうち、台湾人は三人しかいなかった。台湾人である私はいつも仲間はずれにされ、友だちらしい友だちももたなかった。内気で喧嘩はたいして強くなかったが、学校の成績がよかったので、ある学期、級長に選挙されたことがある。受持の先生は内地人が本島人の級長に号令をかけられるのはよくないと考えてか、副級長に選挙された内地人を級長にし、私は格下げされて副級長になった。そのことに対して私はべつに不満を抱かなかった。内気で引込み思案な私は号令をかけることが苦手だったし、私の号令で内地人を動かすことはなんとなくしっくりしなかったので、内心ほっとしたくらいである。

小学校を出ると、これまた父の趣味で、台北の親戚の家へ預けられ、そこから内地人の多い台北一中へ通わされた。中学では私は嫌な気分を満喫させられた。内地人中学生の本島人に対する侮辱は露骨をきわめ、絶対少数者であるわれわれは悪罵されたり、集団暴力の対象にされた。小学校の時はそうでもなかったのに、中学では教師までがわれわれを差別待遇した。なかでも教練の教官はとくにひどく、私は軍事教練は相当得意であるにもかかわらず、成績簿を見ると、いつも五十九点で、下に一本赤線がひいてあった。五十点以下は落第になり、五十点から五十九点のあいだが四つ以上あると、進級できないのである。きいてみると、仲間の台湾人は一律に五十九点で、「台湾人は兵隊にならないんだから、それでたくさんだ」というのが佐助と渾名《あだな》された老退役大尉の考えであったらしい。

仲間たちはこの差別待遇を痛烈に非難し、老大尉を憎悪していたが、私はこの赤線のために学校成績の平均点が悪くなり、ひいては上級学校の受験に影響するかもしれないことが不満だった。植民地に住む内地人の典型ともいうべきこの種の人間を私とて憎まないではなかったが、最初から諦めてかかっていた。田舎育ちの私は、これに似た実例をあまりにたくさん見てきた。田舎では内地人の巡査は六割の加俸をもらっているのに生活費はほとんどただである。米は米屋がただでくれるし、市場をひとまわりすれば、肉でも野菜でも無償だった。「おい、いくらだ」とポケットに手をいれて銭を出すふりをするが、「いいえ、またこの次いただきます」と言われると、「そうか」と微笑しながら帰っていく。ある時、出張で出かけた留守に、おかみさんがひとりで豚肉を買いに行くと、肉屋が金をとったとかで、巡査がやってきて、「俺がいないと、豚肉でも金がいるのか」と嫌味を言っていたのをきいたことがある。そういう環境に育ったので、私は幼い時から世の中は、はじめから不公平にできあがっているものと思い込んでいた。

中学三年の時、ある本島人の学生が内地人の上級生に鉄拳制裁されたことがあった。原因は道で会った時に敬礼しなかっただけのことであるが、その本島人は二、三日学校を休まねばならないほどひどく殴られた。あまりにも無道な仕打ちだったので、本島人の学生はその上級生に復讐しようとして、私にも一枚加わらないかと相談をもちかけてきた。

「そんなことをしたら、退学になるぜ。それより先生に話したらどうだ」

「先生に話したって、埒《らち》があくものか。実力に訴えて、やっちまうほうが手っ取り早い」

「僕はそんなことをやるのは嫌だ」

と私ははっきり断わった。

「貴様、それでも台湾人か」と他の仲間がつめよった。

「もちろん、台湾人だ」

「台湾人だったら、台湾人の味方をするのが当り前じゃないか」

私は黙ってなにも答えなかった。相手にその非を説きたい気持はいっぱいであるが、それほど、私は雄弁家ではなかった。そのうえ、皆が感情的にいきりたっているので、説得しても無駄だった。

「他媽的《カンリンニャ》！　貴様のような奴は人間の屑だ。せいぜい日本人のきんたまでも握っておれ」

仲間たちはあらんかぎりの卑語で毒づくと、その場から立ち去った。

その後、彼らは中学校前の植物園で待ち伏せて、その上級生を袋叩きにした。後ろ手に縛りあげたうえで、大王椰子にくくりつけ、ふだんの鬱憤を存分に晴らしたそうである。が、結果は私の予想したとおりで、首謀者が二人退学させられ、他の四人は一週間の停学をくらった。暴行に加わらなかったおかげで私は無事であったが、その代り仲間から異端者扱いにされた。私はますます孤独になり、点取虫と陰口をきかれながらも教科書にかじりついた。教練の成績は相変わらず五十九点であったが、四年生が終了した年に、台北高等学校の入学試験にパスした。

高等学校の雰囲気はまた違ったものだった。文科系統は四十名一クラスのうち、台湾人は五人ほどしかいないが、理科系統は十五人くらいもいた。文科系統は大学を卒業しても就職口がないが、医者ならば自分の力で食っていけるので、たいていの台湾人が理科を志望するためである。

私がことさら文科を希望したのは、学校へ入る前から、出た後のことを考えるほど、私が打算的でなかったこと、またそう打算的にならないでもすむ環境に育ったこと、そして、医者という職業がなんとはなしに気に食わないという単純な理由によるものだった。高等学校では教師も中学よりはインテリが多く、正義派や人道主義者もいた。なかでも東洋史の教師は着任早々で、しばしば教壇で植民地政治の不当を鳴らした。こうした大胆な行為は私にとっては想像を絶する大発見であった。われわれが言いたいことをはじめて内地人の口からきかされたのである。われわれ台湾人の学生たちが、彼に傾倒するようになったのは理の当然だった。

まもなく私はよくこの若い歴史教師の家を尋ねて行くようになった。すでに日華事変ははじまっており、日本の南進基地である台湾では皇民化運動が遂行されつつあった。公学校の児童に振袖を着せたり、改姓名させたり、それも改姓名しない場合は上級学校の受験を受け付けないというやり方であった。そのため、日本語もろくにできない滑稽な日本人が短期間に製造されたりして奇態百出だった。

「総督府の莫迦《ばか》どもが考えだしたことだ。こんなことで本当の皇民化ができるものか」

毛深いこの教師は眉毛をぴりぴり動かしながら喋る。役人が嫌いなのと同じ程度に、学習院の制服のような官服が嫌いで、家に帰ると褌《ふんどし》ひとつの裸でいることが多い。

「いったい、皇民化なんて、そんなことが可能ですか?」

と私はきいた。

「そりゃできんことはない。しかし、そのためには長い時間をかけなくちゃならんし、日本人であるほうが得だと思い込ませるほど、思いきって政策をかえる必要がある。このあいだもある本島人と話をしたんだが、その人はときどき大陸へ商売に出かけるそうだ。その時、日本人であることがどれだけ便利するかわからないと言っていた。僕はその人の話をききながら、もし台湾人が日本人であるほうが得だと考えるようになったら、問題は簡単だと思ったね」

「しかし、先生のお話は夢ですね。先生ご自身そんな日がくるとは思っていらっしゃらないでしょう?」

彼は苦笑するよりほかなかった。

議論はいつも堂々めぐりで、最後は大稲埕《トアティウティア》の盛り場へ出かけて行って、五加皮酒《ウジャピー》を一杯ひっかけて、湯気のぽかぽか立っている排骨湯《パイクッタン》をすするのがおちだった。

高等学校で歴史の授業を受けた台湾人はほとんど皆、多かれ少なかれ、この洗礼を受けた。それは「叛逆者」への道を歩み出す最初の踏切りだった。この洗礼を受けなくったって、われわれは皆なんらかの意味で叛逆者である。ただこの狭き門を通ると、叛逆こそ正義であるという逆説的な行為に自信がついてくるのである。私もその例外ではなかった。

寛大にされると、しだいにつけあがってきた。

西洋史の教師は東洋史の教師とは正反対である。四大節の時に勲三等瑞宝章をつけてくるこの老教師は、列強の植民地争奪史の段になるとまず、スペイン、ポルトガルの侵略か

ら、イギリス、フランス、オランダの暴政を述べ、

「儂《わし》はちゃんとこの目で見てきた。仏印では自動車が走ってくる百メートルも先で、土人は道の外へよけて自動車の通りすぎるまで待っている。轢《ひ》かれたら、轢かれ損だからだ。その点、日本の植民政策はじつに寛大である。本島人諸君はそれに感謝しなくちゃいかん。日本の政府に不満をもつものがいたら、儂は一度仏印を見に行かせたらいいと思う」

　われわれ台湾人の学生はたいていひとかたまりに坐っていたが、思わずお互いに顔を見合わせた。

「この耄碌《もうろく》爺め！　早くくたばってしまえ！」

　と誰もの目が合図し合っていた。

　しかし、どの日本人教師よりも、われわれに人気のあったのは英語教師のロイド氏である。痩身で茶色い髪毛をしたこのアメリカ人はたぶん三十歳前後であったと思う。日本歴史を専攻したとかで、かなり巧みな日本語を喋った。彼は内地人学生が嫌いで、その半面、台湾人学生とはうちとけて話をした。内地人のうちでも向う見ずの連中がこともあろうに英会話の時間に、日本精神の優越をもち出して対決を迫ったりしたからである。こんな時、彼は肩をすくめると、

「この前の日曜日、私、古亭町のあるお寺、行きました。小さい、古いお寺。小さい、十二、三歳のガールいました。私、ききました。このお寺、何宗ですか。曹洞宗ですか。臨

済宗ですか。ガールしばらく考えていました。私もう一度ききました。小さいガール答えました。あ、わかりました。ここ台北州です」

すると、級中われるような笑声がおこる。すかさず彼はテキスト・ブックをとりあげて次のページへ移ってしまうのである。

虐げられているという先入観にとりつかれたわれわれには、敵か味方か、二色の区別しかなかった。自分に好意を寄せている人には極端に愛着をもった。ロイド氏は遊びにこいとは言わなかったが、私は仲間と連れ立ってときどき彼の家へ尋ねて行った。彼は喜んでわれわれを迎え入れ、たった二脚しかない椅子をすすめながら、自分は畳の上につくったクッションだけのベッドに腰をおろす。彼のベッドにはいつも英和と和英の辞典が二冊おいてある。自分の言葉がわれわれに通じないとみると、すぐ英和辞典を開いて単語の意味を指してみせ、こちらが言葉につまると、和英辞典を出してひいてくれと言う。語学力の貧しいわれわれのあいだにおける最も便利な意志疎通の方法であった。

そのくせ、われわれは政治に関してはただの一言も触れなかった。途轍《とてつ》もない質問をして彼を困惑させるほどわれわれは無神経ではない。言葉に現わさなくとも、お互いの意志はわかるものである。

ある日、私が尋ねて行くと、彼は荷物を取り片づけていた。

「私、アメリカ帰ります」

「え？」

思わず私は叫んだ。三年間の契約できたときいていたが、彼が教鞭をとりはじめてからまだ二年しか経っていなかった。

「どうして急にそんな気持になったのですか」

「私サンフランシスコ帰って大学の先生なります。台湾もうだめです」

「先生がいなくなるのは寂しいですね」

「私も寂しい」と彼は両手をあげて泣くような真似をした。

「でもそのうちにまたきます。あなたもアメリカ、遊びきてください」

事態はますます逼迫《ひっぱく》していた。南京では汪精衛を首班とする傀儡《かいらい》政権が成立した。南進基地台湾は日本軍の「動かざる航空母艦」として全島が要塞化されつつあった。そうしたただならぬ事態が敏感なこのアメリカ人を立ち去らせることになったのかもしれない、と私は思った。

ロイド氏を取り巻く十人ばかりの仲間が集まって大稲埕の蓬来閣という料亭で彼の送別会を開いた。席上、彼は美しかった台湾《ホルモサ》の思い出を一生忘れることはないだろうと語った。皆急にしんみりしてしまった。私はその少し前に召集されて入営した若い東洋史教師を送った時の光景を思い出していた。同情者を一人失った悲しみよりも、侵略戦争を否定しながら赤紙一枚で日本刀を提《さ》げて行かねばならぬ彼の矛盾に憐れみを感ずる気持が強かった。

要するに彼もまた日本人なのだ。そして日本人であるかぎり、われわれとのあいだには越えられぬ宿命の一線がひかれているのだ。この点、ロイド氏とわれわれのあいだは人間的なつながりでしっかりと結ばれていた。

「先生、台湾の唄を歌いましょうか」と私は言った。

「ドウゾ」

仲間の一人が弦仔《ヒエンア》という胡弓をもち出してひきだした。

雨夜花《ウーヤーホエ》　雨夜花《ウーヤーホエ》
受風雨吹落地《シウホンウーツェロッテー》
無人看見冥日怨嗟《ポオランクアキンメイジッワンツェ》
花謝落土不再回《ホエシャロットプーツァイフエ》

皆調子に合わせて歌いだした。弦はもう一度同じ曲を繰り返した。すると、歌っているうちにしだいに感きわまってきた。私ばかりではない。声をきいただけで私にはわかるのだ。仲間のひとりがぼろぼろと涙を流しているのを、私は見ていた。

歌い終わると、ばたばたと拍手する音がしたが、私自身目が霞《かす》んでいまにも涙がこぼれそうになっていた。

「雨夜花」は女の美しさと儚《はかな》さを、雨の夜に風と雨に打たれておちた花に託して歌ったものので、その甘い淡いメロディーは古くから台湾の民衆に親しまれている。ところが、日華事変がはじまって台湾人が大陸を制覇する日本人の弾丸運びをするために軍夫として徴用されるようになると、ある日本人がこの曲をそのまま使って「誉れの軍夫」という歌詞を作った。

赤い襷《たすき》の誉れの軍夫
うれし僕らは日本の男児《おとこ》

当局がこの唄を普及させるために力を入れると、原詞の雨夜花の唄が全島を風靡《ふうび》し、しまいには内地人のあいだでさえ流行する有様で、当局があわてて禁止したことがある。祖先を同じくする大陸の同胞に向かって弓をひかねばならぬ台湾人の悲劇をこめて、この唄を歌う時、われわれの仲間は誰もが胸を引き裂かれるような思いがしたのである。

われわれの感情が移ったのか、ロイド氏の縁なし眼鏡さえ曇っていた。

「悲しいソングです。私も泣けます」

と彼は呟《つぶや》いた。

宴会が終わると、ロイド氏が一人だけ先に帰った。われわれと集会したことが知れると、お互いのために不都合が生ずるからである。後にのこったわれわれは弦に合わせながら、もう一度、「雨夜花」の唄を歌った。歌いながらすっかり感傷的な気分になり、皆で声をあげて泣いた。

ロイド氏が台湾を離れ、横浜から船に乗って母国へ帰ってから後、誰からともなく彼が当局から国外退去を命ぜられたのだという風説が立った。

夏休みに台中の田舎へ戻ってみると、私の通っていた小学校までが兵営と化していた。緊張した空気が漲《みなぎ》り、東大の受験準備に没頭していた私にも、なにかが近づきつつあるのだと感じられた。

大東亜戦争の宣戦布告をきいた時、私は日本内地へ向かう船中にいた。

2

アカデミズムというものがそもそも私の膚《はだ》に合わないのか、それともそこにあるものが真のアカデミズムではなかったからか、希望どおり経済学部に入ってみると、教授たちの砂を嚙むような講義が私にはこのうえもない苦痛となった。この苦痛を、同じ学部の二年上にいる劉徳明に訴えた。

「君も知っているとおり、経済学部には大内事件とか河合事件とかさまざまの騒動があっただろう。いい教授が皆追い出されて、屑しかのこっていないからさ」

と、この先輩は説明した。たった一人の後輩である私に対して、入学以来、彼はなにくれとなく面倒を見てくれていた。私の下宿にもたびたび来てくれ、慣れていない私をかつて漱石もしばしば行ったという蕎麦屋《そばや》へ案内したり、喫茶店へ連れて行ってくれたりした。孤独な私にとって友だちといえばいえる唯一の友だちだった。

「しかし、一人や二人ぐらいはいい教授もいる。君は徳村教授を知っているかい」

「名前だけはきいています」

「君らが二年になったら、講義をきくことになるが、あの人はいいぜ。もっとも講義はすこぶる難渋で、彼の著書を見た彼の恩師が、経済学者の難渋なのは西にケインズあり、東に徳村ありと評したくらいだ。学問はべつとして、とにかく、情熱漢だよ。そして、いわゆる、支那浪人の一人でもある」

私がはじめて徳村教授の風貌に接したのは山上御殿と呼ばれる教授食堂で、彼の「南洋華僑政策」と題する特別講演があった時である。

油もつけず、パサパサと無造作にかきあげた頭髪。真っ黒な顔の中で、ぎょろりと動く鋭い目。最初の瞬間に、私は彼が台湾の高山地帯に住む高砂族の一人ではないかと思ったほどである。その時の彼の講義の内容は、要するに日本の南洋政策を成功させるためには、南洋社会における華僑の役割を理解し、その協力を得なければならぬ、という一語に尽きる。注意深く目を据えていると、彼は話の継目に舌を出して厚い唇をぺろりとなめる癖があった。その無遠慮なしぐさやおよそ講壇派らしくない風貌が私の気に入った。

ある日、私は先生の研究室へ尋ねて行った。

「民族問題に対して僕は極端に甘い考えをもっている。日華提携なくして大東亜共栄圏は存在しないというのが僕の大前提だ。僕はこの日本の国を愛する。そして、日本を愛すると同じような気持で、中国をも愛する。中国人の場合も、中国を愛することがまず第一だ。そして自分の国を愛すると同じ気持で日本の国をも愛することができるはずだ。君は夢のような話だと思うかもしれない。ところが夢を実現するような気持でやらなかったら、民族問題は解決できないのだ。だから僕は意識的に甘くなろうとしているのだ。もちろん、日本の現在の国策はこの線に沿っていない。支那人を甘やかすなんてとんでもない、支那人は狡猾無類で煮ても焼いても食えない奴だ、奴らを大事にしようものならこっちがひどい目にあう、そういう考えが横行していることを僕は知っている。しかしごく少数ではあるが、軍部のなかでも僕の考えに共鳴し支持してくれる一派があるんだ。だいたい、民族問題はひねくりまわせばまわすほど、悪化するにきまっている。はじめから瞞《だま》されたような気持でやるんだ」

と彼は畳み込むように早口でまくしたてた。大東亜戦争前に、彼が駐支軍に招かれて対中国政策の設計に参画したことがあることをその時はじめてきかされた。

「僕は日本が自分の立場のために何回中国を強姦したか知っている。何回そのために僕は涙をのんだかしれない。汪精衛政権は僕らのつくったものだ。が、あれは僕らの意見が容れられなかった結果できたものだ。汪先生は名実ともに偉い人だった。政権のできる寸前までもし中国に真の和平がもたらされるなら、自分はいつでも政界から身をひく用意があると言っていた。汪先生が脱出したために重慶政権内にも大動揺をきたし、あの時、和平条約を結ぼうと思えば結ぶチャンスがあった。彼は蔣介石と日本政府が直接交渉することを最後まで願い、現地軍首脳部もその気になっていたのだが、肝心の東京がうんと言わなかったのだ。そのために僕は三度まで辞表を出したことがあるが、そのたびにいまここで退却したら、なにもかもおじゃんだと考えなおし、歯を食いしばって頑張った。結局は敗北したんだが、しかしいつかは必ず僕らの意見がとおる時がくる。そうする以外に日華親善の道がないことを彼らも認識するようになる、と僕はいまもって信じている」

彼の話をききながら、私はもし自分が征服者の側にあったら、同じようなことを言ったかもしれないと思った。しかし、先生の中国に対する深い愛情は言葉のうらを脈々と流れて強く私の胸に押し迫った。

その日以来先生は精根の限りを尽くして、「和平建国」の正しさを私にのみこませようとしはじめた。にもかかわらず、力を入れれば入れるだけ私の魂は「抗戦建国」のほうへと傾いていくのだった。

「先生のおっしゃるような真の意味での日華提携は、日本人を中国から撃退する以外にはないのじゃありませんか。もしこのままの調子でいったら、中国は第二の台湾になってしまいます。だから第二の台湾をつくらないためにも、焦土抗戦をも辞さない蔣介石のほうが正しいと思います」

「そりゃ青年にとって抗戦建国のほうが魅力的なことは僕も認める。しかし、冷静になってよく考えてみたまえ。やっぱり和平建国のほうが正しいんだ」

そのどこが正しいのか私にはわからなかった。先生の中国に対する愛も先生の意見もたぶん偽りないだろう。だが、それは先生の思っているような方法では実現できないのだ。

中国と日本の関係――大学生になった私はおそらくは永遠に解決せられぬかもしれないこの大問題を眼前に突きつけられた。中国人を祖先としながら、日本国籍を生まれながらにもっている私は嫌でもこの問題と取り組まなければならなかったのである。時がたつにつれて、私は先生の理想を実現するためには、日本を大陸から追い払うことが先決だと確信するに至った。このことに関するかぎり、徳明は私とまったく同じ意見だった。先生を尊敬していながら、先生と違った道を歩まねばならぬ悲運をわれわれはともに頒《わか》ち合った。

翌年の春、徳明は大学を卒業したが、大学院にのこって徳村教授指導の下に財政学を専攻することになった。その前に一度両親に卒業の挨拶をしに帰りたいから、私にも一緒に帰らないかと誘った。夏休みにも帰っていない私は二つ返事で承知をした。

南国育ちのわれわれにとっては寒さの厳しい二月のことだった。船会社に支払う金を出すために私は彼のお供をして大学正門の斜め前にある銀行へ行った。徳明は家から送金してきた学資を全部この銀行に預金していた。台南のある医者の一人息子である彼は、一年分の学資を一まとめに送ってもらい、毎月入用なだけ銀行から引き出して使うことにしていた。

銀行には若い女の子が幾人かいたが、そのなかの一人が秘かに徳明を慕っていた。背のすらりとした浅黒い美男子の徳明には多くの賛美者がいた。外食券を必要とする食堂でも、給仕をする女の子が親爺の目をかすめて外食券なしで食わしてくれ、私もしばしばその恩恵を蒙《こうむ》ったことがある。銀行の女の子も彼には特別親切で、私はよく彼の肩をつついて、

「おい、どうだ」とやった。すると彼はにやっと笑って、

「わけはないさ。しかし、そう罪なこともできんよ」と首をふってみせるだけであった。

窓口へ行った彼は、銀行嬢の前に預金通帳と印鑑を突き出すと、

「もう要らないから全額払い戻してください」と言った。

「いよいよお国へお帰りになりますのね」

銀行嬢の目に寂しそうな微笑が浮かんでいる。大学を卒業した徳明が遠い異国へ帰ってしまうと思ったのであろう。

「いつお発ちになりますの」

「明日の晩」と、徳明はまたくることなどおくびにも出さない。

「もうなかなかおいでにならないのでしょうね」

「そんなことはないさ。こようと思えばわけはない。船に乗れば、四日間で着くんだから」

「でも学生時代みたいなわけにはいかなくなるわ。ことに奥様でもおできになると」

「もうちゃんといるんだ。小さい時から許嫁《いいなずけ》という奴がね」

「あら、そう。劉さんの許嫁ってどんな方かしら。一度お顔拝見したいわ」

「いいとも。今度連れてきて見せてやろう。だけど、その時、君はどこにいるだろう。いつまでもここに勤めているわけじゃあるまい」

「私なんか十年たってもきっとまだオールド・ミスよ」

「かくさなくたっていいよ。君にいい人のいることぐらいちゃんと知っているぜ。顔を見たらちゃんとわかるんだから」

「まあ」と、顔を真っ赤に染めながら、「台湾ってとてもいいところですってね。うちの知合いの方で台湾に行っている人からきいたんだけれど、年じゅう暖かいし、お米もお砂糖もふんだんにとれるし。私、甘い物やバナナが大好物だから、まるでパラダイスの話をきいているような気がしたわ」

「そんなに気に入っているなら、劉君に連れて行ってもらえばいい」

と私が嘴《くちばし》を入れた。

「あら」と彼女の横顔がいっそう赤らんだ。

「そうだ。そんなに行きたけりゃ連れて行ってあげようか」

「だって」

「だってどうした」

「さっきもう奥様がおいでになるとおっしゃったじゃありませんか」

「あ、そうか」と妙にてれてしまった徳明は、それをかくすために、

「そのほうは場合によっては断わってもいいさ」

と、笑って逃げた。

預金の残額と印鑑を渡す時、銀行嬢は丁寧に頭をさげて、

「じゃご無事でね」

ほうほうのていで銀行を出た私は、思わず胸を撫でおろして、

「やれやれ」と呟いた。

「うむ」と徳明は頷きながら、「しかし、あの子は錯覚をおこしている。僕らが台湾の貴族か百万長者の息子で、国へ帰ればお伽噺《とぎばなし》に出てくる御殿のような家に住んでいると思い込んでいるんだ。本当は僕らのほうがはるかに惨《みじ》めな境遇にあるのになあ」

次の夜、東京駅で私の顔を見ると、彼はすぐに言った。

「昨夜はあの子が本当にやってきたよ。冗談から駒が出るとはこんなことだね」

「ヘエー。これは見なおした。それにしてもよく君の下宿がわかったな」

「わけはないじゃないか。銀行の通帳にちゃんと住所が入っているもの。嘘のような話だが、彼女泣いて台湾へ連れて行ってくれってせがむんだ。追い返すのに随分骨が折れた。泣いている女を見ながらつくづく日本も結婚難になったなと思ったよ。若い男は兵隊にとられてどんどん出征する。のこっているものは病弱者か不具者だけ。僕の所にまでおこぼれがまわってくるようになったんだからな」

「そんな冷酷な解釈をするもんじゃない。あの子は本当に君を好いているんだよ」

「そりゃそうかもしれん。だからでたらめを言って追い返してやった。許嫁があるなんてもちろん出まかせの嘘だ。いくら好いて好かれた仲でも内地人の娘と結婚するのは真っ平《まっぴら》だよ」

愛情よりも民族にこだわる徳明の気持に、私は同感できた。それにしても、あの素直な娘がなんとなく可哀想な気もした。

折からホームへ急行列車が入ってきたので、話はそのままとぎれてしまった。

神戸からわれわれの乗船した富士丸は門司港に着くと、そのまま二日間停泊していた。

一足先に出帆した高千穂丸が基隆《キールン》港沖で、アメリカ潜水艦の魚雷攻撃を受けて沈没したらしいというニュースが入った。ひそひそとささやき合いながら、船客たちの顔の色が変わった。その翌日、日が暮れてから船は一隻の駆逐艦に護衛されて港を出た。安全水域まで行くと護衛艦は姿を消したが、基隆近海に入ると、今度は台湾側からの駆逐艇が現われた。基隆港に到着してみて、はじめて事の重大さを知った。千六百名の高千穂丸乗客のうち、わずかに百余名の生存者がいったん沈んだ海中から浮かび上がった救命艇に乗って基隆港に辿りつくまで、商船会社の者にさえ消息が知れていなかったのである。被害者が全島にわたっていたため、台湾じゅうが上を下への大騒ぎだった。基隆沖でとれた鱶《ふか》の腹の中から人間の死体がそっくり出てきたとかで、かまぼこを食べる人が激減するなど、ようやく戦争の厳しさが島に住む人々にもうすうすながら実感をもって迫ってきたのである。私の父なども、私の姿を見るまでは、二日間、夜も眠られず、好きな酒も喉をとおらなかったそうである。

「もう東京へ行くのはよせ。帰りの船でどかんと一発くらったらなんにもならん。それより台北帝大へでも転学して台湾にいたほうがいい」

と、父は言った。

「そういうわけにはいきません。転学など不可能だし、かりに可能としても嫌です」

もはや、私は父の希望するレールの上を走る従順な子ではなくなっていた。

「船に乗るのは僕一人じゃありません。どの船もやられるわけではないし、やられても死ぬとはかぎりません。一緒に帰ってきた友だちとも相談してみて、もし彼が行かないなら僕も諦めますが……」

小心翼々として祖先伝来の家産を守っている父が、私には卑小な男に見えてならなかった。

私の家は台中の海岸に近い辺鄙《へんぴ》な二林という街にある。曽祖父の時代に対岸の漳州から渡ってきて、この土地を開拓し、付近一帯の土地を所有する勢力家になったのは祖父の時代である。その祖父の遺産を継承した父は苦労知らぬお人好しで、近隣農民の土地争いから夫婦喧嘩の仲裁までつとめ、日本人との折合いもよく、さまざまの名誉職や利権のある製糖会社の地区委員や水利委員をも兼ねていた。子供のころ、私は父の勢力をひそかに誇っていたが、いまや私の目には父が中国における外国資本家の手先になって植民地化の片棒を担ぐ買弁資本家に見えてきた。

二林街のはずれに、台湾第一の濁水渓《だくすいけい》が流れている。その名の示すとおり年じゅう濁ったこの渓《かわ》のほとりに、私はよくひとりで散歩に出かけた。雨期になると、中央山脈から流れおちる雨で水量が急激に増すため、渓沿いには幾千町歩に及ぶ肥沃《ひよく》地が未耕地のまま放置されている。堤防をおりると、ところどころ、甘藷《かんしょ》畑になっていて、芋の葉は青々と蔓をのばしているが、夏になればたちまち石と泥の下に埋もれてしまうのだ。大の男が百人かかっても動きそうにない巨石がごろごろ転がった河原には、水牛がおりてきて、草を喰《は》んでいる。大濁水の名に似つかわしくないほど水の少ない渓の流れを眺めながら、私は顔を拝んだこともない祖先のことを思った。曽祖父や祖父ならば、きっと父のようにたかが一隻の潜水艦の脅威に屈して学問を放棄せよとは言わないであろう。嵐にあえば木の葉のように揺れる戎克《ジャンク》船に乗って台湾海峡の荒波を乗り越えてきた彼ら。未開の土地で、分類械闘《かいとう》の争いをしながら血で血を洗ってきた彼らならば、生命を張るぐらいのことはなんでもないに違いない。

「そうだ。俺の体内には開拓者の血が流れているのだ」

小石を拾いあげると、私は力いっぱい渓に向かって擲《な》げた。小石をのみこんだ濁り江はなにごともなかったように悠然と流れている。

友だちに相談に行くと称して、ある日、私は台南市まで出かけて行った。徳明の父は土地でかなり有名な医者とみえ、道できくと通行人がすぐ教えてくれた。新築まもない三階建の堂々たる病院で、徳明の家族は三階に住んでいる。この訪問で、彼の母親が内地人であることを私ははじめて知った。

内地人を憎悪し内地人の娘と結婚することを嫌っている徳明。帝国主義に反抗し、鋭い社会主義のメスで社会悪をえぐる男。私の想像していたような環境とはおよそ縁遠いこの家族の雰囲気を見て私は驚いた。彼の父は温厚な基督《キリスト》教徒で、京都の医大へ留学していた時に、教会で知り合った現在の母と結婚するためには、若い世代のわれわれが想像も及ばないような苦労をしたそうである。両親の反対を押しきるために、一年間学業を棒にふったし、ようやく両親の許しを得ると、今度は内地人と本島人の結婚を認める法律がなかったために、内縁関係を続けねばならなかった。徳明自身、共通法という内台結婚の法律が実施されるまで、父親の庶子として戸口簿にのせられていた。しかし、父と母のあいだはなかなか円満で、皇民化運動がはじまる前までは母は台湾服を着て台湾料理をたべ、すっかり台湾人になりきっていたとのことである。

「なぜ君のお母さんが日本人だということを言わなかったんだ」

「そんなこと喋る必要がなかったからさ」

と徳明は答えた。

「君、台南ははじめてか。ぶらぶら街でも散歩してみないか」

三月の南国はもう暖かかった。彼は白いワイシャツ一枚のまま、私と連れ立って外へ出た。われわれは広々とした大通りを避け、わざわざ曲がりくねった石畳の路地を歩いた。数百年間、台湾の府城であったこの旧都には古い歴史を感じさせる廟《びょう》や寺院が多い。日清戦争直後、劉永福が北白川宮の率いる日本軍と戦った最後の地でもあり、有名な噍吧哖《タパニ》事件の首謀者たる余清芳らが『三国志』さながらの結盟をした西来庵もこの市にある。そうした因縁の地に育った彼がこれらの先知先覚の遺業を継ぐことになんの不思議もないが、日本人との混血児である彼が日本人に楯つくことに微塵も矛盾を感じないのかと、内心私は躊躇せざるをえなかった。この疑問を投げかけると、彼は急にこわい目つきをして、私を睨《にら》みつけた。

「鄭成功の母親だって日本人じゃないか。そして、明朝の重臣名将たちがあいついで降服していった時に、台湾に拠って最後まで戦ったのは彼ではないか」

「そりゃそのとおりだ。しかし、鄭成功の場合は相手が満州族だった」

「相手が誰だろうが、そんなことは問題ではない。今日、鄭成功が漢民族のシンボルであることを疑うものがあるか！」

「…………」私がだまっていると、

「ならそれでいいじゃないか」

彼は腹にたまった不純物を吐き出すように言った。

狭い路地を脱《ぬ》けて、われわれはいつのまにか赤嵌楼の城址に出ていた。かつて十七世紀にオランダ人が台湾を統治するために築いたこの城楼は、明の永暦十五年、すなわち一六六一年、鄭成功の軍門に下り、彼の復国の府になったことがある。いまではわずかに朱塗りの楼閣が二棟残っているのみであるが、彼の烈々たる闘志はなお眼前に彷彿《ほうふつ》としている。さきに清朝に投降した父親の芝竜をはじめ、その子孫十一人が燕市において殺され、鄭氏歴代の墳墓があばかれてもなお屈しなかったこの忠臣は、日本人にさえ崇《あが》められ台南市の開山神社に台湾開拓の始祖として祭られている。

日本人は彼が母親の血を受けていることを強調したがるが、鄭成功の意識のなかにはまったく存在しなかったものであるかもしれない。

「君は血というものを重要視するようだが血とはいったいどういうものなんだ」と、徳明は言った。

「血とは要するに、血が流れているという意識じゃないか。たとえば、日本人をみたまえ。彼らは大和民族だと信じ、その意識によって結束している。だが、彼らが自分たちの祖先について真剣に考えてみたことがあるか。もし本当に学究的につきつめたら、日本人はアイヌと中国人と朝鮮人と南洋土人の混血人種にすぎないじゃないか。だから血とは共同の地盤に生きているという意識なんだ。僕は生まれながらに台湾人として育った。台湾人としての民族的な苦痛を嘗《な》めてきたし、これからも嘗めていくだろう。台湾人としての意識しか僕にはない。それで充分じゃないか」

もう日暮れ近かった。赤嵌楼のすぐ下には、徳明が通ったという公学校の庭がある。その向うに聳《そび》えた二階建の校舎の硝子窓が夕陽を反射してきらきらとひかっている。城楼の石のてすりに凭《もた》れて夢を見ているような徳明の横顔を、私は美しいと思った。

3

ふたたび東京へ戻った私はしだいに気持がせっぱつまってきた。

魯迅のことが思い出された。留日学生として仙台医学専門学校で勉強していた彼はあと一年で卒業するという年に、学校の講堂で映画を見たことがある。日露戦争後のことで、満州でロシア軍のスパイをした中国人を日本人が処刑する場面があり、同胞の中国人がまわりで物珍しそうに眺めていた。このシーンを見た魯迅は、一国の興亡にとって国民の身体の健康はそれほど問題ではない。精神の健康こそ重大だ、と痛感し、ペンをもって中国人の精神の改造をすべく奮然学業をなげうって東京へ出て行ったのである。

彼の伝記を読みながら、死せる学問をこれ以上続けることになんの意味があろうかと私は疑いはじめた。中国の学生はペンを捨てて、祖国を日本帝国主義から守るべく戦いつづけている。こんな重大な危機に自分ひとりが書物の虫になっていて、それでよいのだろうか。考えあぐんだ私は自分の苦衷を徳明に訴え、できれば彼をも私の道づれにしたかった。ところが、私の打明け話をきくと、

「こういう時はじっくりと腰をおちつけて学問をするほうがいい。いまに身につけた学問を役立てる時がくる。それまでもうしばらくの辛抱だ」

と反対した。彼を無条件に信頼しはじめていた矢先だけに、私は無性に腹が立った。

「学問学問というが、君の思想と行動にどれだけの相互関係があるんだ。行動を伴わない思想は価値がないじゃないか。人間の価値は行動できまる。いくら崇高な思想をもっていても、それが行動として現われなければ、金がたまってから世の中のためになることをや

ろうと考える高利貸と同類だ」

「そうあせることはない。人間の値打ちは棺桶の蓋をするまではわからんものさ」

これ以上私は議論をすすめる気にならなかった。徳明は結局、抽象的な理論家にすぎない。生死を共にするに足らぬ奴だ。無念と索寞《さくばく》の情に打ちひしがれて、しばらくのあいだ私は彼の顔を見るのも嫌だった。

しかし、学校を捨てて大陸へ渡ろうという私の初志は、ますます堅くなるばかりであった。

ちょうど、そのころ、大学にも留日学生と称する連中が汪政府の奨学資金を受けて入学してきた。私の学部にも周万祥という厦門《アモイ》生まれの男がいた。同じ福建語を喋る関係もあり、大陸の情報に飢えていた私は、彼と親密になることによっていろいろと奥地の様子をきき出そうとした。

親しくなるにつれて、彼は少しずつ本当のことを打ち明けるようになった。意外にも彼は非常な抗日思想の持主であった。少なくも私はそういう印象を受けた。それでありながら、なぜ奥地へ行かないで、汪政府の金をもらっておめおめと仇敵の国日本へやってきたのであろうか。そうした自分の行動に矛盾を感じないとすれば、なにか重大な任務を帯びているのではなかろうか。私の推測を裏付けるかのように、ある日、彼はＹＭＣＡの自分の部屋の引出しから一枚の手紙をとり出してみせた。

「これは奥地にいる僕の愛人からきた手紙なんだ。長いあいだ、上海の学校で一緒だったんだが、彼女はいま重慶に行っている」

「奥地と手紙のやりとりができるのか」

「うまい方法があるんだ」と彼は声をひそめた。

「いわゆる清郷地区と奥地のあいだでは戦争もやっているが、商売もこっそり行なわれている。奥地にはインドを通じてアメリカの援助物資が入っているだろう。それを揚子江づたいにもってきて占領地区の物資と交換する密貿易業者がある。奥地の連中が上海あたりの地下工作者と連絡するのはたいていこのルートを使っている。この手紙もそのルートできたんだ。読んでみたまえ。内地と書いてあるのは、日本人のいわゆる奥地のことだ」

　それは恋人と再会の日を渇望する、若き女性の切々たる愛の告白だった。

「するといまでも奥地へ行く方法があるわけだな」

　手紙を読みながら、私はきいた。

「もちろんだとも。僕の愛人も事変後三年目になってから行った。彼女の時は天津をまわって行ったが、交通機関は牛車と船以外にはないから、てくてくと山道を何千里も歩かなくちゃならん。何カ月もかかるぜ」

「君はその愛人に逢いたくないのか」

「そりゃ逢いたい」

「じゃなぜ行かないんだ」

突拍子もない私の質問を受けると、彼は当惑の色をあらわにしながら、厚いロイド眼鏡の下から覗き込むように私の顔を見上げた。もう一度、女の手紙を手にとりながら、

「近いうちに僕もひとまず上海へ帰ろうかと思っている。日本の大学もたいしたことはないし、だいいち日本語を覚えるまでが大変だ」

「本当に帰るのか。いつ帰るのか」

と私はせきこんだ。

「どうしてそんなことをきくんだ」

「もし本当に帰るなら、その時、僕を連れて行ってくれんか」

びっくりしたような表情をして彼は私の目を睨んだ。

「僕はもうこれ以上ここにじっとしておれないんだ。一日も早く東京から逃げ出したい。しかし、大陸には知合いもいないし、どうやって奥地まで行くか、その道も知らない。君が愛人に会いに行くのなら絶好のチャンスだ」

「だがね、上海までどうやって行くかが問題だ。君は旅券もないし、いまからでは渡航の手続も容易じゃないだろう」

「なんとか密航の方法はないだろうか」

「そうだな」

と彼は腕を組んで考え込んだ。窓の外で号外を売る新聞売子の鈴の音が鳴っている。またしても大本営の戦績発表だろう。

「難関は新義州と山海関だけだから、なんとか方法がないこともない。新義州を通る時は日本人は調べられないから、日本人のような顔をしておればよいし、山海関を通る時は、日本人の係官が来たら、中国人のような顔をし、中国人の係官が来たら、日本人で通せば大丈夫だ。その点、君はどちらにも見えるから都合がいいよ」

と彼は言った。

これで私の肚《はら》はきまった。決心がつくと、急に気が楽になった。それとなく別れの挨拶をすべく、私は徳村教授の住む練馬のお宅へ出かけて行った。

「このごろは毎晩ねられないで困っている」

と憔悴《しょうすい》したような顔をした先生が応接間へ姿を現わした。

「お体の具合でも悪いのですか」

「いや、自分のことではない」

「そういえば、戦局はずいぶん悪化してきたようですね」

「そうなんだ」と先生は重苦しそうに唸《うな》った。

「僕はこのごろ、いったいどうして日本がこんな道を辿るようになったかを振り返って考えているんだが、長い目で見た場合、その原因は遠く明治維新にまで溯《さかのぼ》るようだ。してみると、日清、日露戦争、上海、満州事変、そして日支事変、大東亜戦争と、これは日本経済の膨張していく必然的な過程だというよりほかない。しかし、そんな昔まで溯らないで、われわれの時代に、日本の国策の転機がなかったかと考えてみると、どうもやはり昭和十六年にあったと思う。あの時、もし僕らの主張が通って、全面和平が実現していたとしたら、こんなことにはならなかったのじゃないか。僕が国策を誤るといって東京から刀を日の丸の旗でまいた刺客が南京まで乗り込んできたことがあったが、とうとう最後に影佐中将が妥協してしまった。あの時ほど影佐という男が嫌な奴に見えたことはなかった。じつにじつにくやしかった」

「でも歴史的必然じゃありませんか、いきつくところまで行くほうがかえっていいですよ」

「しかし、日本は絶対に負けない。最後の一兵まで戦って、全滅してしまっても降服するようなことはない。絶対に負けなければ、最後の勝利はこちらのものだ。神州は不滅だ」

戦局の悪化はまだ一般には知られていないのに、先生はもう敗戦の見通しをつけているのだ。ふだん整然たる論陣を張る先生の話に神州不滅がとび出すに至っては痛々しいというよりほかなかった。

「天皇陛下は決して日本人が世界の侵略者になれとはおっしゃっていない。君はよく台湾人が日本人に反感を抱いているように言うが、それは現地の日本人が大御心《おおみこころ》を体得していないからだ。本当に大御心を理解したら、台湾人もわれわれと一緒になって戦ってくれるはずだ」

「大衆はどうか知らないが、少なくとも台湾のインテリは、日本が負けたほうがいいと考えていますよ」

「なに！　そんなインテリなら糞食らえだ」

一喝されて私は沈黙してしまった。しかし、それで屈服したのではないことは、先生を睨みかえす私の目に示されていた。怒りと苦悩にふるえている彼に向かって私は言った。

「日本の敗戦を願うことが台湾を救う道ではありませんか。そして、台湾を帝国主義から守ることこそ台湾人青年の使命ではありませんか」

日本が帝国主義国家でないことを私に信じさせ、私を一個の立派な日本人に仕上げることが、先生の年来の宿望であることを私は知っている。その彼の畢生《ひっせい》の理想が彼の身辺から崩れかかっていこうとしているのを、彼は眼前で見せつけられているのだ。その愛を信じているだけに、先生の目ににじむ涙を見る私の目にもいつか涙が浮かんできた。

「もし君がそう信じているなら、いつまでもそのままではいけない。自分の信念のために働くことだ。僕としてはつらいことだが、そう忠告するよりほかない」

すでにあたりは暗くなっていた。先生に別れを告げた私は野原の多い道を歩いて省線の駅まで出た。途々、私は悲壮な先生の顔を思い浮かべながら、先生を愛すれば愛するほど自分が先生と離れていかねばならない運命を悲しんだ。正しく生きるためには、時には、自分の生命を削る思いをしなければならない。それにしても先生はよく言ってくれた。ひょっとすると、先生は私の魂胆を見抜いていたのかもしれない。

私が憲兵に寝込みを襲われたのは、それからまもなくのことであった。

「おい、起きろ」と怒鳴られて、眼をこすりながら体を起こすと、傍に見知らぬ男が立っていた。窓をあけると夜が白々と明け染めたばかりである。思いがけぬ出来事に唖然としていたが、気をとりなおした私は下宿の階下へおりて、顔を洗うと、大急ぎで朝食をかきこんだ。そのあいだじゅう、田舎出らしい坊主頭の男がつきっきりで見張りをしていた。

二階へ戻ると、べつの国民服を着た男が、私の部屋の本箱や引出しをひっくりかえして証拠がための書籍や手紙やノートを引っ張り出していた。そのなかには武内義雄の『支那思想史』やバルザックの『絶対の探求』のごとき、およそ危険思想とは無関係な書物が混じっているのを見て、私は苦笑を禁じえなかった。私の本箱の中にはカウツキーの『農業経済論』と、レーニンの『ロシアに於ける資本主義の発達』という当時の禁書が隠されており、それは徳明がある先輩から借りてくれたものである。本箱の前に坐って、私は憲兵のやることを黙ってみていたが、幸運にもこの二冊の書物は証拠資料のなかへ入れられなかった。

「二、三日泊まってもらうかもしれんから洗面道具を持ってこい」

二人の私服憲兵に囲まれて私は家の外へ出た。道の四辻にもう一人背広姿の男が立っており、私の姿を見るとずかずかと傍へ寄ってきた。

「逃げたりしたら承知しねえぞ。学生だから手錠だけは勘弁してやるが……」

その男が三人のうちで一番上官であることは、他の二人の態度で知れた。私はもちろん逃げる気はなかったし、逃げおおせるものでもなかった。

三人の男に挟まれて、本郷追分町から電車で神田へ出、須田町で乗り換えて靖国神社下で降ろされた。その左手に見える兵営風の建物の裏口から私は麴町《こうじまち》憲兵隊へ連れ込まれた。

持物をとりあげられパンツの紐まで抜きとられた私はそのまま豚箱にほうりこまれた。丸太で八つに仕切られた留置場には手の届かない上のほうに鉄骨の格子窓があるだけで、昼間も夜のように暗かった。時計もないので時間がわからず、留置場の廊下を歩く当番憲兵の軍靴の音だけがきこえてくる。

事の意外さに私は途方にくれてしまった。私は徳村教授と徳明と万祥以外に自分の秘密を打ち明けていないが、彼らのなかの誰かが私を売るとは考えられない。してみれば、私はなにかほかの嫌疑でつかまったのであろうか。原因が不明であるために、なるべく早く取調べを受けて白黒をきめてもらいたかったが、最初の日一日、私は留置場に放置されたままだった。窓から静かに消えていく陽《ひ》の光を見つめながら柄になく私は弱気になった。

翌日の午後、ようやく訊問室に呼び出された私は取調べを受けているうちに、大学における私の言行が詳細にわたって調べられていること、私の下宿が以前に少なくとも二、三回は捜査されていること、そして、どうやら私は重慶側のスパイとしての嫌疑をかけられているらしいことがしだいに明瞭になってきた。この不当な嫌疑に私は激憤を感じた。

日が暮れるまで根掘り葉掘りきかれた末にようやく留置場へ戻された私の胸は怒りで煮えくりかえっていた。係りの憲兵曹長は、私が台湾を日本から引き離して大陸へ結びつけようとしているのではないか、または台湾の独立を図っているのではないか、と当てずっぽな質問を浴びせたが、そのたびに私は「そんなことはありません」と否定しなければならなかった。いっそう叛逆的な気分になりながら私は内心で「もちろんそうだ。俺は台湾人をお前たちの手から解放してやろうと思っているのだ」と叫んでいた。

自分で自分の英雄的思想に酔い壮士的気分に泣いた。ガンジーやネールもきっと私のような気持で牢獄に繫がれ、その度を重ねるにしたがってますます牢固不抜な信念を築きあげていったに違いない。牢獄は政治犯の人間を養成する所だ。俺を調べているお前たちはなんたる莫迦者だ。もし俺をお前たちに都合のよい人間に仕立てようと思うなら、なぜ利益や甘言で釣って骨抜きにしてしまわないのだ。こうして牢獄にぶちこんでおくのは逆に俺の精神鍛錬をしてくれているようなものではないか。たとえ俺が死んでも、俺に続く者は無数にいるんだぞ。私は大声を張りあげて叫んでやりたかった。

冷たい廊下を行ったり来たりする憲兵の軍靴の音がずしりずしりと胸に響いてくる。この軍靴の下に蹂躙《じゅうりん》されていった幾十百万の無辜《むこ》な民衆のことを思うと、私の胸はふるえた。

慣れてくるにつれて、留置場に入れられている十数名の男たちはほとんど統制違反の闇屋であることがわかった。未決囚同士の会話は禁じられていたが、話好きの憲兵が退屈まぎれに囚人の身の上話をきいているのが、筒抜けにきこえてくる。

「お前たちはこれまでにずいぶん苦しい目にあったことがあるだろう」

「いえ、いまが一番つらいですよ」と脂ぎった中年の男の声が答えた。

留置場の中で坐禅を組まされている者が、皆同感だとでもいうようにいっせいに笑った。

「もう今後は絶対に闇をしまいと思っています」

「嘘吐《ぬ》かせ、今後は絶対に見つからないように気をつけにゃならんと思っているのだろう」

図星をさされて、留置場の中はふたたび爆笑に沸いた。

若い色白の憲兵が柵《さく》の外から私の学生服を見ると、格子の前に立ちどまった。

「お前学生か。どこの学校だ」

「東大です」

「そうか。東大か。どうしてまたここに入れられたのだ」

「よくわかりませんが、たぶん思想的なことだと思います」

彼はじろじろと私の顔をみつめていたが、

「そんなことならたいしたことはない。そのうちに先生がもらいさげにきてくれるから心配するな」

と慰めてくれた。彼は自分も高等商業に行っていたが中途で召集され、普通の一兵卒ではつらいので、志願して憲兵試験を受け、まだなりたての新米だと言った。そして、飯の時間がくると、沢庵の入った弁当を二人前まわしてくれたりした。

留置場の窓から夕陽の余光が今日も静かに消えていく。空しく留置場で明け暮れているあいだに憲兵は私の交友関係を調べ、私の日本人の友人たちを召喚して参考訊問したが、結局、証拠らしい証拠をあげることができなかった。自分の職務にいささかの疑惑も抱かないこの憲兵曹長は、それでもまだ諦めていなかった。怒声を張りあげて、

「さっさと白状しろ。でないといつまでたっても娑婆《しゃば》へ出られんぞ」

「そんなことをおっしゃっても身に覚えのないことです」

「いくらかくしたところでだめだ。なにもかもわかっている。白状しなけりゃ、こっちから教えてやろうか。貴様、周万祥という支那人留学生を知っているだろう！」

「…………」

「彼奴はもうつかまっているぞ。奴がどんな男か知っているか！　重慶のスパイだ」

私の顔がさっと蒼ざめるのを見ると、間髪を入れず、

「嘘をついたってだめだ。奴が全部泥を吐いた。さ、貴様が奴とどんな話をしたか言って

みろ」

「戦局がだんだん悪くなってきたと話したことがあります」

と言いかけると、憲兵は椅子から腰を浮かして私の言質《げんち》をとらえようとした。そのしぐさで彼がはったりをかけたのだと悟った。万祥はつかまっていない。つかまったとしても喋ってはいない！

「おい、それだけじゃあるまい。それとも殴らにゃだめか、この野郎」

あっ、というまに私の頬はじんとしびれ、耳ががんがん鳴った。よろけて思わず机の端に摑まった私は歯をくいしばりながらじっとこらえた。

翌日、ふたたび訊問室に入ると、彼は気味悪いくらい愛想よく私を迎え、煙草をすすめたり、新聞を見せてくれたりした。ははん、今度はこの手でこようというんだな、と私にはぴんときた。

「どうだ。戦局は貴様のいうようによくないが、戦争は勝つか負けるか」

すでに応対のこつを覚え込んだ私は大いに警戒して、なにも言わぬにかぎると思っていた。

「どうだ。勝ちそうか」と彼はもう一度繰り返した。

「さあ」

「じゃ負けると思うか」

「さあ」

私は嫌な顔をしながら口をつむっているよりほかなかった。

「どう思うか。遠慮なく言ってみろ」

「僕にはわかりません。僕は国の最高指導者ではありませんから、わかるはずがありませ
ん」

「しかし、貴様には貴様の意見があるだろう」

と、彼はなおもしつこい。

「戦争に勝つとか負けるとかいう問題よりも、むしろ勝たねばならぬということじゃありませんか」

と、苦しまぎれに私は答えた。

「うむ、そりゃ勝たねばならんさ。しかし貴様は戦争は勝たないという見方だな」

彼はなにか考え込むふうだった。そして、どう思ったのか、自分の引出しをあけると、配給にもらったアンパンを二つ取り出して、一つは私にすすめ、自分も一つ頰張った。アンパンにかぶりつきながら、私は配給米が一週間もたまっていることを思い出し、一日も早く帰って腹一杯かきこみたいものだと思った。

ちょうど一週間目に、私は一枚の紙に自筆でわが罪状を書きつらね、今後、軍に協力して留学生の動向を監視し、スパイの検挙に尽力するという誓約をさせられたうえでやっと

釈放された。参考資料として持参した書類を片手に、虱《しらみ》のたかった学生服のまま憲兵隊の正面石段をおりた。

六月の太陽は、一週間、窖《あなぐら》の中で暮らした私の目にはあまりにも明るすぎた。靖国神社の銀杏《いちょう》の緑が風に揺れてさらさらと動いている。

生まれてはじめて私は体の自由であることの喜びを味わった。形容のできない溢れるようなうれしさがこみあがってきて、胸がきゅっとしまるようだった。

下宿へ戻って汚れた服を脱ぎすてているところへ、徳明がやってきた。

「やあ」

「よかったな」

感動的な声とともに、われわれは強く抱き合っていた。

「君がつかまった時、僕もすっかり覚悟したよ」

「すまなかった。だけど君のことには一言もふれなかった。どんなことがあろうと君には絶対迷惑をかけないつもりだったよ」

「僕も君がつまらんことを喋るとは思わなかったが、なにしろ君に本を貸してあるだろう。あれの出所について追及されやしないかと心配だった」

「ところが、おかしなことに、あの本は二冊ともそのまま本箱の中にあるんだ」

と、私は他の書物のあいだに挟まっている禁書を取り出して見せながら、思わず会心の微笑を浮かべた。その書物は陳超平という古い先輩の蔵書であった。

「僕の留守中に憲兵が一回きたらしいが、女中さんにそれをきいた時はもうだめだと観念した。本のことで追及されたら、自分の物だと言い張るつもりだった」

「もう安心だよ」と書物を元の本箱に蔵《しま》いながら私は言った。「調べる奴がまるで教育のない男で、スミスもマルサスも知らないくせにマルクス、エンゲルスというとたんに目の色を変えるんだ。自分らの不倶戴天の仇敵だと教え込まれているんだね。大人が子供に訊問されているようなもので閉口したよ」

「そういえば、徳村先生が研究室で待っている。とても心配していたから、すぐ行ってこいよ。僕はここで待っているから」

玄関まで出かかった私は、彼をふりかえってきいた。

「周万祥はどうした」

「彼奴は案外胆っ玉の小さい男で、君がつかまったときいたら、すっかりうろたえていた」

「そうか」と頷くと、私は研究室へと足を急がせた。

徳村教授は整理していた原稿から顔をあげると、

「この前から危ないと思って君に注意するつもりだった。君が上海へ行くと言っていることが僕の耳に入ったくらいだから」

「でも僕はごく少数の人にしか話した覚えがありません」

「誰の口から伝わったものか知らんが、僕はこいつは危ないと直感した。そう思っていたところで君がつかまったときいたんだ。すぐなんとかしてあげたかったが、僕の親友の憲兵隊長は宇都宮に転任したばかりだし、なにしろああいう所は上から行くと、かえって感情を害して当人がいじめられる可能性もあるから、とにかく一週間待ってみることにした。一週間たっても出てこなかった場合は、宇都宮に行くつもりだったんだよ。最近は、僕自身が憲兵に尾行されている有様で、まったく困ったものだ」

「ご心配かけて申しわけありません」

「今後は気をつけて、うっかり喋ったりしたらいかんよ。僕にならどんなことでも思ったとおりのことを話してさしつかえないが」

先生の温情のこもった声に接すると、私の目頭が知らず知らず曇ってきた。

「僕は君が憲兵にいじめられて、ひねくれてしまいはしないだろうか、とそれが一番心配だった」

「そのことなら大丈夫です」

「そうか、それはよかった。本当によかった」と先生は繰り返した。

これだけ愛してくれている先生に叛《そむ》いているのかと思うと、私は涙をこらえるのに苦痛を覚えた。

その晩、徳明に連れられて彼の馴染の台湾料理屋へ行った。もう物資の欠乏しているころで、豚の足や頭で作った特別注文の料理は沢庵と冷飯で生命をつないできた私にとって、うまいという言葉では表現できないほどだった。

4

それ以来、徳明に対する私の気持が幾分元へ戻った。大陸へ密航しようとする意図は少しも変わらなかったが、月に一回か二回ずつ、友だち面《づら》をしてやってくる憲兵の監視の目をかすめて事を運ばねばならなかった。ところが肝心の周万祥がのらりくらりしてつかみどころがなかった。この野郎も口ではうまいことを言っているが、結局は汪精衛の金で日本留学にきている人間ではないか。心の中ではそう罵りながらも、他に伝手《つて》のない私は、彼と不即不離の関係を保ちつづけた。

六月に帰る予定が七月に延び、七月が八月に延びた。

一方、徳明は当時なかなか入手できなかった左翼の経済書をどこからか手に入れてきては、私に貸してくれた。私を自分の弟分のように思い、私に思想的な裏打ちをしようとしているのだった。

「今度、陳超平先生の所で読書会を開くことになったんだ。君もこないか」

と、ある日、彼は言った。

「集まる連中はたいてい君の知ってる顔ぶれだ。もう日本の敗戦も目に見えてきただろう。その時に備えて、われわれの結束を堅くすることと、中国の社会経済の勉強もしておこうという、二つの目的を兼ね合わせているんだ」

「陳先生ってどんな人だろう」

と私はきいた。ときどき同学会で顔を合わせているが、彼が商工省でかなり重要なポストについていること、私の借りた禁書が彼の所有にかかわるものであること以外、私はなにも知っていなかった。

「かつて高文を二番でパスした秀才だ。われわれ赤門出の台湾人ではさすがに出世頭だけあって、頭脳明敏な人だぜ。君のことはもうすでに話してあって了解ずみなんだ」

徳明に伴われて、私が池袋のはずれにある陳氏の家へはじめて出かけて行ったのは、夏も終りに近い八月の末のことだった。田圃《たんぼ》の中の一軒屋で、標札に、沼田超平と書かれている。

「彼、改姓名しているのかい」

「いや、内地人の籍に入っているんだ」

私が妙な顔をしていると、徳明は弁解するように、

「そうしないと、絶対に出世しないよ。役人になる以上は、台湾籍ではからきしだめだか

らね」

「しかし、おかしいじゃないか。民族の指導者を自任する男が、日本人の養子になったりするってのは」

「僕もそう思って遠まわしにそれとなくきいてみた。そしたら、彼は方便だというんだ。彼のように昭和のはじめに大学を卒業した人は、われわれが想像する以上の苦杯をなめている。こういうカムフラージもある程度許してやっていいんじゃないか」

陳氏を中心とする読書会は、極端に色彩の濃厚なものだった。選ばれるテキストも毛沢東の『新民主主義』とか、ヴィットホーゲルの『解体過程に於ける支那の経済と社会』とかいったもので、陳氏はそれらの書物に公式的な注釈をしながら学生たちに説明していった。

「中国の建設は社会主義からはじめ、最後には共産主義でいくよりほかない。毛沢東も言っているように、中国はまだ高度の資本主義の水準に達していないから、資本家と協力する新民主主義の段階を通過する必要がある。だから究極の理想へもっていくまでのあいだは資本家と妥協し、ある程度、資本家を利用しなければならない」

台湾語アクセントのない見事な日本語で喋る陳氏の講義をききながら、私は肉体的な反発を感じた。中国における貧乏な大衆の知識や生活の水準をひきあげるためには、社会主義が手っ取り早いことは彼の主張するとおりかもしれない。中国にかぎらず、世界の歴史の必然的な方向として大衆がしだいに浮かびあがってくることも事実だ。しかし、そのことを内地籍を獲得することによって立身出世の道を辿ってきた彼のような男の口からきくことはなんとなくそらぞらしかった。昔から彼はそう信じているのか、それとも時局に対して見通しのきくこの聡明な男は、いまのうちに実績をつくっておこうとしているのか。

一カ月ほど通ううちに我慢のならなくなった私は、口実を設けて欠席するようになった。時局はますます緊迫していた。それを裏付けるかのように、遂に学徒徴兵延期条令の改正が発表された。それまで勤労奉仕に時間をさきながらも曲がりなりに授業を続けてきた文科系統の学生は、ペンを捨てて銃をとることになった。学園はざわめき、気の早い学生たちは、故郷へ帰りはじめた。それとほとんど数日の違いで、台湾人・朝鮮人学徒の志願兵制度が発表されたのである。

新聞をつかんだ私の手が震えた。何度も何度も同じ記事を読みかえしながら、私はそれより二年前に志願兵制度が施行された時の光景を思い出した。志願とは名ばかりで、私の田舎ではもう五十歳になっていた私の父までが志願をさせられた。ビール樽《だる》のように肥満して駆けることさえ容易でなく、そのうえ喘息《ぜんそく》持ちの父が実際に徴兵されることはもちろん考えられぬことであるが、指導者の率先垂範というゼスチュアを要求されたのである。学徒志願兵が発表された以上、私は早晩自分の態度を決めなければならないことを知っていた。

それから二、三日後、私は朝鮮人学生と一緒に配属将校室に呼ばれた。荒木大将のような鬚を生やした老陸軍大佐は一場の訓示を垂れたうえで、個別的に志願の意志の有無をきいた。朝鮮人の学生はいずれも言を左右にして即答を避けた。

「君はどうだ」

と、わざと軍人言葉ではない君という言葉に力を入れながら老大佐はきいた。

「もう二、三日考えさせてください。親の意見もきいてみなければなりませんから」

「この際、親の気持で左右されちゃいかん。国のことは家のことより大切だ。な、そうだろうが」

「はい」

「君の親だって日本人だ。いやとは言わんはずだ。親がいいと言えば志願するのか」

「はい」と機械的に答えると、私は挙手の敬礼をした。

いっせいに私のほうをふりむいた朝鮮人学生の目に侮辱的なものが浮かぶのを私は見た。

配属将校室を出た私は階段を駆けおりると、急ぎ足で坂道を登って安田講堂の前へ出た。銀杏の並木にはもう肌寒い風が吹いている。風に揺れる木の葉は一枚一枚がことごとく震えていた。だが、じっと見つめると、その一枚一枚の震え方が、それぞれ違っていた。青空に向かっている先のほうほど震えが激しかった。

学業を捨てても大陸へ密航しようと決心した俺ではないか。その俺が銃をとって人もあろうに大陸の同胞に向けることができるものか。たとえ死ぬような重労働を課せられても、兵隊になることができるものか。徳明の顔がふと浮かんできた。彼はもう学部を卒業しているからこの兵役にはひっかからない。なんて奴は運の強い男だろう。俺よりもはるかに危険な思想をもっているのに、憲兵にも特高にもつかまらないうえに、兵役まで免れてしまったのだ。

その日の夕刊には、いち早く志願した私大の台湾人学生の談話が美談として、でかでかと掲載されていた。翌日になると、台湾人学生の管理をしている台湾総督府文教局から、もし志願しない場合には退学させたうえ、徴用する旨の非公式の警告が発せられた。すべてが予想どおりになってきた。東大には私のほか、農学部と法学部に四人台湾人の学生がいる。私は彼らと打合せをするために、地下室にある喫茶室に集まった。誰一人として美談の主人公になるような男はいなかった。が、志願するかしないかについては議論紛々《ふんぷん》で、結局先輩たちの意見もきいてみようということになった。

私が彼らを代表して、中野にある徳明の下宿へ出かけて行った。雑然とした部屋の中で徳明は寝ころがって本を読んでいた。壁に打ちつけた釘には冬のオーバーの上から、タオルの寝巻や夏の浴衣まで無造作にかけてある。本棚からはみ出した書籍が部屋じゅうにごたごたと積み重ねられていた。

「昨日も君の下宿へ尋ねて行ったんだが、君は留守だった。厄介なことになったたな」

と、首をふっている彼に向かって、

「もし君ならどうする？　志願するかい」と私はきいた。

「うむ」頬杖をつきながら、彼は唸った。

「むずかしい問題だな。しかし、僕ならもちろん志願しないさ」

「志願しないと学校をやめなくちゃならんよ。どっちにしてもやめなくちゃならんのだから、その点で未練はないが、学校をやめてから後どうするかが問題だ。まさか黙って徴用される手もないだろう」

「そりゃそうだ。逃げるよりほかないな」

「もちろん、逃げるんだが、どこへ逃げたらよいだろうか」

「うむ」出窓に腰をおろしたまま彼は考え込んだ。不規則な生活をしているのか、美しい彼の顔が透きとおったように蒼白かった。

「だから、先輩たちの知恵をかりたいのだ。なにかいい方法があるかもしれんと思うから、陳先生にも連絡してみてくれないか」

「そうだな。そうしてみるのもいいな」

　あくる晩、強制志願にひっかかる五人の学生は陳氏の所へ集まった。腕組みをしながら、陳氏はおもむろに口を開いた。

「昨夜、僕は一晩考えたんだが、結局志願するよりほかあるまい」

「なぜです。なぜ僕らは命をなげ出さねばならないんです。いったい、われわれが守らねばならない祖国はどこにあるんです」

法学部の学生が叫んだ。

「先生は僕らに大陸の同胞に向かって銃を向けろとおっしゃるのですか」とべつの学生が応じた。

「いやいや決してそうじゃない。戦争はもうじき終わるかもしれない。君らが訓練しおえるまでに日本の国が瓦解するかもしれないし、かりにそうでなくとも、日本人は君らを大陸へ送って行って戦争をさせるような莫迦な真似はしないはずだ。たぶん君たちは特別の軍隊を組織して、日本内地のどこかに駐屯させられるだろう。もし本土作戦がはじまったら、その混乱に乗じて逃げ出せばよい。サボタージュの方法はいくらでもある。鉄砲を撃てといえば、空に向かってぶっぱなせばよい。要はそれを気づかれないようにうまくやることだ。そして、生命を大事にして絶対に戦死するような軽はずみなことをしないことだ。いま死んだら、それこそ犬死だからね。君たちが兵隊になりたくない気持はもちろんよくわかるが、志願するのが一番安全な方法だ。逃げてまわるよりかえって安全かもしれない。それに、君たちが軍事教練を受けておくことは将来、台湾が解放され、われわれの手で建設されていくようになった暁には必ず役に立つと思う。なにごとも高くとぶためにはまず屈することが必要だ」

いかにも沼田超平らしい話しぶりだった。日本人の養子沼田ならそんなことを言うに違いない。そう思いながらも私は一言の発言もしなかった。

「しかし、志願するかしないかはむろん君らの自由選択だ。僕は自分の意見を述べたまでのことだからね」

志願受付の締切りまであと二日間しかのこっていなかった。翌日も私は他の学生たちと会合したが、大勢は志願に傾いていた。私は自分一人だけ孤立したような寂しさに胸のさける思いだった。徳村教授に会いたかった。だが会えば先生がなんとおっしゃるか想像できるような気がした。先生に会っても私の決心が鈍るとは考えられない。ますます胸苦しくなるだけのことだ。

その夜、下宿に帰ると、私は取り散らかしている書物をきちんと整理し、焼きすてるべき手紙やノートはことごとく焼きすてた。引出しの中から父と母の写真が出てきた。田舎で気をもんでいるに違いない父と母。ことに子煩悩な母の顔が、そのやさしい目つきが、じっと私を見つめているような気がした。それをとりあげると、私は胸のポケットにつっこんだ。しばらくしてからもう一度とり出してみた。母親は台湾服を着ている。もしこの写真を見つけられたら……と思いながら、私は長いあいだためらっていたが、急に意を決してそれを火の中へ擲げ込んだ。めらめらと燃えあがった写真が、するめのように丸く縮んで灰になっていくのをいつまでもいつまでも眺めていた。

5

まだ夜が明けたばかりだった。私を乗せた省線電車は東京駅へ向かって走っていた。人の少ない電車の窓から斜めに歪《ゆが》んだようなビルディングや、そのあいだに挟まった看板ばかり大きなモルタルの日本家屋が次々ととび去った。灰色の空はどんよりと低く垂れさがっており、行けども行けども殺伐な都会の風景が続いていた。ふと、私のそばで一人の男が立ちあがった。とびあがらんばかりに驚いて私の腰が思わず浮いた。そうだ、私は逃げているのだ。私はいま追われているのだ。電車はスピードをおとすと、すっと神田駅に着いた。職工風の見知らぬ男は扉があくとホームへ降りて行った。ほっと胸を撫でおろしながら、私は座席へ坐り込んだ。胸はまだどきどきなっている。

私は走った。二段ずつ石段を跳んで上がった。固唾《かたず》をのむために、ときどき立ちどまった。駅の電気時計が午前零時すぎで止まっている。関西へ下《くだ》る列車ホームの柵を通る時、私は深く学生帽をかぶりなおした。改札口に、二、三人の男が行ったり来たりしている。憲兵隊につかまっているころ、私服に着替えた憲兵たちが毎朝点呼が終わると、ぞくぞく出かけて行くのを私は見ていた。憲兵はどこにでもいるのだ。駅の入口、改札口、ホーム、乗客のなか、私のまわりに坐り込んだすべての男が憲兵のように見える。急行列車を避けてわざわざ乗り込んだ大阪行きの普通列車には、田舎の連隊に入営すべく帰って行くらしい学生たちの姿もちらほらしている。私もそのような顔をすればよいのだ。それで少しもおかしくないのだ。怪しまれることもないのだ。そう思いつつも、私は誤って人を殺した男のように絶えず見えざる影に追われているのだ。

列車が名古屋に着くと、私は駅から徳明宛に「シバラクリヨコウスルゲシクノニモッセイリタノム」と打電しておいた。神戸には私の母方の親戚が貿易商をやっているので、ひとまずそこへ落ち着くつもりだった。その親戚についてはいままで誰にも話したことがなかった。大阪で乗り換えた私はリュックサックを背負いなおすと、山下町駅で電車を降りた。大学の受験のために上京した時、私は一度だけその家へ来たことがある。ガード下をくぐって果物屋や肉屋や荒物屋の並んだ穢《きたな》い町を通り抜け、坂道を上った右手の宿屋の二、三軒先だと記憶している。それもうろ覚えなので、小一時間も探しまわった末にようやく目当てにしている宿屋が見つかった。ところがたしかここだと思った家には日本人名前の標札がかかっている。

「こちらに台湾の方で彭さんって方がいらっしゃいませんか」

「さあ」出てきたおかみさんは首をかしげた。

「私たち一年ほど前から住んでおりますが、そんな方おりませんね」

「じゃその前に住んでいた人かもしれません。僕が来たのは一昨年の年末でしたから。どこへ引っ越したかわからないでしょうか」

「ちょっとお待ちください。きいてみますから」

と、家の奥へ引っ込んだおかみさんの後からよぼよぼの老人が出てきた。

「前の方は故郷《くに》へお帰りになったらしいですよ。儂《わし》らが周旋屋の紹介でこちらへ移ってきた時はもう空家でしたから」

それをきくと、私は全身の力がいっぺんに抜けて、そのままぐったり地べたに坐り込んでしまいそうになった。急に一寸先まで真っ暗闇になってしまった。私にはもう身をかくすべき所がない。さしあたり今夜泊まるべき宿のあてさえもない。懐中にはまだ二、三カ月分の下宿代に足るくらいの金は持っている。しかし、元の下宿へ戻ることもできないし、移動証明をもらって他の下宿へ転居することも、もとより不可能だ。

ふと気がつくと、私は海岸通りを歩いていた。倉庫や税関の建物のあいだから、内台航路や上海航路の汽船の巨体が覗いている。海へぐっと延びている起重機。対岸に林立する工場の煙突。その煙突から吐き出される濛々《もうもう》たる煙。煤煙《ばいえん》で塗られたようなどんよりとした港の空。ここで切符を買えば台湾へ直航することはできる。だが待っているものは牢獄と、そして今度こそ本物の思想犯としての拷問《ごうもん》。ポーポーとまの抜けたような長い汽笛の音をききながら、私はなぜか涙もろくなってきた。私は何度も何度も海岸通りを行ったりきたりした。なんとか上海航路の船にうまく潜り込めないものかと考えた。船員とぐるになればできないことではない。内地への渡航を許されない朝鮮人が大きな箱の中に、乾パンと一升瓶を二本持ち込んで、荷物になって門司に着いたところを発見された記事をいつか新聞で見たことがある。空の一升瓶は小便を入れるためだった、と白状していたのがいつまでも心にのこっている。それにしても、箱を逆さに積み上げられたりしたらどうするのだろう。二日も三日も頭を地につけたままじっとこらえるのだろうか。私の目はいつか上海航路の船の甲板へ大きなクレンチで次々と釣り上げられる荷物に吸いつけられていた。あの中にはなにが入っているのだろうか。まさか弾薬ではあるまい。弾薬なら軍の輸送船が使われるはずだ。

冷たい風が私の襟元をかすめて通った。思わず大きなくしゃみが出た。そうだ、こんな所をうろうろしてまわるのが一番危険なのだ。波止場には憲兵や特高がうようよしている。彼らはスパイとは港町や軍需工場地帯をふらつきまわる怪しげな男であると教え込まれている。船着場で三時間もうろついていた挙動不審の男——それだけで彼らにとってはもってこいの獲物ではないか。しかも調べてみたら徴兵忌避で逃げまわっている台湾人ときている。

それに気づくと、すぐに波止場を離れて繁華街のほうへ戻っていった。その夜、私は港に近い小さな木賃宿に頼み込んでようやく泊めてもらった。しかし、そこに長く泊まることはできない。金も続かないし、だいいち危険だ。次の朝になると私はふたたび車上の人になっていた。ちょうどいい具合に姫路の裁判所で判事をしている台湾人の先輩のことを思い出したのだ。同窓会で二度ばかり顔を合わせただけで、いきなり泊めてくれと頼み込んでも、うんと言ってくれるかどうかまるで自信がない。しかし頼るあてのまったくない私としては、それに一縷《いちる》の望みをかけるよりほかなかった。汽車を降りて裁判所へ出かけると、蘇守謙判事はきていなかったが、住所を教えてくれたので、すぐに彼の官舎が見つかった。

蘇氏は私を覚えていてくれた。この姫路で台湾人といえば自分の一家だけで、内地人のあいだにまじって、寂しい生活をしている彼は、喜んで私を迎え入れた。嘘を並べるよりも、この際思いきって頼むにかぎると思った私は自分の来訪の目的を告げた。

「一面識しかないあなたにこんなことを頼むのは恐縮ですが、男と見込んでのお願いです」

顔を下に向けて考え込んでいる彼の禿げかかった額がてかてかとひかっている。希望と絶望のあいだを彷徨《ほうこう》しながら、私は注意深く彼の表情を眺めていた。十分ぐらいじっとそうしていただろうか。ふとあげた彼の顔には困惑のきざしもなければ警戒の色もなかった。

「あんまり長いあいだでは困るが一週間や十日ぐらいならいいだろう。しかし一ヵ月以上は困るな」

「それで結構です。どうも有難うございます」

と思わず頭がさがった。蘇生した思いだった。

「ところで、君は米を持っているか」

「ええ、持っています」と、私はリュックサックの中から米の袋をとり出した。

「じゃすまないが、自分の食い分だけ出してくれないか。じつは僕らは配給米ではたりないし、かといって職業柄、闇をやるわけにもいかん。仕方ないから町の食堂で雑炊やそばの行列をしたりしているんだ」

と、判事は言った。

私が蘇判事の家にかくれているあいだに、台湾人の学徒志願兵は涙と憎悪と旗の波に送られて入営した。蘇氏と彼の夫人はともにわけへだてのない親切な人だった。判事の家にいるかぎり、それは嵐のなかの安全地帯であることを私は身をもって体験した。だが、いつまでも彼らの厚意に甘えることはできなかった。三週間ほどたつと、私はこの家へはじめてきた時と同じ不安な気持を抱きながら、またも西下する列車に揺られていた。

次の目的地は長崎だった。高校時代の友人の一人が長崎医大へ入っていることを私はそれまですっかり忘れていた。長崎ならば、東京から遠く離れているし、のんびりした所だろうから、目につかないかもしれない。それに大陸航路の船便もある所だから、密航のチャンスがあるかもしれないと虫のいいことを考えたりした。

長崎でも私は医大へ行って友人の住所をきいた。台北の万華の生まれで、遊廓界隈に巣食うゴロツキのあいだで育ったその友人は、ラグビー選手の合宿で一緒になったことがあり、高校時代も稀代のなまけ者で、とにかく医者になりさえすればよいというので、辛《かろ》うじて学校を卒業すると入試のない長崎へ一人だけ流れてきたのである。楽天的な男で、私がころがりこんでも少しも迷惑そうな顔をしなかった。

その男の下宿で、私は昭和十九年の春を迎えた。

彼の下宿は港からあまり遠くないところにあった。ほとんど毎日のように私は海岸へ散歩に出かけた。船が出たり入ったりするのを眺めながら密航の可能性について綿密に研究してみたが、結果は絶望の一語に尽きた。そのうえ懐中はもうほとんど無一文だった。友人のほうはずっと以前から故郷の送金が絶えており、むしろ逆に私の金があてにされていた。私の腕から時計が消え、万年筆が消え、たった一着もってきた背広さえ質に入っていた。

このままの状態がこれ以上長く続くはずもない。徳明に援軍を求める手紙を二通も出してあるのに、杳《よう》として返事がこない。奴もまた牢屋にぶちこまれているのではないかと不安になった。友人は一度東京へ行ってくればよいとすすめるが、彼が私の金をあてにしていることは明らかだった。そのうえ、佐世保でスパイの検挙があって以来、長崎がにわかに厳しくなってきた。うっかり外出もできないが、かといって一日じゅう家の中に引っ込んでいると、下宿の人から怪しまれる虞《おそ》れがあった。

いよいよ、東京へ戻る決心をしたその晩、私は一人で海岸へ出かけて行った。埠頭《ふとう》では大連行きの船が昼夜兼行で荷積みをしていた。風はまだ寒かった。蛇の鱗《うろこ》のように蒼くひかる海の上に、ぼっと霞んだ月がかかっている。その月をじっと見つめていると目の前がしだいに朦朧《もうろう》としてきた。渺々《びょうびょう》として続く海原。眠ったように横たわっている岬。船から洩れてくる黄色い灯。ちらちらと目をさす人家の明り。それらのものにかこまれながら、私は、私の青春が空しい敗北また敗北の連続のような気がした。この海を見ながら、この船を眺めながら、この手と足をもっていながら、青春のすぎていくのをむざむざと見送らねばならぬとは！　嗚呼！　中国よ。失われた祖国よ。祖宗の地よ。なぜ俺がこんなに声を大にして叫んでもお前は答えてくれぬのか。ここにお前のために生命を投げ出そうとしている男があるのに、なぜそれを受け入れてはくれぬのか。

「おい若《わけ》えの」

ふざけたような声とともに、男の手が私の肩にかかった。ふりかえると、それは五十がらみの酔漢だった。酔漢は私の肩に両手をおき、自分の顔をびっくりするほど間近に近づけて私の顔を覗き込んだ。ぷんと息詰まるように酒臭かった。

「なあ。若えの。なんで泣くことがあるんじゃ。え、泣かねばならねえほど悲しいことがあるんじゃ」

と私の肩を揺すりながら続けた。

「男はな、どんなことがあっても泣くじゃねえ。泣いちゃ女子に嗤《わら》われる。嗤われるぞ、わかったか。え、この莫迦野郎！」

私がおとなしくしているのをみると、酔漢はいい気になって、なおもまわらぬ舌をもつらせながら続ける。

「若えもんはな、女子に捨てられたからって泣くことはねえ。泣くひまがあったら、やっつけるんじゃ。え、千人斬りの悲願をかけるんじゃ。手前《てめえ》、いままでに何人くらいやった。なに、十人もやらねえ。だらしがねえ。男はな、百人はやらにゃ、男じゃねえぞ。手前それでも男か。え、青草刈るようにさあっと撫で斬りにするんじゃ。草薙剣《くさなぎのつるぎ》てのあるだろう。あの調子でやるんじゃ。人生二十五、七つボタンは桜に錨《いかり》。な、若えの、しっかりせえ。しっかりするんじゃ」

酔漢は私の袖をつかまえると、自分のほうへ引っ張ろうとした。私は腕組みをしたまま、じっと動かなかった。

「手前はまたなんて野郎じゃ。お地蔵さんみてえな野郎じゃねえか。いや気に入った。気に入ったぞ、女が可愛がってくれなんだら、この俺が可愛がってやる。おい、あっちへ行って一杯飲みなおそう。な。行こう。行こう」

「うるさい。この酔っ払いめ」

いきなり払いのけると、酔漢は道の上に仰向けにひっくりかえった。私は後も見ずに夜の道を急いだ。

6

雨が斜めに打った。頭はずぶ濡れになり、濡れた頭から雫《しずく》が襟首を伝わって流れ込んだ。一張羅の薄汚れたレーンコートから雨がしみて、ぺったりと膚《はだ》につくようだった。それも気にならなかった。気にするだけの気力がなかった。

私は歩いた。あてどのない野良犬のように歩いた。人家のあるあたりをすぎると、野《の》っ原《ぱら》に出た。畑には栄養不良の麦の穂が伸びはじめている。雨は畑の向うでも降っている。走ったとてなんになろう。雨はどこででも降っているのだ。もう何時になるだろう。太陽のない空は時間を感じさせない。日暮れが近いことだけはわかっているのだが、そんなことはどうでもいいのだ。

朝、東京駅で降りた私はその足で徳明の下宿へ尋ねて行った。恐る恐る玄関をあけると、ちょうど顔見知りの女中さんが出てきた。徳明は私が東京を逃げ出した直後に下宿を引っ越したときかされた。どこかわからぬかときくと、住所を書いたものを出してくれた。その先に行ってみた。二週間ぐらいしかいなくて、よそへ引っ越していた。引越し先も不明だった。悪い予感がしてきた。なんの返事もなかったのも道理だった。彼はつかまっているのかもしれない。俺が名古屋から打った電報のせいじゃなかろうか。俺のことが原因でやられたのだったら本当にすまない。謝りようがない。

しかし、ともかく彼の消息を知る必要がある。徳村教授なら彼の指導教授だから知っているかもしれない。いまさら、この姿で先生の所へ行くことはできない。俺は先生の教えにそむいた男だ。どの面さげて先生に会いに行くのだ。

不本意ながらも私は陳超平氏の所へ足を向けていた。役所勤めの男だからおそらくまだ家には帰っていないだろう。俺の姿を見たらどんな顔をするだろう。どんな顔をされたってかまうものか。俺のききたいのは徳明の消息だけだ。

陳氏の細君は私の顔を見ると、息がとまるくらいびっくりした。それでもとにかく、私を応接間へあげてくれた。

「どうなさったかと思って、私たちとても心配していましたのよ。なにしろ皆が志願して入営されたのに、あなた一人だけ姿をくらましてしまいましたでしょう。後がそれはそれは大変だったらしいんですの」

「劉君はその後どうなったかわかりませんか。別状ありませんか」

「ええ、ときどきお見えになりますよ」

「そうですか。それをきいて安心しました。どこに住んでいるかわかりませんか」

「さあ。主人にきいてみませんと。どこか、大森のほうらしいんですけれど、私は行ったことがありませんから」

と細君は答えた。徳明が無事だときいて、私は消えかかった火が勢いをもりかえしたような暖かさを感じた。徳明さえ無事だったら、なんとかなる。私は応接間の書棚の前に立って整然と並んだ書物を引っ張り出してページをめくったりした。日本精神に関する書物なども混じったなかに、何気なく左翼の書物が挿入してある。書物をあけると、書物に特有な印刷インキと黴《かび》の匂いがぷんと鼻をついた。懐かしさで胸がいっぱいになった。

日が暮れてから帰ってきた陳氏は私がきていることをきくと、なぜ自分に無断で家へ上げたかと細君に怒鳴り出した。その声が戸の隙間から洩れてきた。やがて応接間へ姿を現わした彼を見ると、むっとしたような無愛想な顔つきだった。

「いままでどこへ行っていたんだ。君のためにわれわれはずいぶん迷惑したぞ。ことに徳明は一番ひどい目にあった。君の荷物を片づけに行ったら、はじめから徴用令状がきていたんだ。責任を追及されそうで、何回下宿をかわったかしれん。僕が言っているだろう。嵐の時に嵐を避けようとしたら、かえってひどい目にあう。逃げる足よりも追っかける嵐のスピードのほうが早い。嵐のなかで、じっと蹲《うずくま》っておれば嵐のほうで見落としてしまうものだ。それを君のように兵隊になるのが嫌で、逃げまわったりすると、君自身はそれでいいかもしれんが、はたの者が迷惑する。自分のことばかり考えないで、少しははたの者のことも考えるべきじゃないか」

「どうも申しわけありません」

「志願しないのならしないでもいいさ。その代り徴用工になればいいじゃないか。道は二つだけだ。志願もしなければ徴用工にもならんで逃げまわるようだと、君の動機が疑われてくる。結局、君は労働が嫌いで、それを回避しようとしているんじゃないかと疑われても仕方があるまい」

　彼の説教をききながら、私は腹のなかが煮えくりかえるようだった。もし私が自制心のない男だったら、そのままこの男を殴りつけていたかもしれない。私が労働を回避している。私が無責任な男で安易な道を歩いている。誰がだ！　この私がか！　そうだろう。貴様のように一生涯カムフラージをして生きていることに英雄的プライドを感じている男なら、私は安易な生き方をしているように見えるだろう。狭い日本のなかを憲兵や警察の目をかすめて逃げまわるほうが、商工省のでっかい課長の椅子に坐り込んでいるよりもずっと安易だろう。それが世間の目というものだ。世間という大袈裟な表現をしなくとも、私の仲間たちはそう思っている。私の行為はいつだって、どのような解釈をくだすこともできそうなほど極端なのだ。そして、仲間はつねに私が卑劣な生き方をしていると思うのだ。そう思うことによって、自分たちの行為を正当化しようとするのだ。

「徳明君はいまどこにいますか？」

　と私は燃えあがる怒りを抑えながらきいた。

「あんなに迷惑をかけたうえで、また彼に会うつもりか？」

「会って謝りたいと思っているのです」

「いまさら謝ったって仕方がない。こんな時に君が行ったら、彼はかえって迷惑するばかりだ。それに彼がいまどこに住んでいるか僕は知らん」

私は椅子から立ちあがった。憎悪と侮辱のかぎりをこめた一瞥《いちべつ》をのこして、そのまま雨のなかへひきかえした。

ポケットにはもう五十銭札が一枚しかのこっていなかった。たまらないほど空腹を感じたが、外食券を持っていなければ、飯を食わしてくれる所もなかった。雨に濡れた麦の穂を二、三本引きちぎってみたが、空腹と絶望はどうにも始末がつかなかった。その夜、畑の中にある藁《わら》の掘っ立て小屋の中で、藁の中へもぐりこんで一晩を明かした。

翌日、私は池袋から神田まで歩いて行った。空腹に耐えかねて途中で雑炊の行列をした。十五銭一杯の雑炊を嘗めるように食べてしまうと、よけいに腹が減ってきた。隣でうまそうにすすっている音をきくと、我慢がならなくなった。あと三十五銭しかのこっていない。えい、どうにでもなれと思ってもう一回行列をしなおした。二杯かきこむと、どうやら腹の虫が少しおさまった。

神田についたのは、もう昼すぎだった。用心深く周囲を見まわしたうえで、私はYMCAの建物の中へ入って行った。案内を乞わないで、勝手知った階段を、周万祥の部屋のある四階まで上がった。万祥の部屋の扉が半開きになっていた。その中から人の話し声がきこえてくる。

私は抜き足さし足で扉の近くまで寄って行った。話し声の主は一人は万祥であるが、もう一人は日本人だった。きき覚えのあるような声だったが、誰だか思い出せなかった。耳を壁によせていると、二人の会話は急に上海語にかわった。なにを喋っているかわからないが、さも老友らしく快活に笑っているのが洩れてきた。

その笑い声をきいて、私は突然思い出した。そうだ。まさしくあの声は私を捕えたあの憲兵曹長の声ではないか。危険だという意識と裏切られたことに対する激怒が同時にぐっと胸にきた。それとほとんど同時に椅子から立ちあがるらしい音がした。さっと身をひるがえすや、私は便所の中へとびこんだ。

便所の隙間から覗くと、万祥は私服の憲兵と二人で、さも親密そうに冗談を交しながら階段をおりて行った。そうか、そうだったのか。一切のことが私には明瞭になったような気がした。あの留学生が憲兵の飼犬であることに気がつかなかったとは！　抗日思想をしみじみと語り、重慶にいる愛人からの手紙を見せてくれたあの男がそうだったとは！

長いあいだ、私は便所の中にいた。万祥が一人でひきかえしてくるまで待って、ひと思いに片をつけてやろうかと思った。しかし、考えてみれば、万祥のごとき男は手にかけるにもたりぬ奴だった。刺し違えて死ぬにはこちらの気位があまりに高すぎた。

「いつかやっつけてやる。それまでは我慢することだ」

そう自分に言いきかせながら、私は電車通りへ出て行った。

私にはもう行く先がなくなっていた。塵埃《じんあい》の多い町の並びは以前と少しの変化もないが、死んだように虚ろだった。町を歩く人々も生活にやつれ、目に全然生気がなかった。いつまでこんな生活が続くのだろう。天地がひっくりかえるような大きな変化がこないものだろうか。大地震でもきて、一瞬にして人類の絶滅と終焉《しゅうえん》がくるような朝がこないだろうか。私の心は変化を熱望していた。

夜になるまで町をぶらついていた私は最後の二十銭の使い途について長いあいだ考えた。大衆食堂の暖簾《のれん》を見ると、腹がぐうぐう鳴った。鰯《いわし》を焼いている匂いを嗅ぐと、そのままとびこんで行きたかった。しかし、最後の二十銭は、お昼の十五銭とはわけが違う。これをどう使うかによって、私の運命がきまる大切な金なのだ。とうとう私は雑炊への誘惑に打ちかった。二十銭で省線の切符を一枚買った。徳村教授の所へ行く決心をするまでには、長い激しい心の葛藤があった。それは敗北ではなかった。私は徳村教授だけは私の行為を非難しないことを知っている。私が私の良心に忠実な男であることを少なくとも先生は知ってくれているからだ。蔣介石は毛沢東や汪精衛と張り合っていても、彼らと一脈相通ずるものがあるだろう。英雄が英雄の心を理解するように、もしくはゴロツキがゴロツキの心理をつかんでいるように、教授は私の心情を理解してくれるだろう。そうであればあるだけに、お互いに心のふれあうことが恐ろしいのだ。

しかし、遠くから先生の家にともっている電燈の明りを見ると、私の心は急に素直になった。わが家へ戻るような気持で気軽に玄関の戸をあけた。

私は泣いた。手放しだった。おちる涙で顔じゅうが濡れた。ああ、なぜ先生は私を叱ってくれないのだ。なぜ思いきり頬の二つ三つも殴りつけてくれないのだ。私はそれを願った。そうしてくれれば、私はすぐに泣きやむのだ。

しかし、先生はじっと椅子に坐ったまま、私が泣きやむまで待っていた。その顔を正視することが私にはできなかった。ふいてもふいても涙があとからあとから溢れ出てきた。

小母さんが入ってきて、小声でなにかささやいた。

「風呂がたったそうだから入りたまえ」

と先生は言った。ハンカチを出して目をふきながら、私は辞退した。

「まあ、遠慮するな。今日だけは君が先に入りたまえ。今日だけだよ」

そして、小母さんに向かって、

「林君の床をのべてくれ。今日はゆっくり休んでもらって、話は明日にでもきくことにしよう」

翌日、大学へ出かける先生の口から、私は徳明の住所をきいた。徳明も長いあいだ、研究室にはきていないということだった。先生はもっと長く泊まっていてもさしつかえないと念を押していったが、私はこれ以上先生に迷惑をかけるに忍びなかった。先生を先に送り出してから、私は小母さんにいままでのことを話してきかせたが、いよいよ、別れを告げようとして立ちあがると、小母さんは箪笥の引出しから十円札を一枚とり出して、いやがる私のポケットに突っ込んだ。

「まあ、そうおっしゃらずに電車賃にでもしてください。先生がもう少しお金持でしたら、もっといろんなお世話をしてさしあげられるんですけれど」

徳明の今度の下宿は新井宿にあった。神社と風呂屋のあいだの路地をあがった丘の上の、石垣をめぐらした、かなり立派な門構えの家だった。

憎悪や疑問やしっくりしないものを内に蔵《かく》しながらも、徳明は私にとって唯一の友だちだった。あれだけ迷惑を蒙りながら、彼は苦情や愚痴めいた言葉はひと言も口に出さなかった。

「君のことを心配して、君のお父さんがわざわざ台南の僕の家まできたらしい。僕の親爺の所からそう知らせてきたよ」

「そうか。逃げながらも家の者が迫害されていやしないかと、気にかかっていたんだ」

「うん。大分困っているらしい。でも遠く離れた所で、どうなっているのかわからないと言って突っぱねているようだ。手紙は皆検閲だから、うっかり書くこともできないんだ。僕の親爺を通じて君宛の送金もきているんだが、なにしろ君がいったいどこにいるのか見当がつかなかったものだからね」

　と言いながら、三百円の送金小切手を出してくれた。私はいきなりそれをつかみあげた。三百円！　おお、三百円！　三百円あれば六ヵ月は生命がつなげる。いや、たった十五銭の雑炊を食うために、電車賃を倹約したことを思えば、一年だって二年だってもつ。雑炊にすれば二千杯だ。有難い！

「当分、君の所へおいてもらえないか。ほかに行く所がないんだ」

　と、われに帰った私は言った。

「下宿の小母さんに話してみよう。たぶん、大丈夫だと思う。ここは軍人の留守宅でね、おやじさんは軍医少将とかで広東《カントン》あたりにいるそうだ。あちこち転々としたが、結局、素人下宿が一番安全だということがわかった。下宿屋やアパートだと刑事がしょっちゅうやって来てうるさくてかなわん」

　徳明が下へ行って交渉してくれた。庭の広い家で、手入れこそ行き届いていないが、二階から見ると、生い茂った松の木陰に小綺麗《こぎれい》な築山があり、池に緋鯉《ひごい》が泳いでいた。やがて、徳明が大きな足音をたてて上がってきた。

「オーケーだ。君も大学院の研究生だと言っておいたから、そのつもりでいてくれ」

　二階の二間をわれわれが占領することになった。私の夜具や書籍の類は彼が前に運んでおいてくれたので、そのまますぐに使用できた。

この家には奥さんのほかに娘が二人いた。大きい娘は徴用のがれのためにある私立大学図書館に勤めており、下の娘はまだ女学校に通っている。母子三人で男手がなくては無用心なので、われわれをいわば用心棒においているようなものだった。日曜日になると、われわれは娘たちと一緒に近郊の百姓家まで藷《いも》や野菜の買出しに出かけて行った。姉の美穂子はそれが楽しみだった。田舎道を歩く時、彼女は公然と徳明に寄り添って歩いた。しかし、徳明は相変わらず適当に相手をあしらうだけで、彼のいわゆる原則を守りつづけていた。

そこへある日、一人の台湾人の娘がやってきた。徳明が陳氏の研究室で知り合った、顔の黒い痩せた女で、東京女子大に通っていると紹介された。その女がその後たびたび、遊びにくるようになった。男のような口をきく女で、私には美穂子のほうがはるかに立派に見えたが、あるいはこれが徳明の好みかもしれないと思いながら黙って事の経過を見守っていた。とうとうその女のことで徳明と美穂子のあいだがまずくなってしまった。ある夜、二人はつまらないことから正面衝突をした。二、三日後、徳明は女子大生の宿舎に近い国分寺のほうへ転居して行った。私一人だけが後にのこされた。

サイパン島が米軍に占領されると、B29が東京を空襲するようになった。紙と材木でできた東京の街は、物量でいく大爆撃の前にはひとたまりもなかった。

夜ごと、空襲警報が鳴ると、私はこの家の三人の母子と一緒に狭い防空壕の中へもぐりこんだ。金属的なプロペラの音に続いて爆弾や焼夷弾の落下する音、夜空に大きな対角線を描く探照燈。高射砲の断続的な響き。みるまに遠い一角が炎々と燃え上がって真昼のように明るくなった。この地獄絵のような光景を見ると、母子は無意識に抱き合ってふるえていた。悠然と夜の庭に立ってこの世の最後とも覚《おぼ》しきこの偉大な美に見とれていた私は、恐怖におののく彼女らの目に一種勇敢な男として映じたのかもしれない。

いつかこの家で私は中心人物になっていた。彼女たちは私のことを林《リン》さんと呼ばずに、日本風に林《はやし》さんと呼んでいた。

私が前に住んでいた下宿の一帯が焼けた時、私は濛々たる煙の立ちこめている中を通り抜けて、罹災者事務所へ出かけて行って、うまく移動証明をもらい受けた。

ある夜、暗い防空壕の中へ、私は美穂子と二人だけ入ったことがある。小母さんと次女の佐智子は疎開先を見つけるために群馬県の田舎へ行って留守だった。いつもと違って、すぐ耳のそばであの金属的な爆音がきこえた。見上げると、B29が驚くほど低空飛行をしている。その蒼白い巨体が、はじめて正体を現わした悪魔のようにぎらぎらとひかっていた。

「こわい！」

と叫びながら、美穂子はいきなり私に抱きついてきた。ほとんど本能的に私はその体を受けとめていた。

焼夷弾が空から降ってくる。爆弾がおちる。サイレンが鳴る。近隣の家が燃えはじめると、あたりが真昼のように明るくなった。火焔のとび散るなかを、B29は縦横無尽に跳《ちょう》梁《りょう》してまわった。あまり低空を飛んでいるので、照準のきかなくなった高射砲の弾丸が中空でいたずらにパチパチと爆裂した。

はじめてそこに私は一人の女を発見した。美穂子は私の胸に抱かれたまま、そっと顔をあげた。恐怖のすぎた後の、ほっとした微笑が防空頭巾の下から覗いていた。

私は彼女を抱きあげた。そして、その上に自分の顔を埋めた。

その夜、大森一帯が戦災に見舞われたが、私の住んでいた家は奇跡的に助かった。翌日、罹災を覚悟して帰ってきた小母さんが、焼野が原にたった一軒幽霊屋敷のように立っているわが家を発見した時は夢かと喜んだ。疎開先が見つかったというのに、美穂子は母親について行かないと頑張りだした。

「そんな駄々をこねるものじゃない。さあ、行くんだよ」

と追いたてる私の顔を、彼女はじっと見つめていた。あなた一人をのこして行くわけにはいかない、とその顔には書いてある。

「林さんも一緒にきてくださるといいんですけれどね」

と、母親が言った。

「この家が焼けたらあとから行きます。それまでは留守番です」

その翌日、私は疎開する美穂子と彼女の母を上野駅まで送って行った。本当に焼け出されたら彼女の所へ行くつもりだった。だが焼跡にのこった一軒家はなかなか焼けるものではない。私はそこの家で、池の緋鯉を眺めながら暮らした。

美穂子のことはなるべく思い出さないようにつとめた。そして、静かに終戦の日がくるのを待った。

7

もう私は天下の大道を濶歩できる自由の身になっていた。私は喜んでもいいはずだった。だが、なぜ私は心から喜ぶことができないのだろうか。

私としてはできるかぎりの抵抗を試みたつもりだった。心から日本の敗北を願った。そして、なにもかもそのとおりになった。しかし、日本の敗北が現実になってみると、私の心には名状しがたいもやもやがしこりのようにのこってしまった。なぜだろうか。なぜこうなのだろうか。虚ろな心を抱きながら、私は道を歩いた。美穂子のためだろうか。それとも徳村教授のためだろうか。

美穂子は疎開先に行ったままだった。あの夜以来、一度も会っていなかった。ときどき、たまらなく会いたい気持がしないではなかった。だが、なぜかそうしてはならないという自制の声にひきとめられた。やがては故郷へ帰る身だ。連れて行ってやると言えば美穂子はきっと喜ぶに違いない。しかし、美穂子を連れて帰ってはたして幸福になるだろうか。子供たちのことも考えてやらなくてはならない。血とは結局、血の意識にすぎないと徳明は言うが、そのために彼がどれだけ苦しんできたかを私は知っている。美穂子とのことは、そのままそっとしておくほうがいいと私は思うのだった。

ある日、私は徳村教授の家へ尋ねて行った。外国人のために特別配給になったお米を片手に提げて。

「とうとう君が言ったとおりになったな。僕が負けてしまった」

そう言う先生の顔に受け取りようのない微笑さえ浮かんでいた。戦局の悪化しつつあった時、あれほど憔悴していたのに、もう最悪の状態を通り越してしまったのか、意外に元気だった。

「僕だって客観的にはそれを認識していないではなかった。しかし僕にとっては単なる認識の問題じゃなかったのだ。どうしても負けるわけにはいかなかったのだ。負けてしまってからでは遅すぎるが、こうなった以上、はじめから出なおすよりほかない。敗戦でいままでの不純物を洗いおとすのもいいだろう。これから国際主義的思想がうんと流行しだすだろう。国家や民族などを云々するものは戦犯者の誹《そし》りを受けるだろう。だが、民族はいつまでものこる。人類が存在するかぎり存続する。そして、いつかまた民族の問題が再認識される時代がくる。たとえ誤った形ではじめられたにせよ、東洋人の東洋という理想は永遠にのこるだろう」

「先生」と私は呼んだ。

「先生はすこしも負けませんでした。侵略主義者に負けなかったように、敗北主義者にも負けないでください。そうです。もし先生が負けたとおっしゃるなら、僕も負けたことになります」

われわれは無力だった。今後も同じように無力かもしれない。だが、日本人が自分たちの民族を愛するように他の民族をも愛することのできる日がくるだろう。無力であった者がいつか有力になる時もくるだろう。子供はいつまでも子供ではないのだ。

そこに思いいたると、私は戦争が少しも終わっていないことにはじめて気づいた。第二次大戦は終わった。銃をもってする戦争は一応終焉した。しかし、愛とエゴイズムの戦争は一向に終わっていないのだ。人類の歴史ときってもきれないこの戦争でわれわれは未だかつて勝利者の王座についたことはないのだ。

占領軍の施政が開始されると、牢獄に繫がれていた者が続々と釈放された。共産党の闘士たちがプラカードをおっ立てて、マッカーサー司令部へお礼の示威運動に出かけた。釈放された連中のなかにはもう一度牢屋へ入ってもらいたいような者も少なくなかった。闇取引でつかまっていた男がその時たまたま牢獄に入っていたというだけの理由で、自由と民主主義の闘士のような顔をしてのさばった。

昨日まで戦争の協力者であった台湾人まで今日からは勝利者の仲間入りをした。俺たちはやむをえず協力したのだ。協力しなければ生命がなかったからだ。俺たちは協力したが、陰では反抗していたのだ。台湾の歴史を見よ。三年小乱、五年大乱。われわれ民族主義者は五十年にわたる日本の暴政に対してつねに血で血を洗ったではないか。われわれはわれわれの祖先がそうであったように、勇敢に戦ってきたのだ。世の中には無数の衣装がある。泥棒にだって三分の理屈はある。その時代にぴったりあった衣装を最もうまく着こなす者ほど役者が上手なわけだ。

沼田超平はいまや陳超平になっていた。日本人の養子であったことは人々の記憶から忘れ去られた。彼が戦争中に秘密集会の危険をおかして育てた会合が結実して「新台湾建設会」になっていた。その傘下には教育のない日本人の上等兵に往復ビンタを食わされた恨みをもつ学徒志願兵たちが集まった。建設会の発行する会員券を示すと、どこの電車でも無賃乗車がきくことがもうひとつの大きな魅力だった。

ある日、徳明が久しぶりに尋ねてきた。彼が建設会で敏腕をふるっていることを私は間接にきいていた。

「近ごろ景気がいいそうじゃないか」

「うん。君のことはいつも気にかけているんだ。それで、今日はひとつ君にも会に入ってもらおうと思ってやってきたんだ」

「会ってどんな会だ。前のようなものだったら、僕が入ったってしようがないよ」

「まあ、そう頭から毛嫌いするもんじゃない。今度は読んで字のごとき会だ。べつに思想的な団体じゃない。新しい台湾を建設していくために各界の人間を網羅した、いわば親睦会のような性質のものだ。君だって仕事をしていくためには団体行動をとらねばならないことは認めるだろう」

「そりゃそうだ」

「だから従来のいきがかりとか私情とかいうものはこの際水に流して、はじめから出なおそうじゃないか」

徳明は私が陳氏を未だに恨んでいると思っているのだ。しかし、私は超平のような男を問題にしてはいない。彼は世の中に害悪を流すことのできる大人物ではない。この真空状態を利用して一旗あげようとしているが、世の中が変われば、いつでも本性を発揮して適当な殻の中にもぐりこんでしまうに違いない。矢面に立たされるのは純真な青年で、彼は安全地帯から見えざる手で指揮しようとするだけのことだ。

「建設会にはいろんな人間が参加している。東京にいる台湾人のインテリはほとんどといってよい。周万祥らの留学生さえが入っているくらいだ。しかし、会を牛耳《ぎゅうじ》ってゆけるような有能な人間はなかなかいないから、ひとつ君と僕と二人で思いきって暴れてやろうじゃないか」

私は断わるつもりだったが、周万祥の名前をきいたとたんに気が変わった。

「よし、わかった。参加しよう」

そう言って徳明のさし出した手を握りしめた。

その日は雪の降りそうな、風のしずまった日であった。午後六時から開会されることになっていたが、私はわざと遅れて、八時近くなってから会場になっているある台湾人富豪の邸宅へ出かけて行った。

もう挨拶や講演は終わった後で、百人近い青年男女がにわか造りのテーブルを囲んで酒盛りをしていた。テーブルの上には弱腰の官庁を脅かしてせしめてきたビールや罐詰、南京豆等の戦利品がところ狭しと並んでいた。若者たちはかなり酒量がまわっているとみえて、どの顔も真っ赤になっている。

「おい、いいところへきたぞ」

「要領がいいぞ」

と顔見知りの連中が怒鳴った。

陳超平氏が一座の人々へ紹介の労をとってくれた。そして、この青二才の新入会員のためにコップになみなみとビールをついでくれた。

それを持ちあげた時、私の視界に周万祥の姿が入ってきた。向う側の中央の席にでんと坐り込んだ彼は、片手をあげて私に合図をした。

　私は立ちあがって、彼のそばへ近づいた。

「同志。お互いに元気でよかったな」

　と言いながら、ふりかえった彼の顔には、生命を的にして悪戦苦闘をともにした戦友に対するような、親愛の微笑さえ浮かんでいるではないか。

「ちょっと話したいことがあるからあっちへ来てくれんか」

「どんな話だ。ここじゃ言えないことか」

「人にきかれては都合の悪いことなんだ」

　と、相手の袖を引っ張るようにして、私はその家の裏庭へ出て行った。

「貴様にちょっと教えてやりたいことがあるんだ」

　と言うが早いか私は相手の胸ぐらをつかんでいた。彼が悲鳴をあげた時には鉄拳の雨をふらせた。眼鏡が割れてふっとんだ。硝子の破片のささった私の手から血が吹き出した。

　騒ぎをきいた人々が駆け出してきた時、万祥はすでに芝生の上にのびていた。

「乱暴なことをするな」

「凄えぞ」

　血気盛んな青年たちのはやし立てるなかを、陳氏がかきわけて出てきた。

「台湾人同士が団結しなければならない時に、同士討ちをするようなことはやめたまえ」

「奴は台湾人ですか？」

と私はききかえした。

「そうだ。われわれと同じ祖先をもつ人間だ。彼の祖父の時代には台湾にいたこともあるくらいだ」

「それならなおさらです」

もう一度、力を入れて拳を握りしめると、私は鋭い目をして陳氏を睨みかえした。

それから水道栓をひねると、だまって自分の手についた血を洗いおとした。

8

以三民主義建設新台湾

と、基隆《キールン》港の岸壁の倉庫に一坪に一字ぐらいの大きさで書かれている。港外に隔離された貨物船の甲板で、私は一日じゅうこの黒いペンキのスローガンを眺めていた。日が暮れると、文字は暗闇の中に消え去り、倉庫には明々と電燈がともる。われわれの船が到着すれば、入れ替りに日本内地へ送還される日本軍の兵士たちがそこへ集中されているのである。

はじめて故郷の海や山を見た時は、「嗚呼！　遂に遂に帰ったのだ！」と胸の底から湧きあがる感激を覚えたが、船はそのまま港外でストップを食ってしまった。船上には私をも含めて約二千名の台湾人が乗っている。大部分は戦時中海軍に徴用されて神奈川県下の高座で働いていた十五歳から二十歳の少年工員で占められ、三千トンの老朽貨物船はこれらの人間貨物で足の踏み場もないほど混雑している。皆が仰向けに寝ると、何人かはゴザからはみ出てしまうので、刺身のように体と体を重ね合わさなければならない。昼間はそうでもないが、夜になると天井から雫がおちてくる。横須賀から出帆した第一夜には甲板から水が漏れるのだと思ったが、じつは人間の吐く息が冷たい鉄板にあたって液化するのだとまもなく気づいた。排気設備が悪いので、船艙《せんそう》はむっとするように空気が濁っている。虱が猛烈な勢いで繁殖しはじめる。この不衛生な環境のなかで、横須賀を出て三日目、遂に船中に天然痘患者が発生してしまった。のろのろと走る老朽船は方向を変えて佐世保へ寄港し、陸からワクチンの補給を受けると、船客に一人のこらず種痘を施した。それから六日間もかかって、太平洋を南へ南へと進んだ船は、やっと基隆沖へ辿りついたのである。港外にはアメリカ軍の飛行機に爆撃されて真っ二つに割れた一万トン級の商船が、無残な残骸を海面にさらけ出している。

もう三月である。潮風は妙に湿っぽくまだはだざむいが、日中、太陽が出ると、ぽかぽかと暖かくなる。隔離船生活の八日間、私は陽のあたる甲板に出て、毎日裸になって虱退治をやった。シャツやズボンの隅にかくれている奴をつまみ出しては、爪の先でパチリと

つぶすと真っ赤な血がにじみ出る。それを同じ甲板に坐って日向ぼっこをしている翠玉に見せると、

「いやねえ」

と大袈裟に嫌な顔をされた。

「そういうけど、君には虱はたからないのか」

「まあ、失礼ね」

「それじゃ虱のほうで君のような若いお嬢さんは遠慮するのかもしれないな」と、私は笑った。

「しかし、考えてみたまえ。僕の体には少なくとも百匹の虱が寄生している。毎日毎日とっていてもこれだから、淑女ぶって我慢している人だともっと多いとみなくちゃならん。が、かりに一人平均百匹としても、この船の中には無慮二十万匹の虱がいることになる。二十万だよ。一口に二十万というが、たいへんな数じゃないか」

二週間におよぶ罐詰生活で、私は張翠玉とこうした紳士らしからぬ口をきくようになっていた。はじめて彼女を見たのは横須賀でトラックに乗って船へ向かう途中である。トランクに腰をおろして、黒髪を風に吹きさらしにしている彼女の横顔があまりに美穂子に似ていたので、思わず胸がずきんとした。美穂子のことがいっぺんに記憶に呼びもどされた。戦争が終わると、美穂子は群馬の田舎の疎開先から頻繁に手紙をくれるようになった。私

も三度に一度は返事を出したが、私自身の考えがはっきりしないので、彼女が手紙を見て不安がるのも無理はなかった。

ある日、前触れなしに、彼女が疎開先から戻ってきた。表向きは留守にしてあるこの家へ新しく移転してきた彼女の親戚を尋ねてきたのであるが、その顔を見たとたんに私には一切のことが明白になった。私は対決を迫られているのだ。ところが私はなんとかしてこの対決を避けたかった。敗戦によって、いままでの不平等な地位が解消した以上、民族を越えたあるもの——かりにそれを愛と呼ぶならば——を考える立場に私は立たされている。

私は徳明のように民族に固執することができないが、かといって完全に民族を超越することもできないのだ。愛ゆえの苦悩にやつれた美穂子を見ると、空襲の夜のことが思い出された。あの夜の私は裸の私だった。私の頭には民族もなければ、国家もなかった。焼夷弾と爆弾にふるえていた美穂子は一人のか弱い女であり、彼女を抱きあげたのは一人の男である。だが、刹那の愛以外に愛があると私は信じていない。よしや彼女が心から私を愛しているとしても、それは悲しい誤解にすぎないではないか。もっと悪いことには美穂子は正面きって自分を主張する女ではなかった。圧迫には強くても、涙には弱い私である。彼女に泣かれでもしたら、徳明のように、でたらめを言って逃げることはできそうもない。そう思うと、その夜、私は二、三日帰らないつもりで家を出た。道を歩きながら、自分が「民族」という亡霊に取り憑《つ》かれているのではないかと思った。民族を乗り越えるのは単なる夢であって、私の心臓についた「民族」のしみは永遠に拭い去ることのできないものかもしれない。いっそ徳明のように民族に徹底してしまえばよいのだ。それもできないでいる自分が矛盾だらけの卑怯な男に見えてならなかった。

三日後、下宿へ戻ってみると、机の上に置き手紙がしてあった。「あなたのおいでになる日をいつまでも待っています。美穂子」とたった一行、便箋紙に達筆な文字でしたためられている。なんの躊躇もなしにマッチをすると、私はその手紙を焼き捨ててしまった。もう皆すぎ去ってしまったことだ。過去の夢だ。私には新しい世界が待っている。生まれて以来はじめて祖国と呼ぶことのできる国が海の向うで手招いている。私の心は船が出ないうちから、すでに日本内地を離れていた。

だから、トラックの上で美穂子そっくりの横顔を発見した瞬間、私が驚いたのは当然である。しかし、波止場で降りた翠玉を正面から見ると、似てもつかぬ顔だった。私はほっとした。翠玉は台北の石炭屋の娘で、東京のある洋裁学校に通っていたとかで、屈託のない、陽気な性格だった。そのせいか私もかなりひどい冗談を言ったが、彼女のほうでも柳に風と受け流している。彼女の体にかぎって虱がついていないはずもないが、決して痒《かゆ》いとは言わない。誰も見ていないところでは、たとえば便所の中でなら、虱をつかまえてやっぱりパチパチとつぶしているのではないかと想像すると、ほほえましくなってくる。

基隆港についてからちょうど八日目に私たちはようやく上陸を許された。船が岸壁に近づくと、埃っぽい倉庫の広場で作業服を着た日本兵が汗だくになって破壊された倉庫の跡片づけをしている。倉庫の窓際には薄汚れた兵隊のシャツやズボンがずらりと干してある。日本人の下で働く台湾人を見慣れてきた目には、そうした何気ない敗戦風景さえ物珍しかった。

私たちが船から降りて、アメリカ兵と国民党の将校の立会いの下で、荷物の検査を受けていると、徳明が姿を現わした。

「やあ。もう着いていたのか」

「もう着いて一週間になるよ。僕らの乗ったのは病院船だったから船足は速いし、待遇も割合によかった」

「そうか。やはり君のいうとおり一緒の船にすればよかったな」と私は言った。

「しかし、大変なことになったぜ。僕自身帰ってきて、まだ幾日もたたないが、見るものきくもの、われわれが東京で想像していたのとはまるで大違いだ」

「どうかしたのかい」

「まあ、もうしばらくして街へ出て見たらわかる。すっかり一変してしまったのに驚くぜ」

張翠玉や迎えにきた彼女の両親と別れ、徳明と二人で私はゴミゴミしたバラック建の通りを抜けて駅のほうへ出た。駅前の波止場には潜水艦がひっくりかえったまま死んだ巨大な鯨のように腹を水の上に露出している。付近の建物も多くは爆弾でふっとんでしまい、その跡ににわか造りの食べ物屋がずらりと並んでいる。なかには日本人の露店もあり、すし、うどんなどと書いた提灯がさがっている。

「汽車の時間まであと何分あるかな」

と呟きながら、駅へ入ろうとする私の袖を徳明が引っ張った。

「そんなもの見たってはじまらない。ダイヤが滅茶苦茶で、いつ出るかわからないよ。それよりトラックに乗ってひとまず台北へ出たほうが早い。どうせ君はしばらく台北にいるだろう」

「いや、すぐ家へ帰るつもりだ」

「まあ、そう言わずに台北に二、三日泊まったらどうだ。僕はいま、親戚の所にいるが、なんならそこへ泊まってもいいよ。君と話をしたいこともあるんだ」

「そういう君は家へ帰らなかったのか？」

「いや、帰ったよ。帰ったけれど、二、三日もしたら我慢がならなくて、すぐ台北へとび出してきた。台北はまだいいが、台南はひどいぜ。僕のところも空襲で焼けて、鉄筋の殻だけのこったが、その中へ台湾瓦で屋根を葺《ふ》いたボロ小屋を建てて住んでいる。街の真中に藁《わら》葺《ぶ》きの家が建ったりしたんだから恐れ入る。君のところは田舎だから被害はないだろうが、でも田舎にはとても住めないよ。君だってまさか田舎へそのまま引っ込むつもりじゃないだろう」

「いまのところはなんとも言えんな。なにしろまったくの白紙状態なんだから」

その夜、私は中学時代厄介になっていた親戚の家へ泊まった。その家でまず耳にしたことは接収にきた国民党官僚の醜聞と威信のない軍隊に対する憎悪の声だった。中国の軍隊が基隆港に到着した日、軍隊の通路になっている基隆街道は歓迎の民衆で空前の盛況を呈したそうである。ところが、船から上がってきた兵隊は青い綿入れを着て、銃の代りに傘をさした、規律のない烏合《うごう》の衆で、軍靴どころか、木綿の靴を履《は》いたのさえ少なく、鍋や七輪を籠に入れて、天秤棒でえっさえっさと担いで進軍した。日本を打ち負かしたほどの精鋭軍隊を期待した民衆は恥ずかしくなって四散してしまった。それだけならまだ問題はなかった。あの軍隊でよく八年も抗戦をしてきたものだ、という驚嘆がのこっている。

ところが、行政長官陳儀の率いる官僚は就任早々貪汚舞弊《タムウブウペイ》（汚職）癖を発揮しはじめた。ある接収委員は日本人の提出した財産目録の中に、金槌とあるのを見て、その項を消させると同時に、すぐ金槌をもってこいと命じた。日本人がかしこまって、金槌を出すと、

「なんだ、それは鉄槌じゃないか。黄金の槌はどこにある。黄金の奴をもってこい！」と怒鳴った。

ビール会社の接収委員は着任早々、原料のホップを売却して着服し、そのためにビールの製造が停頓《ていとん》した。金鉱の接収委員は、モーターの中に溜った金粉ほしさにモーターの破

壊を命じた。そして親分の陳儀自身は台湾総督府の地下にある印刷工場で輪転機を昼夜わかたず回転させ、おびただしい紙幣を乱発して、砂糖をはじめ米やその他の物資を盛んに買い占めているというもっぱらの噂である。

「本当にそうだろうか？」

椰子の並木道を歩きながら、私は徳明にきいた。

「僕もはじめは信じられなかった。いまでも信じたくはない。しかし、見てみたまえ。道端で台湾人の貧民が売っている煙草はいずれも上海製だ。専売局法を破るこれらの密輸をやっているのは全部中国人の官僚と商人だ。煙草売りは生活のためだから仕方ないとして、自ら法を破るこの連中は憎むべきじゃないか。しかもそれはいずれも台湾の民衆を犠牲にしてはじめて可能なことだ。工場は停頓する、失業者はふえる。乞食と泥棒が横行する。いくら戦後の混乱期とはいえ、これじゃあまりにひどすぎる。敗戦国の日本だってこんなじゃなかったな」

「もしほんとにそうだとすると、これは大問題だ」

「だから、そのことで君ともゆっくり話がしたい。建設会の連中としても今後どうするか、はっきりした方針を決める必要があると思う」

「それなら、僕もなるべく早く出てこよう。さしあたり君は台湾大学へ奉職するつもりじゃないのか」

「ところがそれさえ怪しいんだ。向うの連中が頑張っていて、日本の大学を出た奴をシャットアウトしているそうだから」と徳明は答えた。

翌日、私は二林へ帰った。先に着いた徳明が連絡してくれたので、父も母も私の帰る日を今日か今日かと待っていた。三年見ないうちに父も白髪がめっきりふえていたが、いたって元気だった。

「お前が兵隊にならないで、逃げた時はどれだけ心配したかしらん。刑事や巡査部長が毎日のようにやって来て、お前のお母さんは心配のあまり二カ月も病気をしたくらいだ。まったく日本人は悪い奴らだった。ことに戦争が激しくなってからはなにか不平をもらそうものなら、すぐスパイ嫌疑で引っ張っていかれた。この近隣でも何百人の人が叩き殺されたかわからん。奴らが戦争に負けなかったら、神も仏も目がないというものだ」

父の口からはじめてきく日本の悪口だった。父も内心ではそう思っていたのか、と意外に感じながら、私はその顔を見上げた。

「しかし、中国政府になってからは、もっと大変だそうじゃないですか？」

「それを言うな」と、あわてて父は制した。

「陳儀はたしかに悪い奴だが、中国はわれわれの祖国だ。祖国の悪口を言うのはまだ早い。それに陳儀がきてからまだ半年もたっていない。功罪の判断はもっと先になってからでも遅くはないだろう」

この言葉をきくと、私は急に父が哀れに見えてきた。二林街が二林鎮になり、父はまたも担ぎ出されて、鎮長の椅子に坐っている。日本時代、中国時代と続けて同じ椅子を守りとおすためには、これくらいの慎重さが必要なのであろうが、なぜ父は自分の判断や意見をことごとく腹の中へ蔵《しま》い込んでしまうのだろうか。なぜ正々堂々と戦うだけの勇気をもっていないのだろうか。

「お前ももう年ごろだから、嫁でももらったらどうだ」

「え?」

「お母さんが心配している。どうせもらうなら早いほうがいい。沙山の謝さんの息子は三、四日前にきめた。これから次々と若い者が日本から帰ってくれば、当分はどこの村も結婚で賑わうことだろう。ぐずぐずしているといい娘さんがいなくなってしまう」

「いくらなんでもまだ早すぎますよ。それに僕は学校も中途だし、これからまた学校へいきなおすか、どこかへ就職するかきめなくちゃなりません」

「そんなことこそゆっくり考えても遅くない。お父さんも早婚だったが、そうしてよかったと思っている。お前も嫁をもったら、少しは落ち着くだろう」

父の目には私が途轍《とてつ》もなく無謀な男に見えるらしい。そして、それにブレーキをかけるためには家庭をもたせるにかぎると思い込んでいるのである。

「お前のほうから先に片づけるのが順序だが、錦華も十九になったから適当なところがあったら、嫁にやりたいと思う。お前の友人の劉徳明君はどうだろう。家庭もよいし、本人もなかなか前途有望な青年だそうじゃないか」

「さあ」

私は首をかしげた。なるほど、錦華も見違えるほど成長して綺麗になったが、田舎の女学校出の娘を、あの美青年が気に入ってくれるかどうか。

「結婚は縁だから、できるできないは別問題として、機会があったら話をしてみてくれないか。お前の友だちと親戚になれば、兄妹が仲よくやっていけてお互いのためにもよいだろう」

急に美穂子のことが頭に浮かんできた。顔を見ただけで素性も知らぬ女と結婚するくらいなら、なぜ美穂子を連れて帰らなかったのだろうか。なぜ自分にはそれだけの勇気がなかったのだろうか。最後の踏切りができないという意味では、私にはやはり父の血が流れているのかもしれない。そう思うと父を心から嗤《わら》うこともできなかった。

次の日、私は濁水渓への道を歩いていた。長い戦争で肥料や労力の不足をきたした土地はかなり荒れている。そのうえ、製糖会社が事実上停頓状態にあり、米の値段が日増しに暴騰するのに砂糖は頭打ちになっているため、甘蔗畑の多いこの界隈は相変らず沈滞を続けている。家作の畑に入って、甘蔗を折って道々噛《かじ》って歩いたが、子供のころとは比べものにならないほど、水分も糖分も少ない。

「えらい、まあ、ええ男におなりだ」

と言いながら、路傍の家から出てきたのは、この近辺で結婚の媒酌を職業にしている猪《チイ》母婆《ボー》さんである。

「この日盛りに、どちらへおでかけでございますだ」

「渓《かわ》だよ」

私は無愛想に答えた。

「坊ちゃんはご存じなかろうが、戦争が終わる少し前に、あの濁った渓の渓底が透きとおって見えるくらい澄んだだよ。それが三日も続いただよ。めったにねえことだから、いまになにか起こるぞと皆噂したもんじゃ。そしたら案の定、日本人が負けおった。儂《わし》らがまだお転婆娘だったころにもいっぺんそんなことがあった。五十年も昔のことじゃ。あの時は日本人がきただよ。たいそうな騒ぎだったげな。あの渓が澄むとなにかとんでもねえことが起こるというのはほんまじゃ。でも今日はよう濁っとるぞ」

堤防の上から巨大な濁水渓の流れが見えた。土色に濁ったこの大河は、三年前も二十年前も同じような土色をして悠然と流れていた。それが渓底まで覗けるくらい澄むなどとはとうてい信じられない。だが、妹の錦華は終戦直前、わざわざ澄んだ濁水渓を見に出かけたという。常識では考えられないようなことが絶対に起こらないとは言いきれない。それが現に起こりつつあるのではないかという気もする。

9

日本の敗北によってたやすく実現すると思った夢は、いまや永遠の彼方に押しやられてしまった。

陳超平氏は工商処長か財政処長の椅子をねらっていたが、利権の多いこれらの椅子はいずれも外省人によって占められてしまった。徳明の祖母方の親戚にあたる黄錫光という男が陳儀の部下になって大陸から帰り、外交部の特派員に納まっていた。その男の推輓《すいばん》で財政処長に会いに行った陳氏は、明日から早速顧問になっていただきたいと言われ、喜んで出て行くと、月給だけはくれるが実権も実務もない閑職だったので、一カ月もしないうちに逃げ出してしまった。勅任官で日本政府の官吏をやめた彼の経歴から推して、処長の椅子は当然と考えているだけに、この冷遇にはさすがの彼も屈辱を感じた。日本時代に通用したものが中国の政界や官界では全然だめなのだとわかるまでにかなりの時間を浪費しなければならなかった。しかし、五十年にわたる日本統治の結果、日本留学生の勢力は数において圧倒的であり、これら、下積みになった連中がきっと背景になってくれると睨んだ彼の目にくるいはなかった。

「外省人がわれわれを受け入れてくれないならば、われわれ自身の力で台湾を建設していこうじゃないか。それには学校を建てるのが一番よいと思う。失業を救うことも大切だが、経済力が彼らの手に握られている以上、不可能なことだ。その点、戦争のために学問をする機会を失った青年たちに学校を開放してやることは、最も根本的な台湾建設の方法じゃないか。まず大学をたてる、それからできれば小学、初中、高中と一連の教育施設を設ける。慶応や早稲田もはじめは小規模なものからはじまって、今日の大をなしたのだから、われわれも範を明治維新期の日本にとってしかるべきではないか」

こうした彼の主張は現政府に不満をもつ民衆の志向に合致し、彼の計画を支持しようとする台湾人が数多く現われた。なかでも、戦後石炭輸出問題で政府の組織する石炭管理委員会と対立した石炭屋の張炎氏は最も熱心な支持者だった。設立委員会のために自分の事務所の一部を提供したり、自ら百万円の寄付を申し出るほか、仲間の石炭業者に呼びかけたり、八方奔走を惜しまなかった。大学の認定については黄錫光氏が教育処長とかけあってくれた。

徳明も黄錫光氏の顔で台湾銀行へ勤めるようになったが、勤務の余暇を利用して後援者のあいだを遊説してまわる陳氏の鞄《かばん》をもって歩いた。

東京時代、軍国主義に反抗して逃げまわった私は、心の中で行動の伴わぬ彼らの反抗を嗤ったが、いまでは逆の立場に立たされてしまった。日本に対して消極的な反抗をしてきた彼らが積極化した時、相手が陳儀一派の軍閥であったというこの皮肉は一見矛盾だらけのようであるが、さりとて一貫していないとはいえない。私をも含めて中国を自分たちの祖国と考えたわれわれは、結局、台湾人であったのだ。彼らは自分たちが中国政府と対抗しているのではなくて、軍閥政治と闘っているのだと思っているが、台湾人の良心や利益が無視されたことに出発しているのだと私は見ている。台湾人である以上、私は彼らと同じ気持をもっている。かつて解放者として熱烈に歓迎した台湾の民衆がわずか半年のあいだに、外省人を侵略者と考えるようになったのには充分の理由があるのだ。

陳儀を長官《チョクワン》と呼ばずに猪官《チークワン》と民衆は呼んでいる。食う一方で働かない豚と同じだというのである。「犬去って豚きたる」とも言う。犬も困り者だったが、番をしてくれた。ところが豚に至っては食って食って食いまくるばかりである。中国人を呼ぶ猪の別称として、十二支とか安住牌とかいう言葉さえ現われた。十二支の一番最後は猪であり、安住蚊取線香のマークは猪であったところからそう呼ばれるのである。いずれも民衆の貪官汚吏に対する憎悪を含んでいることは喋々《ちょうちょう》するまでもない。だが、私はこの険悪なる空気を前にして、このままの状態で進んでいってよいだろうかと疑わずにはいられなかった。それは、両極端から突進する機関車のようなものである。一本しかないレールの上でやがて起るかもしれない血腥《ちなまぐさ》い事件に対してだまっているには私はあまりに両者を愛している。だが、これを避けさせるべく、私はあまりに無力すぎた。

五十年のあいだ、日本は政策上、台湾人と大陸の関係を切り離すことに腐心し、その結果われわれは憧憬の対象としてしか中国の社会を考えることができないようになっていた。戦後目《ま》のあたりこの社会を見せつけられた時、すべての台湾人は自分たちの甘さに気づいていまさらのように周章したが、時すでに遅しである。陳氏や徳明は自分らの建てる大学を城塁として、封建的な軍閥と対抗しようとしているが、私の目から見れば大風の前のか弱き草花にすぎない。風が吹けばひとたまりもないに違いないのである。血縁や親分子分の関係を経《たていと》とし、金銭を緯《よこいと》とする中国社会で、自分たちの意見がとおるほど強大になろうとすれば、いきおい彼らと同じ形で団結しなければならない。金持の意見がこれほど尊重される世界はほかにないのであるから、まず金をつくることだ。そう思うといまさら学問でもあるまいという気になった。できれば、金銭の鬼になりたい。政治を動かせるような金力をつかみたい。

私の希望は相変わらず大きかったが、インフレと封建的搾取に喘《あえ》ぐこの現実を前にして、私にできることといえば、どうせろくなことはなかった。もって生まれた商才があるでなし、莫大な遺産があるわけでもないから、しばらくのあいだは指を銜《くわ》えて人のやることを見ているよりほかなかった。

そのころの私の友だちといえば、船の中で知り合った元海軍工員とか、その仲間のゴロツキ連中だった。戦後、職から放り出された彼らは生きていくために上海煙草の荷揚げを手伝ったり、アメリカ人の軍服の横流しをやったりしていた。道端に煙草や衣料品を並べ、客のない時は、二、三人寄ると、賭博の開帳である。私は父親からかなりまとまった金を貰っていたので、賭博で負けて仕入資金に困った連中に、乞われるままに金を貸してやったりした。インフレの激しい時で、私は全部現物でもっており、貸借はいずれも現物単位だった。外国製品はたいてい基隆が一番安く、台北が取引の中心となり、新竹、台中、台南と南部へ行けば行くほど値段が高くなる。表面には現われていないが、全島に網を張った商業組織は相場に極端に敏感で、台北の相場が変動すると、その夜台北を出発した急行列車が到着する駅ごとに響いていくといった具合である。雑草のように根強く、鼠《ねずみ》のようにすばしっこいこの連中はこうした空隙を巧みに利用して賭博であけた穴ぐらいすぐ取り返した。彼らには、食う、打つ、買う、の行為が先で、思想という厄介な代物がなかった。インテリのように考えあぐむことなどもちろんない。まもなく私は自分がこの連中とやっていけることを発見した。そして、連中と親しくなればなるだけ、徳明たちから遠ざかっていった。私自身はこうした生き方が堕落などとは少しも思わなかったが、徳明の目にそう映じているらしいことはきくまでもなかった。日がたつにつれて、私たちはお互いに顔を合わせることさえ珍しくなった。

そうしたある日、仲間の一人と、北門から踏切りを渡って、台湾人ばかり住んでいる大稲埕へ向かって歩いていると、向うから一台のジープが走ってきた。そのジープが私たちのちょうど前で急ブレーキをかけて停止した。

「ハロー」と、中から覗いた顔を見ると、

「おお、ミスター・ロイド」

と私は叫んだ。ほとんど六年ぶりの邂逅《かいこう》であるが、ロイド氏は少しも年をとっていない。相変わらず痩せてひょろひょろと高く、縁なし眼鏡の下で青い目が温和に輝いている。

「いいところで会いました。ずいぶんあなたを探しました」

「いつこちらへおいでになりました？」

「戦争終わったらすぐきました。いま、アメリカの領事館です。これからどちら行きます。一緒にいらっしゃいませんか？」

「そうですね」

私は仲間を追っ払うと、彼の脇に乗り込んだ。エンジンを入れると、物凄い音を立てて、ジープは穴だらけのアスファルト道路を走り出した。椰子の並木のある三線道路を通り、長官公署の前のロータリーをすぎると、車は横へ折れて、昔、日本人の住んでいた閑静な住宅街へ入った。立派な門構えの家の中に、蘇鉄《そてつ》の植木のある車回しがあり、ジープは正面玄関に止まった。

絨毯《じゅうたん》を敷き詰めたこの豪華な邸宅が彼の官舎であるときかされて、私は目を見張った。池《ち》の端の小っぽけな借家で寝起きしていた英語教師がわずかのあいだに出世して副領事になったとすれば……。そうだ。私には頷けるものがあった。かつて同じ高等学校で英語を教えていた日本人教師が、当局の命令で彼の信書を検閲したところ、女の髪の毛を何本送ったなどと書かれていたときいたことがある。やはり彼は国務省から派遣されていたスパイだったのだ。

「ミセスは？」ときくと、

「私ひとり。あなたは？　一人？　二人？」

と肩をつぼめながら指を折ってみせた。ボーイがコップと罐詰のビールを持って入ってきた。彼はお盆を受けとると、応接間の扉を閉めた。

「あなた、いま、なにしています？」

「なにもしていません。というよりなにをしていいかわかりません」

「本当に困りました。八年前私きた時、台湾総督府のお役人さんいっぱいいるのを見てたいへん驚きました。国務省よりまだたくさんです。いまはそれよりもっとたくさん。能率悪い。本当に困ります。フロム・バッド・ツー・ワース（from bad to worse）です！」

「まったくおっしゃるとおりです。台湾人は皆とても失望しています」

「あなたはこのシチュエーションをどう見ます？」

「…………」

私がだまっていると、

「なんでも遠慮しないでおっしゃってください。陳儀の政治悪いこと、私報告しました。

国務省知っています。頭痛いです。私、台湾人の考えききたいです」

彼がまじめであることは、その物腰や目の動きでわかった。

「そのことでしたら」私は答えた。

「友人で新台学院をつくっているグループがあります」

「おお、きいています。あなたの友だちですか」

「あの人たちならあなたを満足させるような意見をもっているかもしれません。もしよかったらご紹介しましょう」

「そうしてください。私、台湾人の意見是非ききたいです」と、ロイド氏は言った。

二、三日後、私は新台学院の事務所になっている張炎氏の持ちビルへはじめて出かけて行った。大通りにある三階建の建物で、奥だといわれて入っていくと、籌備処《テューピーツー》(創立事務所)と張り紙のある扉の中からピアノの鍵《キイ》を叩く音がしている。私が扉を開けると、ピアノの音が急にとまった。

「あら」と言ってこちらを向いたのは翠玉だった。意外な所で意外な人に会ったような気がしたが、

「そうか。君が張炎氏のお嬢さんとは気がつかなかったな」

と私は苦笑した。しかし、船の中で大分荒っぽい口をきいた手前、いまさら改まるのもおかしかった。

「ピアノの練習ですか？」

「そうじゃないの。父が引き揚げる日本人からピアノを買ってくださったので、母と一緒に新店から見に出てきたの。そうそう、いつぞやは船の中でたいへんお世話になりました」

「どういたしまして。もう虱はすっかり退治してしまいましたか？」

「ええ」と彼女は微笑んだ。美穂子を思い出させる横顔と違って、正面から見たその素顔は真夏の太陽にあたっている向日葵《ひまわり》を連想させた。

「あの時は本当にひどい目にあったわ」

「とうとう白状したな。君はずいぶん強情な人だと思っていたが、案外正直なところもあるんだね」

「そうおっしゃるあなたはやくざ者かと思っていたけれど、紳士とお交際《つきあい》もあるとみえるわね」

「言ったたな。一度、船で会っただけだけれど、君のお父さんなんかもその部類じゃないのかい」

と私はやりかえした。

「そうなの。あなたは少しうちのお父さんに似たところあるわ。最初会った時からそう思ったわ。もっともうちのお父さんはとても親切だけれど」

「というと、つまり僕は親切じゃないってわけか」

「案外、勘のいいところもあるのね。フフフ……」

と翠玉は狡《ずる》そうに笑った。話をしていて少しも肩がこらないし、ブルジョアぶったところがない。

「君のお父さんとお母さんはその昔、内台航路の中で知り合ったそうだけれど、本当ですか」

「ええ、そうよ。ずいぶんお耳が早いのね」

「すると、その時、君のお母さんはすでにほかの人と婚約していたのを、君のお父さんが強引に略奪して結婚したっていうのも本当だろう。そして結婚のため、お母さんの田舎まで迎えに行ったら、村の人から轎《やまかご》に牛の糞をひっかけられたっていうのもまんざらデマじゃなさそうだな」

「まあ、ひどい人」

と睨みつけたが、べつに否定しようともしなかった。そういえは台中一の美人と噂された母親をもつ彼女は非常な美人ではないにせよ、大きな美しい目と長いまつげをもち、どことなく魅力的なところのある女だった。

ちょうど、そこへ徳明が入ってきて、

「やあ、珍しいな」

「君と陳先生にちょっと話があってきたんだ。陳先生はきていないらしいね」

「父の所でなにかお話していますわ。お呼びしましょうか。それともあちらへおいでになります？」

ピアノの蓋をしながら、翠玉が立ちあがった。

「まあ、そう逃げ腰にならなくたっていいじゃないか」

「ええ。でも母を待たせちゃ悪いから失礼しますわ。そのうちに家へも遊びにいらっしてください」

彼女が出て行くと、徳明は私のほうに向きなおって、

「彼女を知っているのか？」

「うん。船で一緒だったんだ。そういえば、君が迎えにきてくれた時、そばにいた女じゃないか」

「そうだったかな。気がつかなかったな」

「どこか美穂子さんに似ていると思わないか」

「似てるものか。美穂子よりずっと別嬪《べっぴん》だよ」

と徳明は苛立たしそうに言った。その調子がつねになく厳しかったので、私ははっとして頭をあげた。徳明は彼女を好いているのかもしれない。だから私と心やすく話している所を見せつけられて、内心おだやかならぬものを感じているに違いない。

まもなく陳超平氏が部屋へ帰ってきた。われわれは狭い階段を二階へ上がった。がらんとした部屋の中には机が二つに椅子が四、五脚おいてあるだけで、壁に絵一枚かかっているではなかった。

「どうです。うまくゆきそうですか?」

「いや、まったく大変だよ」と陳氏は日やけして真っ黒になった顔をハンカチで拭きながら、「やっと校舎の交渉ができたと思ったら、軍隊が割り込んできて教室を荒らす、机をたたきこわして燃料にする、硝子窓を割ってしまう。設立申請書を提出すると、あすこが悪い、ここが悪いと言って突き返される。教育処にここのところお百度踏んでいるよ」

高級車を乗りまわしている国民党の官僚に比べて、兵隊靴を履いて、夏の太陽のカンカン照りつける炎天下の道をテクっている彼の姿を思い浮かべると、さすがの私も雨の降るなかを、追い返された時の恨みがしだいに薄らいできた。

私がロイド氏の意向を伝えると、そばできいていた徳明が、

「よしたほうがいいですよ」と嘴《くちばし》を入れた。

「どうしてだ」と私はきいた。

「だいたいアメリカの干渉を受けることはない。自分たちでやってみて、それでできなければ、玉砕するほうがいい」

「しかし、会って話をするだけじゃないか。アメリカ人に利用されるわけでもないし、場

合によってはこちらが利用することができるかもしれん」

「冗談言っちゃいかん。だいたいアメリカ人は出しゃばりすぎる。帝国主義や領土的野心はないといいながら、腹のなかではなにを考えているかわからん。奴らの力を藉《か》りようものなら知らず知らずのうちに、またもとの植民地にかえってしまうよ」

なんのために徳明がそんなにいきりたつのか私にはわけがわからなかった。まるで私がアメリカの走狗でもあるかのような口吻《こうふん》だった。反対のために反対しているとしか思えない。しかし、理不尽なことを言われると私のほうでも負けてはいられない。

「アメリカ人と会うことと台湾が植民地化することとのあいだになんの関係があるんだ。いったい、君は自分ひとりの力でなんでもできると思っているのか。日本を打ち負かすために、中国はアメリカやソ連の力まで藉りているじゃないか。もしアメリカが救《たす》けてくれなかったら、いまごろ中国は完全に日本の植民地になっているよ」

「助けてもらってかえって迷惑した。見てみろ。僕たちは猪どもの植民地になってしまった。資本主義どころか封建主義への逆転だ」

「結果から物事を判断するなんて卑怯だ。君らしくもない」

「いつからアメリカ人の手先になったんだ」

「そいつは台湾人の言葉かい。それとも日本人との混血児が吐く言葉かい」

「なにを。莫迦野郎」

と形相を変えて立ちあがった徳明は、いまにも私につかみかからんばかりだった。

「まあ、喧嘩はよせ。親友同士がこれじゃみっともないじゃないか」

と陳氏がなかへ割って入った。

私は大甲帽を片手につかむと、そのまま階段を駆けおりた。事務所の出口で、翠玉とその母親にばったり出会った。

「娘が船中でたいへんお世話になりましたそうで」

と頭をさげた母親はでっぷり肥って、ミス台中のころの面影だになかった。

「もうお帰りになるの？」

そう言われて何気なく目をあげると、傍に立っている翠玉がさっきに比べてびっくりするほど美しく見えた。私は玄関を出る時もう一度ふりかえって、この母と娘を眺めた。この二人のあいだにどれだけの共通点があるのだろうと訝《いぶか》りながら。

その夜、陳氏が一人で私の家を尋ねてくれた。もちろん、ロイド氏と面会する日取りをきめるためである。二、三日後、私は陳氏を連れて、ロイド氏邸を訪れた。友人との約束を口実に私はすぐ辞し去ったが、二人がかなり長時間にわたって会談をしたことをあとで陳氏の口からきいた。

10

最初から私は張夫人が嫌いだった。

こぼれそうな大きな目にミス台中の名残りをとどめている点を除けば、どこにも翠玉と似通ったところがない。肥った四肢を包んでいるのは高価であるが無格好な洋服であり、こてこてと塗った厚化粧はにじみ出る汗でいつも剝げかかっている。

翠玉に会うためにはるばるやってきた私を迎えたのは彼女であった。

「今日はあいにくと朝から私の妹の家へ出かけておりますの。主人はまたあのとおり忙しい人ですから、朝早く出かけて夜遅くならないと帰ってきませんし、実業家を主人にもつとこのとおり家がホテルみたいになって本当に嫌ですわ。だから今度娘を嫁にやるなら、一日じゅう家にいられるような職業の人を選びましょうって、私はいつも主人に申しておりますよ、ホホホ……」

話し好きとみえ、彼女ひとりで喋り続けている。鉱山町のはずれにあるこの日本風の邸からは、鬱蒼と茂った山と、その下を流れる新店渓が見える。かなり手広い庭にはシェパードとアヒルが放し飼いにしてあり、パパイヤの木には青い実が鈴なりになっている。

五月の亜熱帯はもう真夏のように暑かった。夏の季節にスコールのくる南部と違って、北部は空気が乾燥しており、坐っていても、汗が出てくる。白いハンカチを額にあてながら、張夫人はゼスチュアたっぷりに話を続けた。

「学校が同じでしたら、あなたは劉徳明さんをご存じでいらっしゃいましょう？」

「ええ、知っていますよ。親友です」

と私は答えた。

「あの方どんな方かしら？」

「お会いになったことありませんか？」

「ええ、一、二回はあります。でもご親友でしたら、あなたのほうがずっとよく知っておいででしょう。あの方のお母さんは日本人だそうですね」

注意深く私は夫人の顔を見つめた。なんのためにこの自分に向かって徳明のことをきくのだろうか、と考えながら、

「劉君は秀才ですよ。僕の知っているかぎりでは、人間的にも愛すべき人です」

「でも女出入りが多いってことじゃございません？」

「そうですか？　僕ははじめてききます」

「そうかしら。東京にいた時分、好きな人ができて結婚の約束までしたそうじゃありませんか？　私はそうきいておりますわ」

「そんなことはないでしょう。もちろん、あのとおり人好きのする男ですから、いろいろ

と女の人には人気がありましたが、でも彼は自分を好いてくれる人が嫌いで、嫌う人が好きらしいですよ。だから、噂になった人とも失敗したようです」

「ええ、私もちょっとそんなことを耳にしましたものですから」

シェパードが突然吼《ほ》えだした。家の前に自動車のとまる音がした。

「娘が帰ってきたようですわ」

と、彼女は椅子から体を起こして、すぐ前の硝子窓を開けた。榕樹の木のあいだからシボレーの新車が見える。扉があいて中から降りてきたのは、翠玉と、もう一人は蘇守謙夫人だった。

「まあ、お知合いだったの。世の中は広いようで本当に狭いわね」

と張夫人が感嘆の声をあげた。

「姫路でさんざご迷惑をおかけしたんですよ。それもかけっぱなしなんです」

「いいえ。とんでもない」と蘇夫人はそばかすだらけの顔を姉のほうに向けると、「やっと昨日から法院に出るようになりましたの」

「そう、それはよかったわね。これであなたも落ち着くでしょう」

この二人が姉妹であることはこの場面を見るまで少しも気づかなかった。派手な身繕いをした新興財閥の令夫人の姉に比べて、蘇夫人は地味で顔も彫りの平凡な女であるが、その代りいかにも気のおけない感じである。蘇守謙氏は姫路の判事を辞めて、一月ほど前に帰台し、ようやく台北高等法院に奉職するようになったのである。

その日、台北へ出る石炭運搬車に、私は蘇夫人と同乗した。あの時以来顔を合わせていない蘇判事に会うためだった。

「あなた翠玉さんをどう思っていらっしゃるの？」

「え？」

凸凹のはげしい砂利道を走るトラックの震動できき取れなかった。もう一度きかれて私は年甲斐もなく顔が赤らんだが、笑って受け流した。

「あなたがなんとも思っていらっしゃらなければいいけれど、いま、劉さんとお話がありますのよ」

「そうらしいですね」

「黄錫光さんの奥さんがあいだに立っておりますの。黄さんと私の姐夫《チェーフ》(義兄)はわりあい親しくしているので、姉が大分乗気らしいわ」

「ヘエ。ずいぶん古臭いんだね。劉君らしくもないな」

「だってあの人ずいぶん内気な人じゃない？ 私も二、三度会ったことがありますけれど、とっても恥ずかしがりやで、私たちの前ではろくに口もききませんのよ」

翠玉のことよりも、徳明のことが気になってきた。美しい顔が醜く歪んだあの日の彼が思い出された。それにしてもなぜ私にあんなに敵意を感じなければならぬのだろうか。翠玉の問題に関するかぎり、私は彼の敵ではないはずだ。それとも私を仮想敵に仕立てることによって、彼は自分の良心や疑惑を欺瞞《ぎまん》し去ろうとしているのだろうか。そういえば彼の心理が私にも領けるような気がするのである。彼は意識的に叛逆児になろうとしている。それが自分に背負わされた運命だと信じ込もうとしている。民族を捨て国境をなくすことこそ本当の叛逆でなければならぬのに、台湾人として虐待されて育った彼は逆に民族に固執することになってしまったのだ。その結果が国境を越えた恋を拒否して、平凡な結婚へと彼を追い込もうとしている。華々しかるべき彼の女性史を自ら断った行為の陰には、思いもよらない猛烈な欲情が潜んでいるのではないか。なるほど翠玉はうら若い陽気な娘である。美人でもあり、新興財閥の一人娘でもある。しかし、叛逆児の意識によって生きている徳明にとっては、あまりに手ごたえのない相手ではなかろうか。だから、自分の行為を自分に納得させるために、彼は私を競争相手と仮想したのではないか。そして、私は私で無意識に彼の仮想敵に自分を仕立てあげているのではないか。

ふと、夕陽に照り映えた赤嵌楼が私の脳裏に浮かんできた。その欄干に凭《もた》れて、遠い海のほうを眺めている徳明の美しい顔が思い出された。彼の目はあの時まだ見ぬ祖国への憧憬に溢れていた。しかし、彼の祖国はいま彼の故郷を蹂躙《じゅうりん》しつつある国民党の国ではなくて、国境のない国ではなかったのか。徳明と肩を並べて、あの朱塗りの石段を上がる女は、翠玉ではなくて、銀行嬢か美穂子であったほうがいっそうふさわしくはなかっただろうか。私は徳明を哀れに思った。世間に反抗しつつあると思いながら、そのじつ彼自身の「血」に反抗しているにすぎない彼に、自分の悲しみを託したかった。そして、できるならば、自分の「血」に忠実な、もっと偉大な叛逆児になってもらいたいと願わずにはいられなかった。

その後、私はたびたび蘇判事の家へ出入りするようになった。高等法院の司法官である彼は頻発する刑事事件の処理に忙殺されていた。長く日本の裁判所で地道に判事を勤めあげてきた彼には想像もできなかったような事件が次々ともちあがっていた。なかでも最も大規模なのは、その年の夏、台中県の員林で起こった警察と軍隊の衝突事件である。強盗を働いた兵隊を警察が現行犯でつかまえたところ、その兵隊の所属部隊が機関銃をもち出して警察署を包囲し、そのために双方に数十名の死傷者を出したのである。こんな事件は決して珍しくはなかったが、台中地方法院で不利な判決を受けた軍隊側被告が上訴したので、事件が高等法院へまわってきた。

大陸から来た司法官たちは長いあいだの経験で、矢面に立つのを忌避し、結局人のよい蘇氏が担任判事にされてしまった。かねてから司法権に対する政治力や武力の干渉をみて内心不満を抱いていた彼は、この機会に公正な裁判をすることができると喜んだ。ところが軍隊の圧迫は予想外に強く、警備司令部から軍隊の面子を守ってくれなければ、ただではおかないぞ、などと脅迫の使者までよこしてきた。もちろん、そんなことで腰のくだける蘇氏ではなかった。原審どおりの判決を下した。すると、無数の脅迫文が舞い込み、一時は夜道さえ歩けない有様だった。

「畜生奴《め》！　あんな野郎どもとは同じ便所に入るのも嫌だ」

　と蘇氏は言った。彼は日本から引き揚げてきたことを後悔していた。こんな世界だと知っていたら、そのまま日本へのこって敗戦国の国民に帰化したほうがよいとさえ極言した。

「司法官などやめて弁護士になればいいでしょう」と私が言うと、

「弁護士の観念も昔とは大分違うんだよ。裁判官とうまくぐるになって袖の下をきかせる奴でないと、腕ききとはいえないんだ。僕のような男にはとうていできない芸当だ」

　そういえば、外省人の弁護士に押しまくられた台湾人弁護士が最近は実業界へ盛んに転向しつつあった。人格も学歴も技術も、この社会ではすべて無用の長物である。法律万能などと謳われた時代があったことなど夢のようである。金、金、金。金さえあれば世の中で通用しないものはない。金さえあれば、いい地位を買うこともできるし、阿片や煙草の密輸をしても大手をふって歩くことができる。金さえあれば、人を泣かせることも、笑わせることも、殺すことも、生かすこともできる。人を殺したうえに殺された相手を悪者にすることもできる。

「だから君のように、あっさり商売人になったほうが賢いよ」

　と彼は言った。

そう言われてみて私ははじめて自分が商人になっていることに気づいた。インフレの進行と、贈収賄が公然と横行する世界で、生きてゆくためにできる商売といえば、どうせ知れたものである。アメリカ人の偉い役人と知合いであることがわかると、仲間の連中の私を見る目が急に違ってきた。いろんな仕事がもちこまれた。琉球貿易をやりたいから沖縄側の米軍へ紹介状を書いてくれ、という注文まであった。日本との貿易は厳禁され、日本への渡航など不可能に近かったが、目ざとい商人は漁船を利用して琉球づたいに密貿易をはじめていた。砂糖が貴重品扱いされている日本へ、砂糖の過剰で悩んでいる台湾から運び込めば十倍に売れるのである。そんなに遠くまで行かなくとも、台湾から茶や台湾産の「香蕉」煙草を積み出して、米軍の放出する古タイヤや罐詰、衣料品の類と物々交換をすれば、五倍ぐらいの利益にはなる。一番手近な与那国島《よなぐにじま》は台湾東海岸の蘇澳から漁船に乗ると二十四時間で行ける所にある。そこには米軍が常駐しておらず、たまに巡視に来る船を避けさえすればまず安全である。台湾側では海岸を守る国民党軍隊は金さえもらえば見て見ぬふりをするし、場合によっては積込みや荷卸しの労働力を提出してくれもする。だから万一巡視船とぶつかった場合にも、安全を保証されるような、「特許状」のごときものを交渉してもらいたいというのである。私が琉球貿易に目をつけたのはこうした誘いに端を発しているが、島づたいに日本へ行けるかもしれないという淡い憧れも手伝っていた。

ロイド氏から沖縄本島にいる彼の友人へあてた私信を書いてもらった私はＡＢＣも読め

ない仲間たちの信用を一身に集め、自らも密輸船に乗って与那国まで二回ほど行ったことがある。法律とか国家とかいった観念は、しだいに私の頭から遠のいていた。というよりわれわれは法律のある世界にはもはや住んでいないのである。戦後の台湾を治めているものは軍閥であり権力であり、その力と対抗するためにはその権力の網目をくぐって大をなす以外に方法がないのである。

時がたつにつれて、私はますますそう確信するにいたったが、その半面秩序ある社会への郷愁に似たものがまだ多くのこっていた。私はときどき、蘇氏の所へ出かけ、彼の性格と氷炭相容れないこの封建社会に沈潜しつつある私と昔の私とのあいだにできた大きな距《へだ》たりを、悲痛と愛惜の気持で眺めてみた。昔の私は私の恋人だった。その面影を私は愛した。初恋の人がいつまでたっても忘れられないように、いずこへともなく消えていった昔の私を私は懐かしがった。

あるとき、夜がふけて蘇家から出ようとした私を蘇夫人が呼びとめた。

「あなたのお耳にちょっとお入れしておいたほうがいいと思うことがあるんですけど」

「どんなことでしょうか」

「翠玉さんがいよいよ婚約することになりましたの」

さっと自分の顔色が変わっていくのを私は感じた。なぜ変わるのか、自分にもわからぬくらいであった。

た。

「そうですか」

と何気ないふうを装って玄関を出た私は、門まで送ってきた蘇夫妻の前に立ちはだかっ
「それは翠玉さんの意志ですか」

「いえ、まあ、親同士の考えといったほうが適当でしょうね。徳明さん自身ももちろん前からその気だったようですけれど、今度台南からお母さんが出ていらっしゃって、翠玉さんにも会われたんです。そしてたいへんお気に召されたので急速に話が進んだようです」

「本人はどう考えているんですか？」

「あんまりはっきりした意思表示はしていませんけれど、お母さんがそれほどおっしゃるなら、任せてもいいということじゃないかしら。林さんが知らないで、後で失望したりしたらいけないと思ったものですから」

「わかりました。明日早速新店へ行ってみます」と私は答えた。

相手が徳明であることが私の敵愾心《てきがいしん》を刺激した。急に自分が翠玉を愛しているような気がした。いや、ずっと以前から愛していたのかもしれない。現に蘇夫人の目にもそう映っているではないか。

「私、林さんの味方ですわ。あなたがその気なら応援するわ」

「僕は厳正中立だ。劉君も林君も両方ともよく知っているからね。その点、家内なら君ひ

とりしか知らないから、一所懸命応援してくれるよ」と蘇氏が口添えをした。

「ええ、お願いします」

「姉は大分前からそれとなくあなた方二人を天秤にかけていたのだと思うわ。ところが肝心のあなたがはっきりしないでしょう。いつか姉があなたに劉さんのことをきいたら、大分褒めたんですってね。それが祟っているのよ。もしライバル同士なら相手を悪くいうべきなのに、そんな調子だと気がないんだろうと姉は解釈したらしいわ。でもよかったわ、私も姉にあなたの気持を伝えておきますから、しっかり頑張ってね」

妙な窮地に追い込まれたような気がした。だが、私はもはや単なる仮想敵ではなかった。自分の行為の是非を考える余地がなかった。負けるものかという意識が先に立った。とにかく、徳明の手からあの女を奪えばよい。徳明を粉砕してしまいさえすればよいのだ。

次の日、私は新店行の小型列車に揺られていた。もう刈入れ時の近づいた稲はところどころ黄色い穂を垂れている。白鷺が晩稲の上を低くとんでいる。

翠玉は家の前の広場で、犬と戯れていた。

「今日はひとりで留守番よ」

「ほお。珍しいね」

「母は大稲埕で婦女会の会合があってそこへ出かけたの。なかへお入りにならない？」

「いや。外のほうがいい。どこかその辺をぶらぶらしないか」

「ええ。いいわ」

彼女が先に立って歩きだした。道から一段低くなった田圃の畦道《あぜみち》を通ると、竹藪《たけやぶ》の茂った土手の上から新店渓の静かな流れが見える。家鴨《あひる》が五、六羽水面に浮いている。

ものもいわずに私は彼女の後を追った。

「どうかなさったの」

と、土手の下の窪みまできた時、彼女はふりかえった。その手をいきなりつかまえると、私は力いっぱい引きよせた。不意をつかれた彼女がわれにかえってもがこうとした時、彼女は私の腕の中にしっかりと抱きしめられていた。ぴりぴりと電気のような体のふるえが伝わってきたが、やがてそれも静かになっていった。私が顔をあげた時、彼女の真っ赤な唇は新鮮なチェリーのようにしっとりと潤いをおびていた。

「乱暴だわ」

「怒ったか」

「あなたのような人嫌い、野蛮人だわ」

「嫌われようが、野蛮人だろうが、そんなことどうだっていい。そうしてみたかったんだ」

ウウウ……と足元で、シェパードが喉を鳴らした。

「帰ってちょうだい。たったいま帰ってちょうだい。でないと声を立てるわよ」

「帰れと言うなら、帰るよ」私はぶっきら棒に言った。

「しかし、君も帰るんだろう。どうせ帰るんなら一緒に帰ろうじゃないか」

さっききた道を私はひとりで歩きだした。ふりかえると、翠玉が後からついてくる。二人とも彼女の家の前まで一言も口をきかなかった。

「これから君のお父さんの所へ行ってくるよ。いいか。僕は君をお嫁さんに貰うよ」

門の前で私はそう言った。彼女は険しい目つきで睨みつけたが、そのまま黙って家の中へ引っ込んでしまった。

その足で私は台北へ出、彼女の父親の事務所へ行った。職員が事務をとっている大部屋の前の長椅子に坐って、小一時間も待たされたうえで、ようやく応接間へ通された。

張氏は中肉中背。一見すると、何千人もの炭鉱労働者を扱う男には見えないくらい、物腰の柔らかな人である。しかし、資本家でありながら労働者や不法組織の社会には隠然たる勢力をもっている。自分の手下を殺した日本人を終戦後、縦貫鉄道の終点にある渓州まで追っかけて行って自分の手でやっつけたこともあり、最近では石炭の輸出を民間の手に解放せよ、と主張して役人と正面から対立している。そうしたしんの強さを物語るものは彼の鋭い目つきだ。

私の用件をきくと、彼は急に緊張を柔らげた。黙っている時はなんとなく凄みを感じさせる彼の顔には微笑さえ浮かんでいる。

「そんなことなら、わざわざ私に相談にくることはないじゃないか」

「と、おっしゃいますと？」

「娘のことについては、私はとやかく言わないことにしている。娘の好きなようにさせるつもりです」

「そうですか。それをきいて安心しました。じゃこれで失礼します」

と私が立ちあがりかけると、

「これからときどき、家のほうへも遊びにきたまえ。日曜日はたいてい家にいるから」

と言って、門口まで送ってくれた。

次の日曜日、私は蘇夫妻と一緒にふたたび新店へ出かけて行った。そこでぱったり徳明と顔を突き合わせてしまった。驚いたのは彼のほうだった。むっと露骨に不愉快な顔をした。自分の仮想敵が実は本当の敵であることにはじめて気づいた表情であった。

「こんな田舎で遊ぶ所もないんだが、渓《かわ》へ釣に行きますか」

誘われるままに腰をあげた。タオルを首にまき、作業ズボンを穿いた張氏は事務所の時とは打ってかわって、炭鉱労働者そっくりである。

「新店渓は鮎《あゆ》のよく獲れる所だが、このごろは電池で魚をとる奴があるとみえ、すっかりだめになってしまってね」

渓《かわ》に竿を三時間も垂らしていたが一匹も釣れなかった。帰りに、つい数日前、翠玉ときたことのある細道を通った。藪かげに水牛が腰をおろして、ねむそうに目をこちらに向けていた。

昼飯の時、翠玉は姿を見せなかった。徳明はだまりがちになり、座が白けた。しかし、私には充分の勝算があった。今朝着いたばかりの時にちらっと顔を見せた翠玉の目がそれを語っていた。

徳明の縁談は案の定流れてしまった。

しばらくぶりで出かけて行くと、蘇夫人は私の姿を見るなり、息もつかずに言葉をついだ。

「あれから黄錫光太々《タイタイ》が見えて、私に徳明さんのために姉に頼んでくれないかとおっしゃるんですよ。でも私はすでにあなたのことがあるし、一人で二人分やることはできないからって、はっきりお断わりしましたの。そうしたら、ついこのあいだまでは婚約の菓子折の数を打ち合わせていたのに急に取止めになるなんて変だ、誰か中傷した人でもあるんじゃないですかとおっしゃるの。もちろん、あてこすりだってことわかっていますわ。だけど本当にそんなことありませんでしたもの。だから私の知っているかぎりでは褒めた人はあるけど、悪口を言った人はない。かりに悪口を言う人があるとしても、きき手のほうで鵜吞みにするわけもないし、そんな心配はご無用ですと申してやりましたわ。徳明さんはそれでもまだ諦めきれないらしく、自分で本人に会って話すと言うものですから、親のほうでも若い人にはかなわんと言って二人を一緒に会わせましたの。その時、翠玉さんははっきり断わったんですって。徳明さん、すっかりしょげてお帰りになったってことよ。その代りあなたはうちの姉さんに恨まれてしまったわ。姉さんはとても徳明さんのこと気に入っていたらしいの」

徳明を気に入っているということで、私はいままでよりいっそう張夫人が嫌いになった。

「じゃ林さんが好きかってきいたら、黙って一言も答えないものだから、従兄妹《いとこ》たちに冷血動物だって冷やかされていますのよ」

11

長いあいだにわたる陳超平氏の努力と汗が結晶して、新台学院が店開きをした。

日本時代に中学以上の上級学校へ進学できなかった青年たちに門戸を開放したので、全島から失学青年が殺到し、この私立学院は未曽有の活気を呈した。インフレを見越して、商才のある陳氏が銀行から校舎資材購入の名目で資金を借りて買った木材が、借入金の三倍に騰貴したので、当分資金の心配もいらなかった。校舎は私立中学の一部を借りているが、教師は台湾人の知識階級が奉仕を申し出ているので、内容的には台湾一だと陳氏は自慢した。

徳明も台湾銀行をやめて、専任助教授として学院のために尽力することになった。失恋した彼がすっかり意気沮喪《そそう》しているときいて、できればなんとか仲直りをしたかったが、その機会もないままに月日が流れた。しかし、そのあいだ翠玉と私のあいだには少しの発展もなかった。

徳明が去ると、翠玉に対する私の関心も薄らいだ。財閥の娘と結婚して、ゆくゆくは養子とまでいかなくとも、社長の秘書になるなどという行き方は、私の性分に合うものではなかった。ただ第一回の会見以来、私は強く張炎氏の性格に魅かれていた。技術屋から出発した彼は自ら企業家になろうとして若いころいろんな事業を試み、厦門《アモイ》、汕頭《スワトウ》を流れ歩いて阿片の代用品になるものをつくろうと努力したこともあった。彼が本当に成功したのは採鉱に着手して新店で炭鉱を掘りあてて以来で、いまでは四つの炭鉱と二つの金鉱をもち、月々莫大な利益を挙げるようになったが、苦労した時代の習慣で個人生活は至って質素であり、その代り新台学院をはじめ、新聞社やその他の社会事業には惜しげもなく大金を投じた。もっとも彼のやり方はゆきあたりばったりで、投じた金額のわりには効果は薄かった。しかし、私の興味をひいたのは慈善事業家としての彼ではなく、中国の社会、法律も社会保障もない社会に生きてゆくために必要なあの「隠然たる勢力」をもっているということである。

それは神秘的な香りをもつ、たとえば密教的なものと共通する、非合理主義精神の上に立つものであり、私が徳村教授のうちに見出だしたのと同じものである。立場も環境も思想もおそらくはまるで違っていながら、この二人のあいだに共通しているものがあると私は考えた。たまたま二人の青年のうちからどちらか一方を選ばねばならない羽目に陥った彼が困難を感じたとしても無理はない。徳村教授が徳明と私を自分の弟子として、二人ながら愛したように、彼もまた私たち二人に同じ程度の愛情を抱いたに違いない。だから、対決を迫られると、

「娘はまだ年も若いので、もっと勉強させます」

と逃げを打った。そして、それが単なる口実でないことを示すために、翠玉を新台学院に通わせるようになった。徳明がどんな感情をもって講壇に立ったか私は知らない。ただ私は自分が教師でなかったことを、この時ほど有難く思ったことはなかった。

そのころの私は台北に在住する機会がしだいに少なくなっていた。家へもほとんど帰らなかった。蘇澳、澳底、基隆、淡水と、北部一帯の大小港が私の仕事場になった。それらの港を転々として歩きながら、十七、八世紀に海外渡航を禁じられた人々が禁を破って南洋へ発展した時代のような夢を私は夢見るようになった。そういえば、私は現代に住んでいることをときどき忘れかけた。ラジオや飛行機や高層建築があっても、私の住んでいる世界は二十世紀とは思えなかった。かつてあれほど憎悪を感じた日本が、いまでは遠い夢の国になってきた。戦後の日本と完全に遮断されている十七世紀のこの国では、その後の

日本がどうなっているか知るよすがもない。私のもとへ入る情報といえば、島づたいに渡ってくる密輸業者のもたらすものだけである。風紀が乱れ、女が手に入りやすくなったと彼らは語った。札びらをきれば、どんな女でもついてくる。かつての華族の娘を台湾人のチンピラが細君にしているのもあり、前台湾総督の娘がパンパンをしているという噂もある。それは日本の知識層にとって大問題であるらしいが、十七世紀へ逆転したわれわれから見れば風紀問題で大騒ぎのできる社会は夢の国だ。

私の仕事はしだいに困難になってきていた。海関が新しく巡視船を購入し、沿岸の漁船を片っぱしから臨検しはじめた。巡視船の通る日程を知るために海関にいる男を買収すればよいのだが、こちらはまだそれほど大きな組織にはなっていない。密輸に利鞘《りざや》があることがわかると、沿岸防備の軍隊が途轍もない高額の見逃し料を要求するようになった。それを値切るためには、時にはもう仕事を断念するような顔もせねばならず、門を開いておいて向うが折れてくるまで待つことも必要である。そのうえ、琉球側で二、三隻の密輸船がアメリカ軍に抑えられて以来、監視が急に厳しくなった。日本との直接航路か、香港ルートか、いずれにせよ新しい打開策を講じなければならなくなっていた。

国民党の横暴がしだいに目にあまってきた。以前植民地であったとはいえ、一度は二十世紀の空気を吸ったことのある台湾の民衆はこの封建的搾取に我慢がならなくなった。明治二十八年、李鴻章が台湾を割譲した時には「台湾民主国」をつくって日本軍に反抗しつつ、腐敗した清国軍を追討ちにしたことのある台湾民衆である。国民党との衝突はいまや時機の問題にすぎなかった。

終戦の翌々年、一九四七年二月二十八日。

その前の夜遅く私は蘇澳から戻ってきたばかりであった。朝早く道を歩いていると、獅子舞いを先頭に立てた一群の群衆に出会った。行列のなかに顔見知りの男を見いだしたので、

「おい、どうしたんだ」ときくと、

「昨夜、阿才の奴が専売局の巡視にやられたんだ。これからそのお礼に行くところだ」

と悲壮な面持をしている。

事件の起こりというのはこうである。日本時代から、台湾総督府の財政収入の約半分にもおよぶ酒、煙草の専売制度は中国の統治下に入ってからもそのまま継続されているが、この禁を破って上海煙草が盛んに密輸されていた。密輸は外省人によって大規模に行なわれているが、これを道端に並べて売る小売商人は全部台湾人である。それらの小売商人は、職からあぶれた男や女子供が多かった。専売局は監督官を出して取締りをさせているが、肝心の密輸の大御所はつかまえないで、路傍の小売商人だけを対象にした。その前日も、永楽戯院の前で、一人の巡視官がお婆さんの煙草売りから並べてある煙草を没収した。お婆さんは巡視官の前に跪《ひざまず》いて哀願したが、無慈悲に突きはなされた。その時、二階の窓

から一人の男が首を出した。

「おい、許してやったらどうだ」

とその男が怒鳴ると、巡視官はいきなり拳銃を抜いて発砲した。あっと思うまもなく、その男は前かがみに倒れかかり走馬楼の鉄のてすりにうつぶせてしまった。弾丸が心臓を貫いたのだ。意外な結果に驚いた巡視官はこそこそと人道をかきわけて、いずこへとなく姿を消したが、頭の重さに耐えかねた死体は集まってきた群衆の上に真っ逆さに落ちてきた。血でよごれた走馬楼には物憂い夕陽がさしていた。

阿才は大稲埕でも顔のうれた老鰻《ロオモア》（やくざ）であったから仲間の者が承知するはずがない。祭典の時に出る獅子を担ぎ出すことになり、顔役たちは管内の者に店をしめろと触れてまわった。商家は真っ昼間から堅く扉をとざし、獅子を先頭にした行列がそのあいだを行進しはじめた。行進するにつれて行列はしだいに長くなり、それが専売局の前までできた時は三千人ぐらいにはなっていた。

専売局の前を包囲した群衆は、「殺人犯の銃殺。専売局巡視制度の全廃。専売局長の引責辞職。犠牲者家族への弔慰金」等の諸条件を提出して回答を迫ったが、情勢不利と見た専売局長はいち早く姿をくらました。いつまでたっても埒《らち》があかないので、しびれをきらした獅子隊は踵《きびす》をかえすと、長官公署に向かって前進しはじめた。

公署前の広場はたちまち群衆で足の踏み場もないほど埋まってしまった。

「陳儀出てこい」

「猪官《チークワン》出てこい」

「殺人犯を銃殺にせい」

と群衆は口々に叫んだ。陳儀がこの時、ベランダに姿を現わして一場の演説をぶてば問題はなかった。だが民衆の膏血《こうけつ》を吸ってぶよぶよに肥ったこの男は民衆と顔をつき合わせるのが恐ろしかった。三時間も群衆はその場から立ち去らなかった。

「撃て！」

と陳儀は命じた。長官公署の上から機関銃が発射された。路傍で民衆が血にまみれてばたばたと倒れた。

血を見ると群衆は急にいきりたった。それまで物見高い見物人のあいだには外省人もまじっていたが、たちまち怒れる民衆の復讐の対象となった。理性を失った群衆は幾隊にも分かれて、専売局を破壊し、煙草を運び出して街路の真ん中で焼き払った。放送局を占領した一隊は、すぐ全島に向かって、「省政自治」の要求を電波に乗せた。

これはまったく予期されていなかった暴動であったが、台北市占領の報が伝わるや、わずか二、三日のあいだにかねてから準備されていたかのように全島津々浦々までたちまち台湾人の手に帰してしまった。外省人は善人悪人の区別なくことごとく殴打され、天井裏に隠れたり、日本人の着ていたモンペ姿に身をやつさねばならなかった。かつて日本軍の訓練を受けた青年たちは、「天に代りて不義を討つ」を高唱しながら、大道を行進し、彼らによって組織された治安隊がバリケードを築いて道を通過する人々を誰何《すいか》した。外省人に間違えられないために、台湾人の女は長衫《ちょうさん》をすてて洋服に着替えた。外省人のなかに福建語のできる者もあるので、怪しい奴があると、「君が代」を唱《うた》ってみろと言われた。台湾人なら「君が代」の唱えないものはいないからである。

こうした騒動を台湾人の有力者や指導者はただ啞然と見守るばかりであった。しかし、このまま無政府の状態を長く放置するわけにはいかなかった。省参議員や台北市会議員を中心に二・二八事件処理委員会が結成され、治安維持にあたる一方、陳儀を相手に交渉がすすめられた。

委員会の開かれている中山堂に傍聴に出かけた私は、廊下でぱったり徳明に出会った。冷たい一瞥を投げて、そのまま通りすぎようとする徳明を私は呼びとめた。

「なにか用かい」

「いや。君たちどうしているのかと思って心配していたんだ」

「ふん」

と彼はまだ釈然としない様子であったが、そのまま私について休憩所に入った。

「どうだ。委員会の空気は」

「まるでなっとらん。委員連中もまるで政治的訓練ができていないし、政治掛引の政の字も心得とらん」と彼は激憤に胸をふるわせている。

「だいいち、黄錫光のような男に牛耳られていて、それでいい気になっているんだから、いまにこっぴどい目にあわされる」

「黄錫光は君の親戚じゃないか」

「親戚だろうが、親爺だろうが、この際、あんな男に議長をつとめさせることに僕は反対だ。奴はトランク一個提げて大陸から戻ってきた男じゃないか。それがまたたくまに大財産をつくりあげ、中山路に四億円の建築費をかけて大邸宅を造りあげた。その金はどこから出てきた！　皆民衆の膏血を搾《しぼ》ったものじゃないか。人もあろうに、あんな男を代表に推し立てて陳儀と交渉するなんてとんだ見当違いだ」

「じゃ君はどうすればいいというんだ」

「陳儀を生捕《いけどり》にしてからゆっくり交渉するんだ。相手は山千海千越えてきた男だ。いまにどんな切札を出してくるかわからん。昨日、交渉委員の後から、僕は青年将校を四、五人連れて行った。場合によっては陳儀にピストルをつきつけてそのまま引張るつもりだったんだ。ところが張炎や陳超平に絶対にまかりならぬと叱られた。陳儀が市県長公選とか専売局長の更迭《こうてつ》など、委員会の要求を全面的に公約した以上、そんなことをやっちゃいかんというんだ。君は問題がこのままで片づくと思うか？」

赤児の手をねじるように、いとも簡単に相手を屈服させてしまったので、今日の委員会はまるで祝賀会のようだった。その幼稚さや甘さに徳明が憤慨するのは無理もなかった。

「こんな委員会はもう今日かぎりご免だ。僕は僕の同志と一緒にやりなおすんだ。じゃ失敬」

彼はもはや私を同志とは呼んでくれなかった。彼の目はまるで違った方向を睨んでいた。中山堂の前で右左に別れる時も、私の手を握ることを忘れていた。人知れぬ深い孤独を胸に抱きながらも、私は街角に消えて行く彼の姿を見送るとわが家への道を急いだ。

沿岸防備の軍隊が影をひそめたので、私の仲間たちは仕事に一所懸命だった。トラックに米や茶を満載すると、私は台湾人の守っているバリケードを通過して蘇澳海岸へ向かった。そこで機帆船に積み込んで与那国へ渡った。

だが、次に戻ってみると情勢は一変していた。行政長官公署から一歩も出なかった陳儀は一面委員会とお茶を濁しながら、秘かに蔣介石へ援兵の密電を打った。日本軍の受降典礼を受けるためにきた裸足の兵隊と違って、米式の新式装備をした精鋭部隊が基隆に上陸するや、基隆港は銃殺された台湾人の死体で埋まった。国民党の軍隊は破竹の勢いで台北へ進み、二・二八処理委員会の委員たちはたちまち共産党の赤帽をかぶされ、逃げ遅れたものや、罪がないと信じて自ら出頭したものは、その場で銃殺にされた。

台北へ着くと、私はすぐ徳明の下宿先へ走ったが、数日前から不在だときかされた。陳超平氏の家へ行くと、陳氏は友人の家へ隠れているが、それがどこなのかわからないと細君が言った。張炎氏は警備司令部の高級軍人の自動車に迎えられて行ったままであり、蘇守謙氏は高等法院に出勤したまま未だに帰っていなかった。

蘇氏の家から出てきたところで、私はロイド氏のジープに出会った。

「おお。あなた危ないよ」

とロイド氏は言った。彼はジープの上に星条旗をかかげ、首からカメラをぶらさげていた。

「私、もう三日間ねていない。あなたどこにいました。逃げないと危ない。鎗斃《チャンペイ》されます」

と、指を私の胸においてピストルをひく真似をした。

「どうも、友だちが大分殺されたらしいんです。いまから探しに行くところです」

「私も行きます。一緒に乗りなさい」

そう言って、彼は私を車の中に入れてくれた。

ロイド氏のジープは雨に濡れた三線道路を猛烈なスピードで走った。街角のバリケードを守る国民党の軍隊は、星条旗を見ると、道を開けてくれた。踏切の遮断機は半分おろされたままで番小屋には番人の姿が見当たらない、雨が激しくジープの硝子に打ちつけ、運転台の脇に坐った私の肩がずぶ濡れになった。

二人とも一口も口をきかなかった。死体のころがっている所へ行くと、私はジープからとび降りて、死人の顔を覗いてまわった。ロイド氏はカメラを取り出してシャッターをきった。

南港にもかなり銃殺された死体が放り出してあるときいたので、旧台湾神社のそばを抜けて基隆街道を北進した。南港の街へ入る少し手前の地点に着いた時はもう暗闇が迫っていた。

路傍に伏している濡れた死体をひとつひっくりかえした私は、

「あっ」

と叫びそうになった。それは蘇判事の顔だった。引き裂かれてずたずたになった背広の胸から黒くかたまったままの血が見えていた。冷たくこわばった掌には釘を打ちつけた跡が歴然と残っている。

「誰ですか」

「僕の先輩の一人です。司法官《ジャッジ》です」

「オオ。ヘブン」

とロイド氏は全身をふるわした。そして、小雨の降るなかで頬杖をしたまま、遠くにちらほらしている民家の明りを眺めていた。しばらくたってから、まるで自分に言いきかせるように英語で静かにこう呟いた。

「いつかこういう事件が起きると私は予想していました。アメリカが民意を無視した領土変更に賛成したことに私はいつも反対でした。私はくり返しくり返し、ワシントンに警告しました。私の意見が容れられたら、こんな野蛮なことは起こらなかったはずです」

その夜、私は下り列車に乗っていた。車内は武装した国民党の憲兵によって警護されている。扉を開けて入ってくる憲兵を見ると、ときどき錯覚を起こして戦慄《せんりつ》を覚えた。東京から長崎まで逃げた列車の中にいま自分が揺られているのではないかと思った。それにしても徳明はどうしているのだろう。無事に逃げおおせているだろうか。あるいは掌に針金を通して淡水河の底に投げ込まれたのではないだろうか。ああ、もし彼が死んでしまったら……。

澎湃《ほうはい》と胸の底からこみあがってくるもので、私の頰はいつか濡れていた。生まれてはじめて私は自分が心から彼を愛していることを悟った。なぜいままで気がつかなかったのだろう。なぜ彼を永遠に失ったかもしれないところまで追いつめられないとこうした感情が湧いてこないのだろう。彼を殺したのはこの私かもしれない。そうだ。この私かもしれない。

列車が二林へ行く小型鉄道と交差する田中駅を通過した時はまだ真夜中だった。父や母のことが気にならないでもないが、どんな嵐が吹こうが決してひっかかるような父ではない。濁水渓の鉄橋を車が通過する音をききながら、私は眠りにおちてしまった。

列車が台南駅へ到着したのは十時に近かった。駅も駅前もものものしい兵隊で固められている。銃剣の波をくぐりぬけて、私は真っ直ぐ徳明の家へ向かった。

鳳凰木《ほうおうぼく》の並木道を歩いてみて、すっかり廃墟と化した台南の変貌に一驚した。いたるところ空襲で平らになったこの旧都の街は、戦後もう二年もたつのに、跡片づけさえされていない。赤煉瓦の台南病院がローマの廃墟のように外郭だけ残っている。

その病院と同じように、柱だけになった劉家の前に立ちどまった時、私は胸が一杯になってしまった。煉瓦を積み上げた庭の片隅に月下美人草の植木鉢が置いてある。仙人掌のような、その青い幹には新しい芽が吹き出していた。

よく見ると、焼けた家の奥に屋根の低い仮小屋が立っていて、扉が半開きになっていた。

「ご免ください」

返事がなかった。裏庭で鶏の騒ぐ声がした。

「ご免ください」

「どなたですか」

と言いながら出てきたのは徳明の母親だった。

「まあ、どなたかと思いましたら、林さんでしたか。これはこれは」

「徳明君帰っていませんか？」

と挨拶ぬきで私はきいた。

「台北じゅう探しまわったのですが、見当たらなかったのです。もしかして帰っているのではないかと思って、追っかけてきたのですが」

と私がこれまでの経過を話すと、

「そうでしたか。とんだご心配をおかけいたしまして」

とこの日本人の夫人は両手をついて丁重な挨拶をした。

「万一のことがあっても覚悟はしています。あの子がむだな死に方をしてくれたとは思いません」

涙を嚥《の》み込むような声だった。

「劉君のお父さんは？」

「昨日、軍隊に連れて行かれました」

「えっ？」

と驚きの声をあげた私に向かって、彼女は静かに言った。

「主人は家を出る時、もう帰ってこられないだろうと言っていました。台南の委員会で、主人は皆に選挙されて市長候補になったのです。国民党の援軍が上陸して、あちらこちらで虐殺がはじまったときいた時、主人はなんとかして自分一人で被害をくいとめたいと申しておりました。それで軍隊が着くと、台南市の暴動は全部自分がやったことだと申し出たのです。だから、生きては帰ってこないと思います。でも一人だけですむものなら、と私も諦めています」

その日、劉氏の死体が州庁前のロータリーに放棄されているときいた私は、劉夫人と一緒に出かけて行った。夕刻迫る頃で、南国にしてはうら寒い日だった。

劉氏はロータリーの上の、砂利の上にねかされていた。そばで剣付鉄砲を腕にした兵隊が監視していた。劉夫人はいきなり良人の死体のそばへ駆けよったが、銃口を鼻先につきつけられた。

「なぜいけないんです？　殺せるものなら殺してごらんなさい」

彼女は少しもおじけなかった。さすがの兵隊も手を焼いて、彼女が良人の顔についた泥を拭ったり、襟をなおしたりするのを黙って見ていた。その足で彼女は死体の貰いさげに行ったが許されなかった。今後ふたたび同じ事件が起こらないように見せしめにするのだ、というのが軍隊側の言い分だった。

その夜、彼女は毛布をもってふたたびロータリーに出かけて行った。兵隊は彼女が毛布を良人の死体にかけるのを咎《とが》めなかったが、彼女の姿が見えなくなると、すぐ剝ぎとってしまった。劉氏の無残な死体は何日も野晒《のざら》しにされたままだった。

12

この事件では台湾民報社長、台湾大学文学院長、科学振興会長、省参議員などをはじめ全島の有力者が虐殺されたが、武力をもって陳儀の軍隊に反抗した青年で銃殺されたものは、五千人以上にのぼるといわれる。

死体の発見された者はそれでも幸運なほうだった。張炎氏も数知れぬ行方不明者の中の一人に数えられ、一時はまったく絶望視されていた。しかし、彼が政治犯を収容している西本願寺にいることがまもなく判明した。

嵐はすでにすぎ去っていた。すぎ去ってみると、虐殺された有名人はほとんど事件と直接関係のない者ばかりだった。新台学院に陣拠していた陳超平氏の一派は逃げ足が早かったので、一命はとりとめることができたが、自分は公正だと信じた人間は血祭りにあげられてしまったのである。低気圧の中心からうまく逃げさえすれば、あとは平気な顔をして歩ける、これは世にも不思議な社会である。陳儀は自分らの非行を隠蔽するために、卑劣にも事件を共産党の計画的暴動と宣伝したが、蔣介石の特使として白崇禧将軍が調査のために派遣されてきた。将軍の帰還後、省主席として文人政治家魏道明が任命された。主席が代われば、二・二八事件の首謀者と目される連中が釈放されると考えていたが、張炎氏はいつまでたっても牢獄から出てこなかった。

ある日、新店を訪れた私を前にして、張夫人は手放しで泣いた。

「私たちは身代金を要求されているのです。私たちは破産してしまいます。明日からご飯を食べていくのにも困ります」

「お母さん」と翠玉が脇から呼んだ。「泣いたりしてみっともないわ。お父さんが死ななかっただけよかったと思わなくちゃ。叔母さんを見てごらんよ」

「お前にはわからないのです。私たちがこれまでどんなに苦労したか、お父さんがどんなに骨身を削るような思いをしてお金をつくったか」

「いったいどうしたんですか?」

と私はきいた。

「警備司令部の人が、三千万円払ったら釈放してやろうと言ってきたんです。三千万円が鐚《びた》一文かけてもだめだというんです」

と翠玉は答えた。

三千万円! いくらインフレの世の中とはいえ、三千万円とは途轍もない巨額である。張氏にそれだけの資産があるかどうかわからないが、当時の私には考えられないような大金であったことはたしかだ。

「向うは専門家だわ。ずいぶんよく調べてあるのよ。でもギリギリの線だから、それだけ払ってしまったら、自動車も売らなくちゃならないし、この家にも住めなくなるわ」

「しかし、いずれ払わなくちゃならないだろう」

「ええ、私は案外諦めはいいのよ」

と彼女は強いて笑顔をみせようとした。

「父さえ出てこられたら、あとはまたどうにかなると思うわ」

まだ泣いている母親をおいて、翠玉は帰ろうとする私を駅まで送ってきた。田圃にはもう一期米の稲が青々と伸びている。すぐ目の前に聳《そび》えた山はこんもりとした樹林に覆われ、山の中腹から駅までひかれたレールの上を、石炭を積んだトロッコがときどきゴーと音をたてながら通って行く。

「もうこんな所には住めないな。僕はつくづく嫌になった」

「私もそうだわ。日本時代のほうがまだよかったわ」

「そんなことはないさ。どっちも素直な生き方ができないという点では同じだよ。結局、人間のほうで生き方をかえていくよりほかない。国家とか民族とか、そんなことを考えないで住めるような所へ行きたい」

「でもそんな所どこにもないわ。天国以外は！」

「天国か」

榕樹の梢で雀が囀《さえず》っていた。その梢から見える南国の空は遠く遠くどこまでも拡がっている。

乾藁《ほしわら》の積んである小屋の前まできた時、彼女はそっと私の手を握った。ちらと見あげた彼女の目は、恋をしている女の目だった。彼女はそのままそこへ立ちどまると、ものも言わずに私の胸の中に顔を埋めてしまった。

その忍び泣く声をききながら、私はふと徳明の顔を思い浮かべた。俺の愛しているのはこの女ではない。俺の愛しているのは徳明か。いや、徳明でもない。

じゃ、誰だ。誰だ。この俺自身か。美穂子か。誰だ。誰だ。誰だ。

それからまもなく張炎氏が牢獄を出たと翠玉が知らせてきた。

「お父さん元気だった？」

「ええ、予想外に元気だったわ。監獄の中でわりあいに優遇されたとかで、少し肥ったくらいよ」

「そうか。それはよかった」

「でもお父さんが助かったのは、顔とか勢力とか人格とかそんなもののおかげじゃなくて、お金のおかげよ。最初、出頭した時は、生命は絶対保証すると言われて行ったの。でも行ってみると、いろんな人が先に同じ手で連れ込まれて、司令部の裏庭ですでに冷たくなっていたんですって。お父さんは自分をその現場に引っぱってきた将軍にそっと耳打ちして、もし自分を殺したら一銭にもならんぞ、と言ったら、そうかあなたは話がわかる、と肩をたたかれて、そのまま本願寺へ送り込まれたんですって。だから、こんな腐敗した世の中だったら、いっそ共産党になったほうがいいと言っているわ」

「これからどうするつもりか言っていた？」と私はきいた。

「やっぱり石炭屋よ。身代金は銀行で貸してくれたので、どうやらやっていけるらしいわ」

彼女は朗らかそうに笑った。しかし、このころの私は暗い気持に沈んでばかりいた。あの嵐で、私は自分のいままでの考えがいっぺんに変わってしまうほど、大きな打撃を受けた。陳儀が魏道明に代わろうが、市県長が民選になろうが、台湾に新しい光明が齎《もたら》される可能性があると考えるほど甘くはなれない。台湾人を徹底的な手段で鎮圧しろと厳命したのは、日本に対して「以恩報怨」の宣言を行なった蔣介石自身であるという情報を私は信ずべき筋からきいていた。台湾人の力で台湾を育てていこうとする努力はすべて彼の鉄蹄《てってい》の下に蹂躙されてしまった。新台学院は学生が暴動に参加したという口実の下に閉鎖を命ぜられ、インフレを見越して学生の講義や試験のためにストックしたザラ半紙は、校舎を占拠した兵隊の尻ふき紙に使われてしまった。陳超平氏は辛うじて生命を助かったものの畢生の大事業と思った仕事を奪われ、新しい就職口を探しまわっている。

相変わらず不転倒の地位を維持しつづけているのは黄錫光で、彼はうまく台湾人を瞞《だま》しおおせた功を高く評価され、莫大な謝礼を受けたうえに、大銀行の董事長に官選された。

台湾人の暴動を煽動した（？）ロイド氏は、南京からやってきた国父孫文の御曹司《おんぞうし》孫科の槍玉にあげられ、悄然台湾を去った。今度は彼のために送別会を開くどころか、危険で身辺に近づくことさえできなかった。そして、徳明は？　徳明はたぶん淡水河の川底に沈んでしまったのであろう。彼とともに、私の夢は永遠に沈んでしまったのだ。

私が新しく購入した捷安丸は五十トンの百二十馬力。全速で走ると、十二ノットくらいは出る。その船に乗って、私は香港へ出る計画を立てている。もう私には国家もない。民族もない。私は永遠に地球をさまようユダヤ人になるのだ。

この私の計画をいつか翠玉に打ち明けねばならない立場に私は立っている。大きな石を背負わされたように私の心は重苦しい。だが、私は生きなければならないのだ。この呪われた故郷に死んだ羊のようにつながれているわけにはいかないのだ。

ある日、私は徳明が台南へ戻っているという消息をきいた。すると、急にぱっと燈がともったような、明るい気持になった。取るものも取りあえず私は台南へ急いだ。

「君が生きているとは思わなかった。よかった。よかったな」

そう叫びながら、私は彼の手を握った。だが、彼の冷たい手は儀礼的に動いているだけでまるで力が入っていなかった。

「台湾人の一隊が埔里から霧社の山奥へ入ったときいたので、君がそのなかに入っておればよいがと願っていたんだ」

「敗軍の将は兵を語らずだ」と彼は呟いた。

「それでもよいさ。とにかくなにも言わないで僕と一緒に行こう。ここは僕たちの住む所じゃない」

私は力をこめて彼の両腕をつかまえた。その私の手を、彼は猛烈な力をこめてふりきった。そして驚いている私に向かって、

「俺のやることに干渉してくれるな」

「しかし、これ以上ここにおれば、死が君を待っているばかりだ。ここは君のような男の生きていける所じゃない」

「生きようが死のうが俺の勝手だ、俺の領分にまで入ってくるな」

落ち着き払ったその声をききながら、私はふたたび自分が奈落の底へと沈みゆくような錯覚に襲われた。深い深い孤独の底へ転落してしまいそうになりながら、必死になってもがいている人のように私は叫んだ。

「生きるんだ。生きるんだ。民族も国家もない世界に生きるんだ。さあ、行こう。人間らしく生きることのできる世界へ行って暮らそう」

「いや。俺はのこる。俺はここにのこるんだ」

とひとりごとのように彼は嘯《うそぶ》いた。

「ここへのこるって、いったいこれからどうするつもりだ？」

「当分は三眠主義だ。朝ねて、昼ねて、夜ねるって奴さ」

「冗談をいっているんじゃないぞ。茶化すのはやめろ！」

怒りにふるえて怒鳴る私をぐっと睨みかえしながら、

「君と俺とでは生き方が違う。違った生き方をする人間の生き方をきいてなんの役に立つんだ」

「君！」と僕は叫んだ。「君は翠玉のことで僕を恨んでいるのか！」

「莫迦野郎！」と、とびあがらんばかりに彼は叫んだ。

「俺が、俺がそんなケチな男だと貴様は思っているのか」

「君はそう言って自分を慰めている。だが君は本当はそれにこだわっているんだ。でなければ、なぜそんな顔をして怒るんだ」

「…………」

「どうして僕が君の邪魔をしたか、君は知っているか。知らなかったら教えてやろう。それは僕が君を失いたくなかったからだ」

「…………」彼の顔が蒼ざめた。なにか言おうとしたが、唇が震えているだけで、言葉が出てこなかった。私は続けた。

「君は自分で自分を叛逆者だと思っているだろう。逆流する時世に叛逆を企てていると思っているだろう。だが、君はなんの叛逆児だ。君は君の血に叛逆しているにすぎないじゃないか！　僕たちは全然べつべつの道を歩いていると思っているのか。とんでもない。僕たちは同じ一人の人間だ。一人の人間が二人の姿になって現われたにすぎないのだ。最近ほど僕は君を間近に感じていることはない。だのに僕が君を間近に感ずれば感ずるほど、君は僕から遠ざかっていこうとするのだ。なぜ僕たちはべつべつの生き方をしなければならないんだ。なぜ一緒には生きていけないいんだ！」

「帰ってくれ。頼むから帰ってくれ」

ほとんど哀願するような声に変わっていた。私は静かに立ちあがった。玄関を出る時、もう一度後をふりかえって見た。彼は私のほうに背を向け、机に伏したまま泣いていた。

夜の台南の街はひっそりとしている。媽祖廟と関帝廟の続く場末の狭巷を私は一人で歩いて行った。線香の匂いがどこからともなく流れてきた。暗い電燈の下で腸詰屋の老人が豚の腸に肉を詰め込んでいる。純白の頭髪をした老人の黄色みがかった顔は幽霊のように気味が悪かった。しかし、彼の痩せてふるえる手は阿片常飲者とは思えないほど、器用に動いている。遠い遠い所からうらぶれた胡弓の音が響いてくる。

手でさぐるようにして私は暗い赤嵌楼の石段を上がった。三日月が栴檀《せんだん》の木の梢に細くかかっている。かつて徳明の凭れていた朱塗りの欄干に手をかけてそっとなでながら、私は美しいと思ったその横顔を思い出していた。あの時以来彼は私の寂しい道連れだった。だが、いつのまにかわれわれはお互いに自分たちを見失ってしまったのだ。ゆえ知らぬ孤独感が足元の暗闇からしだいに襲いかかってきた。私は淋しい。私は一人だ。そして私は私のこの孤独感に耐えて生きていかなければならないのだ。

　その夜の急行で台北へ戻ると家に翠玉がきて待っていた。

「どこへ行っていましたの？」

「仕事のことでちょっと南部へ行っていたんだ」

「そう？」と彼女は満面に微笑をたたえながら、

「あなたは片時もじっとしておられない性ね。うちのお父さんによく似ているわ」

「翠玉」と私は彼女の両手に手をかけながら言った。

「僕は近いうちに君と別れなくちゃならないんだ」

「どうして？　別れるって嫌な言葉だわ」

「僕はね、この台湾から離れようと思っているんだ」

「どこへいらっしゃるの」

「さしあたりは香港だ。しかし、それから先はわからない。世界のどこの涯《はて》まで流れて行くか見当もつかない」

「私も一緒に行くわ」

「いや。君のような人の行く所じゃない。君には立派な家庭がある。君を愛してくれるお父さんやお母さんがいる。君はこれから幸福になることができる。いい人を見つけて幸福な結婚をするんだ」

「いやいや。あなたが連れて行ってくれないなら、私一人で行くわ。どこまでも追っかけて行くわ」

「莫迦だな。子供みたいなことを言うもんじゃないよ。恋愛と結婚はまたべつのものだ。恋愛は女を美しくするかもしれないが、幸福にはしない。幸福はまたべつのところにあるんだ」

「そんなこと言って私を瞞そうたって、その手には乗りませんわ」

「でもね、女は乗せない船なんだ。冗談を言っているんじゃないぜ」

私の真剣さに打たれて、彼女は黙ってしまった。

「僕は君が好きだ。でも好きになった時はもうおしまいなんだ」

彼女は私の膝の上に顔を埋めた。彼女のふさふさとした黒髪を撫でながら、彼女が泣きたいだけ泣かせておいた。泣きたいだけ泣けば泣きやむ時がいつかくる。人間が一生に流すことのできる涙には限度がある。涙は貴いものなのだ。大事にしなければならないのだ。

万端の準備が整った。船員と機関長には海に慣れた琉球人を雇い入れた。荷主もきまり、約十人が乗り込むことになっている。長いあいだ、基隆につないであった船を梧棲港へまわすと、私は両親に会うために二林へ戻った。船は梧棲から大安渓の河口にあたる大安港という小漁村へ回航させ、そこから香港で売りさばく銀塊と十人の荷主たちが乗り込む予定になっている。

　二林鎮は辺鄙な片田舎で、外省人の数も少ないので、二・二八事件では大した犠牲者を出さないですんだ。ただあの真空状態の時に警察から持ち出された銃器を元へ戻すことを命ぜられた父は、その任務を果たすまでにかなりの汗をかいていた。

　私が明日にも台湾の土を離れようとしていることを知らない父は、私の顔を見ると苦い顔をしてこう言った。

「結婚しろと言っても結婚しようとしないし、いい娘がいるから見に帰ってこいと言っても帰ってこない。お前、台北に女でもできたんじゃないか」

「誰かそう言いましたか？」

　にやにや笑いながら、私はきいた。

「儂はそうきいているぞ。悪事千里といって悪いことは早く伝わるものだ」

　そう言いながらも、父は久しぶりに顔をみせた私を喜んでいた。

　家を出ると、私はこれが見納めかもしれないと思いながら、甘蔗畑の中をゆっくりゆっくり歩いて行った。さらさらと南風に揺れる甘蔗の葉は、青い海原のように片時も静かにならない。大きな波がすぎると、小さな波がよせてくる。その上から真夏の太陽がかんかんと照りつけている。乾燥した田舎道には、牛車の車輪の跡が二本、土の中に深く食い込んでいる。ところどころに、大きな牛糞がぼってりとおちていてその上に金蠅がたかっている。

土手の上から西部台湾を南と北に二分する台湾第一の大濁水渓が見えた。遠く台湾山脈の奇莱主山に発源し、霧社事件で有名な霧社一帯の蕃界を横断して、清水渓と合流、平原へ入ってからはふたたび二つに分かれて台湾海峡へ注いでいる。本流は二林鎮を一里ほど南へ下った地点を流れているが、支流の西螺渓は土地の肥沃なことで知られる西螺鎮の北を潤している。上流が激しい急流であるため、渓の水に運ばれた無数の巨石土砂が下流に堆積し、船舶の航行がむずかしい。ふだんは小川のようなチョロチョロした流れが合ってはまた別れ、別れてはまた合流し、行けども行けども広茫たる荒地が続いているが、ちょうど、雨期になっていたので、台湾山脈から流れおちる雨を集めたこの渓流は、洪水のように河原を埋め尽くしていた。どす黒く濁った水流は千年も万年も同じ色をして轟々《ごうごう》と流れている。

これからも永劫《えいごう》に流れ続けるだろう。そして、信じられぬ奇跡が起こって、この渓の底まで見える日がきた時は、この土地でふたたびおびただしい血が流されるのだ。

随筆

私の見た日本の文壇

私が東京へやって来て文筆をとるようになってから、かれこれ五年近くなる。何しろ自分が文筆で飯を食うようになると想像して見たこともなかったので、いまだに文筆業者だという気がしないし、たまさかそういう形で自分を知ってくれる人に出会うと、何となく間違えて花園（若《も》しこれが花園だとしたらの話だが）に踏み込んだような思いがしてならない。

この間、家をかわろうかと思って町の不動産屋へ入ったら、そこの人が私の顔を見るなり、今あなたの新聞小説を読んでいますよと言葉をかけてきた。色々と事情に詳しいのでよくきいて見たら、若い頃、武田麟太郎さんや高見順さんと同人雑誌をやったことがあるそうである。人間の才能なんてどういうところにあるのか全くわからない、また人間の一生はどういう方向へころがるのか全然見当がつかない、といつも考えているので、

「小説家志望が不動産屋さんですか。あなたの本当の才能は不動産の売買にあったのですね」とつい口をすべらしてしまったら、その人は苦笑をしていた。俗に三十六行（三十六種の職業）と云って、世の中には無数の職業がある。生れた時から死ぬまで百姓を続ける人もあれば、会う度に名刺の肩書がかわっている人もある。人生は建築家が青写真にもとづいて家を建てるようなわけには行かないので、小説家志望が不動産屋さんになることもあれば、「東南角地環境最良閑静」などと広告を出してぬくぬくとしておりたいと考えていた人が雑誌社の社長になったりすることもある。昨夜飯を食いに行った中華料亭の取締役社長は子供雑誌専門の出版社の部長が前歴であった。こうしたことは少しも珍しいことではない。いや、むしろ普通のことであろう。

日本には生れた時から（は少し大袈裟だが）小説家になりたいと思って小説家になった人が多い。むろん小説家になりたいと思いながら、実業家やサラリーマンや軍人になった人はもっと多い。私は逆に建築家になりたいと思ったこともあれば、大学教授になりたいと思ったこともあり、実際にはそのどちらにもならないで、銀行屋や小商人になり、しかもそのどちらも中途半端で終って、自分が思ってもいなかった小説家になってしまった。もっとも今まで自分が歩いてきた道をふりかえって見れば、小説家稼業もいつまで続くものやら。

大宅壮一さんに云わせれば、「小説なんて月経みたいなもので、四十になれば大抵あがってしまうものだ」そうである。私はまだ四十にならないから、勿論《もちろん》まだ小説家あがりにはならないし、近頃は寿命がのびてそれにつれて色々と小細工が行われるようになったから、ひょっとしたら六十になってもまだあがらないでいるかも知れない。ただ自分が転々としたせいか、私の目には残念ながら、小説家はあまり偉い者として映らない。むしろ小説家なんて知り合いになると却って退屈な人が多い。いや、こうした私のいい方は正しくないだろう。何故ならば、小説家はもともと面白い人たちではなくて、面白い人たちのあとを追う一群の退屈な人々にすぎないからだ。

　はじめて私が小説と称するものを書いたのは丁度今から五年前の秋で、その時、私は商用のために東京へ来ていた。たまたま、高校時代の友人の一人が台湾の政治的事情から香港経由で日本へ密入国し、故《ゆえ》あって警視庁に自首して出たところ、裁判の結果、一審でも二審でも強制国外退去という判決を下されていた。私が香港へ流れて行ったのも、彼がむかし勉強をしていた東京へ密航して来たのも、何も好きこのんでやったことではない。そこでその間の事情を手記の形で書いて、これに「密入国者の手記」という題をつけた。私の目的は世間に訴えるためで、今日のように報酬や虚名のためではなかった。しかし、いくら真面目な目的であっても、発表する機関がなければ仕方がない。私はジャーナリズムとは何の関係もなかったが、名も知らぬ男の原稿を新聞社や雑誌社の編集部あてに送れば屑籠《くずかご》へ投げ込まれるのがオチだぐらいのことは知っていた。と云って面識のない高名な先生方のところへお願いしますと云って出かけて行くほど無邪気な文学青年でもなかった。

そこで私はむかし台湾日日新報で学芸部長をしたことのある西川満さんに原稿を送り、適当な発表機関があったら世話をしてほしいと頼んでそのまま香港へ帰ってしまった。すると西川さんから間もなく返事があって、自分が出入している長谷川伸先生のところで毎月十五日に小説家の勉強会がある。あなたの小説をその席上で読んだところ、殆《ほと》んど満場一致で『大衆文芸』誌に推薦することになったと知らせてくれた。それにつけ加えて、西川さんは村上元三さんや山岡荘八さんたちがあなたは才能があると賞《ほ》めているから、しっかりおやりなさいと激励してくれた。無名時代に有名作家から賞められることがどんな意味を持っているか私は身をもって経験したわけである。

経験でしか物を云えないのは甚だ残念であるが、この経験から私は人の作品を読む場合、その作品に含まれている未知数をもふくめて評価をするくせがついてしまった。今日、新聞の月評をしている批評家たちが流行作家や既成大家に甘く、新人につらくあたるのを見ると、あの人たちは物書きとしての経験を持ったことがないのではないかと疑われてくる。

「密入国者の手記」は昭和二十九年新年号の『大衆文芸』誌に掲載された。その年の四月、私は家内子供を連れて横浜へ上陸した。私の第一の目的は当時一歳半になったばかりの娘の首すじにある痣《あざ》を治療するためであったが、同時に小説家になれるかどうかひとつ試して見ようという野心をも持っていた。たださきにも述べたように、私は職業としての小説家が他の職業に比して私の性に合っているとは思っておらず、またなろうと思ってもなれないものに恋々とするのは愚かなことだと考えていたので、半年か一年ぐらいやって見て、それで駄目なら、あっさり旗を巻いて引きあげる積りだった。そのことを私が正直に西川さんに話すと、西川さんは私を長谷川先生の家へ連れて行って居並ぶ人々の前でその通り披瀝《ひれき》に及んだ。今になって考えて見ると、あんな云い草は苦節十年二十年という人々に対して失礼であり、「傲慢無礼」と思われたとしても仕方がない。

長谷川先生にお目にかかったのはこの時がはじめてで、実のところ長谷川先生のお書きになったものはこれまで一篇も読んだことがなかった。先生のところへ出入している小説家や小説家志望者の多いことに私は一驚したが、それよりも驚いたのは、先生が長髪にしているせいか、お弟子さんのなかにも長髪族が一杯いたことである。あとでここが世間から「長谷川部屋」とよばれ、村上さんや山岡さんらが大政《おおまさ》小政《こまさ》に擬せられていることを知ったが、いくら時代物作家の集りとは云え、私は絵で見た由井正雪たちの坐っている大座敷へ間違えてまぎれ込んだような奇妙な気持に打たれてしまった。

文壇というものがあるのかどうか今でも私にはよくわからないが、仮に文壇を文学者の社会という意味に解釈すれば、私が最初に日本の文壇の人々と接したのは、所謂《いわゆる》大衆文壇の作家たちということになる。所謂大衆雑誌の目次を開くと凡そその半分を占めているこれらの人々はなかなか結束がかたく、彼等がえがいている永劫不変の義理人情の世界にそのまま生きているという感じであった。それはそれとして美しいものであるが、同時に古色蒼然としていた。そうした空気は私が想像していた小説家の社会とはずいぶんへだたりがあったし、私が一番疑問を抱いたのは、小説は教えて上手になるものだろうかということであった。むしろ、新人が現われるのは旧人の壁をつき破ることからはじまるもので、そのためには旧人の壁が幾重にも重なり合った勉強会のようなものは却って角を矯《た》めて牛を殺す結果になるのではないかと私は考えた。ただ長谷川先生は「来る者を拒まず去る者を追わない」方だから、この会は計画せずして自ら出来たものであろう。

途中で私は何度もやめてしまおうと思ったが、今日もなお時々長谷川先生のところへ出入するのは、大へん失礼な云い草だが、この会合に意義を認めているからではなくて、小説家としてよりも人生を生きてきた一個の人格としての長谷川先生に心をひかれているからである。先生はかなりやくざな生活を送った末、中年になってから小説家の世界に入った人で、その意味では所謂生粋の文壇人とはかなり肌合いの違った方であった。

これも大へん思いあがったいい方だが、私は小説の書き方や小説を書く態度について教えられたとは実のところ思っていない。私の場合は、むしろ既成の考え方や態度に反撥することによって筆を運んできた。私に反撥の対象をつくってくれた意味でなら、勿論、私は大きな恩恵を蒙《こうむ》っている。

それから間もなく私は「濁水渓」という小説を書いた。その掲載誌を私は檀一雄さんに送った。檀さんとは勿論一面識もなかったが、大学時代の私の友人が檀さんと知り合いであった。その時、檀一雄という小説家のところへ遊びに行かないかと誘われたことがあるが、小説家と知り合いになったって仕方がないと云って行かなかったことがある。戦後、時々香港から東京へやって来て、かえりの船や飛行機の中で読む雑誌を買うと、檀さんが捕鯨船に乗ったり、東海道線の汽車の運転手になった文章が載っていて、檀さんが流行作家になっていることを知った。「濁水渓」は私と友人のことを書いたものだから、檀さんなら多少は興味を持ってくれるかも知れないと思って、その旨葉書をしたためたのである。すると三、四日たって檀さんから雑誌社に電話がかかって、「これから奥秩父に行くが、出版の世話をしてやるから、帰ったら一度家へ来て下さい」と伝言があった。あとで檀さんは私の直木賞の会の時に、「普通なら見もしないで捨ててしまうのだが、丁度、台湾のことを小説に書きたいと思っていたので、何か材料があるかもしれんと思ってパラパラとめくってみた。どうせ下手糞の小説だろうと思っていたら……」と演説して皆を笑わせた。私は大へん好運だったわけである。

　ところが奥秩父へ行った檀さんは胸に石があたって慶応病院に運び込まれて帰ってきた。私が檀さんに会ったのは慶応病院の特別病棟の一室においてである。檀さんは私にほかに原稿があったら持って来なさいと云った。私が数ヵ月の間に書きためた原稿を持って行くと、その次に会った時、檀さんは、「君は十万円作家にはすぐなれる。しかし、百万円作家にはなれないだろう」と云った。檀さんのいう意味は、君には人間に通ずる義理人情はあるが、日本人は日本人的義理人情が好きだから、流行作家にはなれまいということなのである。

檀さんは退院すると、私の原稿を強引にあちこちに売り込んでくれ、それから私を佐藤春夫先生のところへ連れて行ってくれた。私には『春夫詩抄』や『田園の憂鬱』を熱読した一時期がある。先生は既に檀さんに押しつけられて私の「濁水渓」を読んで居られ、「あれは及第点です」と云ってくれた。先生は私の処女単行本のために喜んで題字を書いて下さり、その本は直木賞の候補になったが、檀さんが予言した通り見事選からもれた。

檀さんが私を佐藤先生のところへ連れて行ってくれた時、或る人がそれはよした方がいいだろうと忠告してくれた。私にはその意味がわからなかったが、よくきただして見ると、そこは純文学の文壇であって、大衆文壇とはまた別の世界である、日本人はあっちへ出入したり、こっちへ出入したりする二股膏薬《ふたまたごうやく》を好まないから、むつかしいことになるぞというのである。そんなことがあるものかと私は一笑に附した。小説家という職業は政治家などと違って孤独な職業である。徒党を組んで成り立つものでないことは誰よりも小説家自身が知っている。にも拘《かかわ》らず彼等がお互いに集り合うのはあまりにも淋しすぎてお互に慰め合わねばとてもやりきれないからだ。「士は己れを知る者のために死す」と云われているくらいだから、自分を認めてくれる人とならば誰とだってつきあうのは当り前ではないか。まして自ら一家をなした人々がそんなこともわからないとは到底信じられない。

日本には文壇徒弟制度というものがあると私はきかされた。しかし、相似た傾向のものが集るのはごく自然の現象であり、これは何も文壇に特有の傾向ではない。官僚組織や会社の中にも派閥というものがある。出世しようとすれば認められる必要があり、認められるようになれば、自然、派閥が出来てしまう。けれども、文学のような世界の派閥は、あると思えばたしかにあるが、ないと思えばないものである。文壇そのものだって、あると云えばあるようなものだし、ないと云えばないようなものなのである。

事実、私はそんなものはないものと思って行動したが、するとそういうものはどこにもなかった。そんなことにわずらわされるよりも、私には自分の小説が認められるかどうかという問題の方が重要だった。檀さんは私の原稿をあちこちに売り込んでくれたが、一年の間に二本しか売れなかった。私が落胆して、もうやめちゃおうか、と云ったら、檀さんは「俺が手形を出して、佐藤春夫が裏書きをしてもまだ駄目か。三島由紀夫だって途中で何度やめようと思ったかわからんぞ」と云って私をなぐさめてくれた。

一年たって、私が直木賞をもらった時、私の受賞祝賀会がひらかれたが、それはちょっと奇妙なものであった。短い間に私は多くの人々から知遇を得たが、私をさし挟んで大衆文壇が右、純文学文壇が左、その間にちょこんと坐らされた「私は誰でしょう」だったからである。

私は日本ではじめて文学賞をもらった非日本籍の小説家だった。私を認めてくれた人々は私に讃辞や将来への示唆を与えてくれたが、私の耳にはそれ以上に多くの雑音が入って来ていた。いずれもとるに足らぬものであったが、その底を流れているものはどうやら私が文壇のしきたりを無視したことに対する非難のようである。

文壇にしきたりなんかあるものかと私は思った。私と同時に受賞された石原慎太郎さんがその好例ではないか。もしあるとすれば、それは文壇の雄たちが作ったものではなくて、有象無象のつくったものというよりほかないであろう。

そんなことよりも私にとって不思議なのは文学は本来一つのものであるべき筈《はず》なのに、純文学とか大衆文学とかいう区別のあることである。知性の豊かな人によって書かれるものが純文学で、ボンクラによって書かれるものが大衆文学なのか。それとも、ひとりよがりで誰も読まない小説が純文学で、大学出が人の前では体裁が悪くて読まないが、家の中でこっそり読むのが大衆文学なのだろうか。実際は、広く読まれる文学の全部が必ずしもいい文学とは云えないが、いい文学は必ず広く読まれるものであり、また歴史上残って来た文学を見ると、必ずのように過去において広く読まれたものなのである。

ところが、日本の文壇には厳然として純文学と大衆文学という分類法が存在している。例えば文芸家協会の編纂にかかる『文芸年鑑』には毎年、「一九五×年文学概観」という欄と、別に「大衆文壇の動向」という欄が設けられている。現に発行されている雑誌にも、純文学雑誌と目されているものと大衆雑誌と目されているものがある。戦後はこれに更に中間雑誌というものが加わったが、発行部数から見ても内容から見ても、これは大衆雑誌に属すべきものであろう。最近は所謂大衆雑誌が次第におち目になってきているそうであるが、もしそうだとすれば、それは所謂大衆雑誌が大衆雑誌でなくなった証拠である。今日、真に大衆雑誌の名に値するものはむしろ週刊雑誌であろう。

ところで純文学作家とか大衆作家とかいう区別は一体どこから生じて来るのであろうか。私の見るところでは所謂純文学雑誌に主として書く者が純文学作家であり、純文学雑誌には全く書かないでもっぱら所謂大衆雑誌に書いている者が大衆作家とよばれているようである。また一つの作品が純文学作品であるか、大衆文学であるかということは、それが掲載された雑誌がそのどちらであるかによってきまるようである。こうなると全く滑稽というよりほかないが、もっと滑稽なのは、所謂純文芸雑誌や綜合雑誌に掲載されたものだけしか文芸批評の対象にならないことである。

そうなると、文芸批評の対象になる舞台をムヤミに有難がる作家まで現われる。二万か三万の発行部数の雑誌には一生懸命力を入れて、その十倍二十倍の雑誌は適当に書くなどというのは全くおかしい。むしろ二、三万部の小雑誌は、はじめて小説を書く人のために開放して、発行部数の多い雑誌には、小雑誌で修行をして手慣れた人々が書くのが本当ではなかろうか。

ところが日本の文壇では、小劇場で行われる芝居が芝居で、大劇場で行われる芝居は芝居でないという考え方が非常に強い。従って既成作家までが小劇場で興行をしたがるので、新しい人たちは小屋がなくなって野晒《のざら》し雨晒しの野外に天幕をはらなければならなくなる。世間までがそれに追随して、小劇場の芝居は芸術的に高く評価されるものだという錯覚を抱いている。この形勢に圧倒されて一番気の毒な目にあうのが所謂大衆作家たちである。彼等は次第に自信を失い、自分達のやっていることに懐疑的になってくる。職場も次第に小劇場出身の作家たちに荒されるので、ますますあせりが出て来る。

しかし、このことは一面気の毒ではあるが、一面理由のないことではない。雑誌の上ではまだ純文学とか大衆文学とかいう区別が残っているが、本来、文学は字を読む人たちのものであり、字を読む人々がふえるに従って、文学は自然大衆のものとなり、もはやあらためて大衆と銘打った文学の必要がなくなったからである。丁度、社会主義が普及すると、却って社会主義の魅力が失われてしまうように、それはその使命をはたし終ったからであって、決して大衆の文学がなくなったわけではない。今日所謂大衆文学が振《ふる》わなくなったのは、所謂大衆文学に大衆性がなくなった何よりの証拠であって、人々が面白くない小説を読むようになったからではない。従って、「大衆文壇の動向」という欄が解消するのが本当であり、新しく小説を書きはじめる人々が、小劇場での初舞台を目ざすのはむしろ当然の傾向であろう。

さて、純文学と大衆文学の問題がいずれは解決されるとすれば、あとはジャーナリズムと作家の問題である。直木賞をもらった当座、私は慎太郎ブームのかげにかくれて殆んど目立たなかったが、それでもあるだけのストックは売り尽してしまった。どの作家も、受賞後しばらくは門前市をなすが、しばらくすると、商閑期がやってくる。私もその例にもれず、ピタリと注文がとまった。中国語では店開きをしても仕事がないことを「蠅を叩く」という。忙しいと蠅などにかまってはおられないが、ひまになると、やたらに蠅が目につくのであろう。

しかし、同じ「蠅を叩く」にしても、私の場合は、ほかの作家たちと少し違っているように思われた。日本語で小説を書きはじめたけれども、私は第三国人であり、私の書いている話は日本人の世界ではない。一体、私は日本の文壇に属しているのか、それとも第三国人という言葉が象徴しているように、第三国の文壇に属しているのか。兎《と》に角《かく》、私は日本の言論界に生きるようになってから、かつて新人と云われたこともなく、文壇で問題にされたこともない。むろん、それで一向に構わないのだが、それにしても日本語で教育を受けて日本語で物を書くことは何と悲しいことであろう。

「十万円作家にはすぐなれるが、百万円作家にはなれないぞ」

と云った檀さんの言葉が思い出された。本当に日本人は自分たちのこと以外には関心をもっていないのであろうか。しかし、私の見るところでは日本の文学はきわめて特殊なものである。その本質をなすものは詩であり、詩に流れているリリシズムである。のちに私は「ヒロイズムとホロリズム」という言葉で日本文学の特徴を表現したが、日本人はそれだけで満足しているのであろうか。もしそうだとすれば、私も日本人を登場させてヒロイズムとホロリズムの小説を書く以外に、この世界に生きる方法がないのではなかろうか。

だが、それならば、日本人は何故、翻訳小説を読むのであろうか。日本は世界一の翻訳国と云われている。日本人が盛んに外国書を読むのは、外国の知識を吸収しようとする意欲の旺盛な証拠であるが、それは日本の文学にないものを外国の文学に求めているからではなかろうか。たとえば、読者としての私は自分の身近な話にも興味を持っているが、自分の全く知らない話にもそれに劣らないぐらい興味を持っている。日本にはフランスの小説をそっくり日本語名に書きかえたような小説がかなりあるが、仮に私が日本の文壇に生きるとしたら、日本人の書くような小説ではなくて、日本人の書かないような小説を書くべきではなかろうか。もし私が日本の文壇に生きる価値ありとすれば、これ以外に方法がないと私は思うのである。

だが、私がいくらそう思っても、ジャーナリズムという難関がある。いつも邪魔になるのは私の三字名前である。私がそのことをいうと、私に好意をもっているジャーナリストたちは「それはひがみというものだよ」と笑った。しかし、このままの形ではいつまでたっても「蠅を叩く」以外に方法がないことは明らかである。

かねてから私は文学という名がついているくせに、日本の文壇が小説オンリイであることをおかしいと思っていた。どこの国でも詩人は貧乏の代名詞であるが、ほかの国ではエッセイというものが文学作品として高く評価されている。モンテーニュやラムは勿論のことだが、モームだって多くのノーン・フィクションを書いている。ところが日本では雑文のことをエッセイと呼んでいる。エッセイストは作家として取扱われておらず、エッセイの原稿料も小説の原稿料より安い。これはエッセイがつまらないからではなくて、むしろエッセイがむつかしいものであり、いいエッセイストが日本にいないからであろう。

たとえば、梅崎春生さんや安岡章太郎さんなどは、本来エッセイストであるべき人たちであり、そうした面にすぐれた才能をもっているにも拘らず、エッセイストが職業として成り立たないために、小説家になった人々であると私は見ている。

話はもとへ戻るが、日本へ来て間もなく私は大阪の食べ物雑誌『あまから』に「食は広州に在り」という連載随筆を書きはじめた。何の目的もなく、ただ楽しみながら書き出したものであるが、これが本一冊の分量に達した頃、私は七軒の出版社から出版の申し込みを受けた。ハヤラない作家としては稀有のことである。色々と義理の悪いことがあるので、私は真先に申し込んでくれた龍星閣から出版することに決めた。この本が世に出た時、意外に好評を受け、私は私の小説を支持してくれた人々からさえ、「小説よりこの方が宜しい」とほめられて、少からず困惑したものである。随筆の方がうまいということは日本の文壇では直ちに「飯の食いあげ」を意味するからである。小説家あがりでなくて、食いあがりでは困った話である。

しかし、この本が出来た時に、私はジャーナリズムの在り方について教えられるところがあった。それはジャーナリズムのあとを追ってはいけない、ジャーナリズムにあとを追わせるようでなければならない、ということである。公器としてのジャーナリズムには、弱者の味方をする面や野党的な面があることもたしかだが、作家対ジャーナリズムという面から見れば、ジャーナリズムは「強きを扶《たす》け弱きを挫《くじ》く」傾向が強い。ジャーナリストがそうであるというのではなくて、ジャーナリズムが本来そういう工合に出来ているのである。だから、ジャーナリズムの冷酷さを嘆くのはあたらないことであって、それを嘆くよりも、スキがあったらきり込むことである。

私は『中央公論』に巻頭論文屋として登場し、日本の社会についてあれこれと知ったような批評をするようになった。その方面での商売があまりに繁昌するようになったので、もう小説は書かなくなるのではないかと小説好きの友人が心配してくれた。その中の一つで、私は「来世生れて来るなら、アメリカ人なんかより日本人に生れて来たい。そして、国鉄か総評か日教組を背景にして社会党の代議士として打って出たい」と社会党の理想論を皮肉ったが、しばらくすると、うだつのあがらない文筆志望者から「我々の仲間では来世生れて来るなら邱永漢に生れて来たいと云っています」と逆に皮肉られてしまった。

実はジャーナリズム劇場のどの入口も私にシャット・アウトをくらわせたので、やむなく誰も入りたがらない入口から私はもぐり込んだのだが、そうすると逆に私の三字名前がきいてきたのである。私は意識してそうしたわけではないが、結果として、私は日本文壇における毛色の変った存在として取り扱われ、何か社会問題が起る度に電話がかかって、「先生のご意見は？」ときかれるようになってしまった。

それまで私は新聞は自分の好きなところしか読まなかった。友人と話をしていて、一体、君は新聞のどこを読んでいるんだね、ときかれることが屢々《しばしば》だった。いくら「ご意見は」ときかれても、私は千手観音ではないから、何でも知っているというわけには行かない。仕方がないので、「受験教育をどうするか」ときかれた時は、「大学を廃止することですね」と答えたし、「酔っ払いを防止する妙案がありますか？」ときかれた時は、「酒を飲まなくても日本人は酔っ払っているではありませんか」と逆襲した。一文の金にもならないのに――いや、金を払わないですむからに違いないが、私の家の電話は毎日のように鳴りつづける、これがハヤるということなのだろうか。

私は再び小説を書きはじめた。今度は連載物ばかりになった。というのは一月に五本も六本も短篇小説を書くことは生理的に不可能なことだからである。断わる時、私はショート・タイムは身がもたない、泊りの客なら考えようと云った。大へんエゲツのない表現だが、私は日本の文壇における作家の乱作ぶりを見ていると、どうしてもパンパンを想像してしまうのである。

運命の悪戯が女を街頭に立たせる。街頭に立った以上は客がなければ困る。しかし、美貌を見込まれて客が殺到すれば、ふところはふくらむかもしれないが、美貌まで台無しにされてしまうおそれがあるのだ。日本の作家たちは多分、人一倍お人がよいのであろう。むかし、通行人の袖をひっぱったので、形勢一転して、逆にひっぱられるようになると、それが嬉しくてたまらないに違いない。貧乏や困苦には強いが、人間は金や名声には弱いものなのだ。

しかし日本にも、そういう時には、一軒家をかまえて、気に入った客でなければ受けつけないようにしなければならないということを知っている賢い作家たちがいる。獅子文六、石川達三、梅崎春生、三島由紀夫と云った作家たちの名声はこうした形で支えられているものである。考えて見ると、これらの作家たちは所謂日本の文壇とはちょっと縁の遠い存在である。多分、小説家にならないで他の社会に生きたとしても、この先生方は結構、巧みに頭角をあらわして群を抜いた存在になったに違いない。

こうして見ると、流行作家とは何というイジラシイ存在だろうか。彼等は期限の来た手形をおとすために、また次の手形を書く自転車営業の商人のようなものである。「みみずく説法」によれば、河内の住人たちは「頭を使わんでおなごのことを書いておればそれで銭がとれるんだからいいなあ」と今東光さんを羨《うらやま》しがっているそうだが、なかなかどうして、文壇だって少しは頭を働かせる必要があるのである。

以上、些《いささ》か自分の楽屋裏ばなしをしすぎたきらいがある。ただ私自身の動きがいわば文壇の空気を反映するものなので、これも表現の一方法であるかと考え、敢えて「私の見た日本の文壇」と題した。

＊『中央公論』臨時増刊 文芸特集号（一九五九年一月）

解説

東山彰良

およそ台湾人で「金儲けの神様」と呼ばれた邱永漢氏（一九二四年三月二十八日生、二〇一二年五月十六日没）の名を知らぬ者などいるのだろうか？

私に関して言えば、たぶん中学生くらいのころから知っていた。いや、知っていたというよりは、「永漢」という字面を見知っていたと言ったほうが正しい。私は長らくそれを人名だとは認識していなかったのだ。あのころ——つまり一九八〇年代ごろ——、私は「永漢」を書店や日本語教室の名前だと思っていたし、実際、それは間違いではない。

五歳で日本へ越すまで、私は台北の祖父母の家で暮らしていた。祖父母の家は台北の小南門にあって、最寄りの繁華街といえば誰がなんといっても西門町だった。祖父母の家から延平南路をずんずんのぼっていけば、十五分ほどで遠東百貨公司に着く。私にとってはそのデパートが繁華街への入り口で、そこから歩道橋を渡って今は無き中華商場や、渋谷センター街の趣のある西門町へと分け入ることができた。寶慶路をはさんで遠東百貨公司の向かいにさほど大きくはない商業ビルがあって、日本のファンシーグッズを売る店が入っていた。中学生のころ、私は夏休みで台湾へ帰省するたびにその店でファンシーなグッズを買い求めたものだ。そのビルの何階かにあった〈永漢國際書局〉は日本の雑誌を売っているとあって、日本好きの人たちがよく立ち読みをしていた。しかしすでに日本で暮らしていた私にしてみればそんなもの珍しくもなんともなく、ただそういう名前の書店があるくらいの認識しかなかった。記憶が定かではないが、同じビルに〈永漢日語〉という日本語教室もあったような気がする。

ある程度物心がついて邱永漢氏がじつは作家だと知るまで、「永漢」という二文字はただの吉祥言葉で、それ以上でもそれ以下でもないと思っていた。邱氏が作家だと気づいてからも、どうせ商売人が金儲けの片手間にちょろっと文学をやっているだけだろうくらいに考えていた。さもなければ文学では世界を変えられないと悟った文学青年が、その反動で拝金主義者になったかだ。作家として生き、言葉に焦がれ、作家として死んでいこうとしない者が書いた小説など、その良し悪し以前にまったく読む気になれなかった。そうした偏見のせいで、危うく本書に収められている二作品を見逃してしまうところだった。

結論を先に言ってしまうが、どちらも類稀なる傑作だったのである。

台湾最長の河川の名を取った「濁水渓」は、一九五四年下半期の直木賞候補である。私はこの渓《かわ》を訪れたことはないのだが、実際に黒い河水が滔々と流れているという。
舞台は日本統治時代の台湾と日本で、描かれているのは或る台湾青年の理想と挫折だ。台湾人の林《リン》は東京大学へ進学するほど頭脳明晰なのだが、政治的な信条はやや愚直で、日本人に蹂躙《じゅうりん》されている台湾を解放して民族自立を果たしたいと願っている。彼はどうにか留学先の東京から中国へ渡って抗日戦争に一身を投じようとあれこれ画策するが、その試みは失敗に終わる。それどころか太平洋戦争の戦局が厳しくなるにつれ、逆に日本軍に強制志願させられそうになる。軍国主義への反発で彼は逃避行をはじめるのだが、明日をも知れぬ日々のなかで激しい飢えを経験する。おそらくこのときの経験と、そして戦後に台湾へ流入した国民党の圧政と汚職を目の当たりにしたことから、林はしだいに政治的な生き方に対して虚無を深めていく。

金、金、金。金さえあれば世の中で通用しないものはない。金さえあれば、いい地位を買うこともできるし、阿片や煙草の密輸をしても大手をふって歩くことができる。金さえあれば、人を泣かせることも、笑わせることも、殺すことも、生かすこともできる。人を殺したうえに殺された相手を悪者にすることもできる。

これは台湾が日本の支配から解放され、中国人による民族自立さえ果たせれば万事大吉と信じていた林が大陸から渡ってきた同胞の無能ぶり、横暴ぶりに直面して到達したひとつの境地と言えるだろう。こうした歴史認識はすでに人口に膾炙《かいしゃ》している。日本統治時代に生きた台湾の年寄りたちは、いまでも往年を懐かしむ者が多い。本文中にも出てくるが、当時の台湾では「犬去って豚来たる」と言われていた。つまり日本人という犬を追い払ったら、今度は大陸から犬より性質《たち》の悪い豚どもがやってきたわけである。これなら日本統治時代のほうがましだったと多くの人が思った。これこそが今日の台湾における、本省人（台湾人）と外省人（戦後大陸から渡ってきた中国人）のあいだに横たわる溝の正体なのだ。

邱氏は若者の理想を濁水渓という濁った渓になぞらえる。人の世はこの渓のように、濁っているのがあたりまえなのだ。若者たちはその黒い河水の変革、浄化を夢見る。そして、なにかの拍子でそれは一時的に実現するかもしれない。しかし濁っていることが常態の渓ならば、澄んでいることのほうが異常なのだ。物語の中盤で、一時的に帰郷した林はこの渓を見に出かける。そのとき顔見知りの老婆にこう言われる。「あの渓が澄むとなにかとんでもねえことが起こるというのはほんまじゃ」

その後、商売人に転身した林は台湾全土を揺るがせた二・二八事件を経て、政治と決定的に袂《たもと》を分かつことになる。彼にとって政治を捨て去ることは、すなわち理想を捨て去ることだ。理想を失った孤独のなかで、林はかつての朋友に向かってこう叫ぶ。

生きるんだ。生きるんだ。民族も国家もない世界に生きるんだ。さあ、行こう。人間らしく生きることのできる世界へ行って暮らそう。

若者たちの理想は遅かれ早かれ、現実という濁流に呑みこまれざるを得ない。それこそがまさに、林の身に起こったことだ。理想に破れた林が現実に目覚め、人間らしく生きることのできる地として求めたのが香港だった。もし「民族も国家もない世界」が本当にあるとすれば、そこでの共通言語は金だろう。つまり邱氏は、林の口を借りてこう叫んでいるのだ。人間らしく生きるためにはけっきょく金なのだ、と。

この物語は林が香港へ渡る直前に終結し、残念ながら直木賞の選にも漏れてしまうのだが、邱氏が一九五五年の下半期に見事直木賞を射止めた「香港」は、まさにこの「濁水渓」と地続きの作品だといえる。続編だというわけではない。しかし「香港」の主人公頼春木《らいしゅんぼく》が台湾で政治犯として追われ、国を捨て香港へ流れ着き、その日暮らしで日銭を稼ぐことにあくせくするさまは、さながら「濁水渓」の林のその後の人生を垣間見ているような気分にさせられる。

どちらの作品でも描かれているのは、理想を失ったあとの人間の孤独だ。林にとっての理想とは民族自立という具体的なものだった。対して、頼春木にとってのそれは自由という、もっと漠としたものである。そして林の政治理念が金に取って代わられてしまったように、春木にとっても自由を蚕食するものは、やはり金なのだ。

我々は自由を愛して故郷を捨てた。我々は自由を求めて、この地に来た。だが、我々に与えられた自由は、それは滅亡する自由、餓死する自由、自殺する自由、およそ人間として失格せざるを得ないような種類の自由なんだ。（中略）金だけだ。金だけがあてになる唯一のものだ。

バラック小屋で春木と同居する老李《ラオリィ》の台詞である。老李もまた台湾を捨てた身の上だ。まだ理想を捨てきれない若い春木は反発するが、ままならない香港の現実、世知辛い世間の波に揉まれるうちに彼もまた徐々に貧困に蝕《むしば》まれ、老李の言葉の意味を理解していく。そして、やがて哀しい諦観を滲《にじ》ませるようになるのだ。

本書に収められた二作からは、作家邱永漢がいかに「金儲けの神様」へ転向したのか、その精神的な変遷をうかがい知ることができるかもしれない。しかし、それは重要ではない。重要なのは邱氏が自身の金銭への執着を文学の域にまで昇華させたことであり、もっと重要なのは彼が主人公たちの苦境を利用して社会変革を説かないことだ。そんなことをすれば、作品はとたんにプロパガンダの悪臭を放つ。主人公たちはただ現実に翻弄されている。そう、私たちひとりひとりのように。邱氏は資本主義には懐疑的だが、共産主義に対しても冷笑的な態度を崩さない。

「人間と生まれたら、金持になるべきだな」

老李は周囲を見まわしながら言った。

「そして、どうしても金持になれる見込みのないものは共産主義者になるんだな」

理想と自由を追い求めるためには、けっきょく金がなければはじまらない。そして金を稼ぐためには、理想だの自由だのと言ってはいられない。この単純な真実に気づいた邱氏は「香港」という物語のしめくくりに、春木につぎのように述懐させている。

それにしても、自由への道はなんと残酷な道であろうか。

かつて「孤独は自由の同義語だ」と言った作家がいた。私はその作家を知っている。そう、私だ（『旺文社標準国語辞典』第八版別冊「あの人のこの言葉」参照）。

私は本当にそう思っている。孤独とは、自由であるために支払わねばならない代償なのだ。しかし自由であるためには、それだけでは不十分のようだ。もしあなたの求める自由が、老李の言う「滅亡する自由、餓死する自由、自殺する自由、およそ人間として失格せざるを得ないような種類の自由」の対極にある素晴らしき自由なのだとしたら、これはもうどうしたって金がかかる。林も頼春木も、実存的な孤独のなかで窒息しかけている。彼らには誰にも顧みられない自由だけがたっぷりあって、その自由を謳歌するための金がない。せめて愛があればいいのにと思うのだけれど、愛に救いを求めるには、彼らは現実主義者すぎる。それに金がなければ、愛だって物の役に立たない。かのセルバンテスも言っているではないか、「愛の最大の敵は腹が空くこと」であると。

私たちは残酷な現実よりも、高尚な精神の勝利を描いた作品に慰められる。邱永漢氏はそんな私たちの甘さを根底から容赦なく揺さぶってくる。

（ひがしやま・あきら　作家）

香港
初出　『大衆文芸』一九五五年八〜十一月号
初刊　『香港』近代生活社、一九五六年六月
濁水渓
初出　『大衆文芸』一九五四年八〜十月号
初刊　『濁水渓』現代社、一九五四年十二月
『香港・濁水渓』中公文庫、一九八〇年五月

編集付記

一、本書は中公文庫版『香港・濁水渓』（五刷　一九九六年三月）を底本とし、巻末に新たに随筆「私の見た日本の文壇」を増補したものである。随筆は初出誌を底本とした。

一、底本中、明らかな誤植と考えられる箇所は訂正し、難読と思われる語には新たにルビを付した。

一、本文中、今日の人権意識に照らして不適切な語句や表現が見受けられるが、著者が故人であること、執筆当時の時代背景と作品の文化的価値に鑑みて、底本のままとした。

中公文庫

香港《ホンコン》・濁水渓《だくすいけい》
——増補版《ぞうほばん》

2021年4月25日　初版発行

著　者　邱《きゅう》　永《えい》　漢《かん》

発行者　松田陽三

発行所　中央公論新社
〒100-8152　東京都千代田区大手町1-7-1
電話　販売　03-5299-1730　編集　03-5299-1890
URL http://www.chuko.co.jp/

DTP　ハンズ・ミケ
印　刷　三晃印刷
製　本　小泉製本

Published by CHUOKORON-SHINSHA, INC.
Printed in Japan　ISBN978-4-12-207058-5 C1193

中公文庫既刊より

各書目の下段の数字はISBNコードです。978－4－12が省略してあります。

き-15-12
食は広州に在り
邱　永漢
美食の精華は中国料理、そのメッカは広州である。広州美人を娶り、自ら包丁を手に執る著者が、蘊蓄を傾けて語る中国的美味求真。〈解説〉丸谷才一
202692-6

さ-80-1
佐藤春夫台湾小説集　女誡扇綺譚
佐藤　春夫
廃墟に響く幽霊の声「なぜもっと早くいらっしゃらない？」。台湾でブームを呼ぶ表題作等百年前の台湾旅行に想を得た今こそ新しい九篇。文庫オリジナル。
206917-6

ひ-1-2
女の家
日影　丈吉
妾宅の女主人の死は事故か自殺か、それとも他殺か。女と男の語りが明かす意想外の真相とは。澁澤龍彦、種村季弘に愛された著者の代表作。〈解説〉堀江敏幸
206937-4

ひ-1-3
応家の人々
日影　丈吉
昭和十四年、日本統治下の台湾、名家の美女の周辺で不審死が相次ぐ。内地の中尉が台南の町々をめぐり事件の謎を追う妖しい長篇ミステリ。〈解説〉松浦寿輝
207032-5

い-2-7
浪漫疾風録
生島　治郎
『ＥＱＭＭ』編集長を経てハードボイルド作家になった著者の自伝的実名小説。一九五六～六四年の疾風怒濤の編集者時代と戦後ミステリの草創期を活写する。
206878-0

い-2-8
星になれるか
生島　治郎
直木賞受賞、睡眠薬中毒、そして再起へ。一九六四～七八年の綺羅星の如き作家たちの活躍を描く戦後ミステリ裏面史。『浪漫疾風録』完結編。〈解説〉郷原　宏
206891-9

い-8-8
青春忘れもの　増補版
池波正太郎
小卒の株仲買店の小僧が小説家として立つまで――。著者の創作のエッセンスが詰まった痛快な青春記。短篇小説「同門の宴」を併録。〈解説〉島田正吾
206866-7

し-8-5
わが青春無頼帖 増補版
柴田錬三郎
苛烈な戦争体験、目くるめく女性遍歴——故郷出奔から直木賞受賞までの無頼の日々を綴る回想録。私小説的短篇五篇を併録。随筆二篇を増補。〈解説〉縄田一男
206933-6

と-37-1
片隅の人たち
常盤新平
直木賞受賞作『遠いアメリカ』に連なる自伝的連作集。出版界の片隅に生きる翻訳者たちを青年編集者の視点から描く。エッセイ二篇を増補。〈解説〉青山 南
207020-2

み-10-24
文壇放浪
水上 勉
編集者として出版社を渡り歩き直木賞作家に。波乱に富んだ六十年を振り返り、様々な作家を回想、戦中・戦後の出版界が生き生きと描かれる。〈解説〉大木志門
206816-2

み-10-26
わが文学 わが作法 文学修行三十年
水上 勉
『雁の寺』『寺泊』など作品の背景をエピソードを交えて、書くことの方法と身を削る「業」の厳しさを明かす。文学作法を自ら語るファン必携の一冊。〈解説〉掛野剛史
207035-6

か-61-3
八日目の蟬《せみ》
角田光代
逃げて、逃げて、逃げのびたら、私はあなたの母になれるだろうか……。心ゆさぶるラストまで息もつがせぬ傑作長編。第二回中央公論文芸賞受賞作。〈解説〉池澤夏樹
205425-7

し-46-1
アンダスタンド・メイビー（上）
島本理生
中三の春、少女は切ない初恋と大いなる夢に出会う。それは同時に、愛と破壊の世界へ踏み込むことでもあった——。直木賞候補作となった傑作、ついに文庫化！
205895-8

し-46-2
アンダスタンド・メイビー（下）
島本理生
憧れのカメラマンのアシスタントとなり、少女から大人への階段を歩み始めた黒江。ある事件を発端に、母親の秘密、隠され続けた自身の過去が明らかになる。
205896-5

た-58-20
北の武士たち・狼奉行 傑作時代小説集
高橋義夫
東北の地に生きる、さむらいの矜持を見よ——。直木賞受賞作「狼奉行」はじめ、書き下ろし二篇を収録した文庫オリジナル編集。〈解説〉末國善己
206559-8

各書目の下段の数字はISBNコードです。978-4-12が省略してあります。

み-25-15
特捜検事 新編集版
三好 徹
一般市民からの告訴や告発を受け付ける東京地検特捜部・直告係から、今日も立花検事に事件が回ってくる。直木賞作家が見つめた人の心に宿る黒い果実の正体。
206602-1

ゆ-2-23
軍旗はためく下に 増補新版
結城 昌治
陸軍刑法上、死刑と定められた罪で戦地で裁かれ処刑された兵士たち。戦争の非情を描く直木賞受賞作に著者自作解説を増補。〈解説〉五味川純平／川村 湊
206913-8

い-3-3
スティル・ライフ
池澤 夏樹
ある日ぼくの前に佐々井が現われ、ぼくの世界を見る視線は変った。しなやかな感性と端正な成熟が生みだす青春小説。芥川賞受賞作。〈解説〉須賀敦子
201859-4

い-6-4
エーゲ海に捧ぐ
池田満寿夫
二人の白人女性を眺めながら受ける日本の妻からの長い国際電話……。卓抜な状況設定と斬新な感覚で描く、衝撃の愛と性の作品集。〈解説〉勝見洋一
202313-0

い-41-3
ある昭和史 自分史の試み
色川 大吉
十五年戦争を主軸に、国民体験の重みをふまえつつ昭和という時代を鋭い視角から描き切り、「自分史」のさきがけとなった異色の同時代史。毎日出版文化賞受賞作。
205420-2

お-2-13
レイテ戦記（一）
大岡 昇平
太平洋戦争の天王山・レイテ島での死闘を再現した戦記文学の金字塔。巻末に講演「『レイテ戦記』の意図」を付す。毎日芸術賞受賞。〈解説〉大江健三郎
206576-5

お-2-14
レイテ戦記（二）
大岡 昇平
リモン峠で戦った第一師団の歩兵は、日本の歴史自身と戦っていたのである――インタビュー「『レイテ戦記』を語る」を収録。〈解説〉加賀乙彦
206580-2

お-2-15
レイテ戦記（三）
大岡 昇平
マッカーサー大将がレイテ戦終結を宣言後も、徹底抗戦を続ける日本軍。大西巨人との対談「戦争・文学・人間」を巻末に新収録。〈解説〉菅野昭正
206595-6

お-2-16
レイテ戦記（四）
大岡昇平
太平洋戦争最悪の戦場を鎮魂の祈りを込め描く著者渾身の巨篇。巻末に「連載後記」、エッセイ「『レイテ戦記』を直す」を新たに付す。〈解説〉加藤陽子
206610-6

か-57-2
神様
川上弘美
四季おりおりに現れる不思議な生き物たちとのふれあいと別れを描く、うららでせつない九つの物語。ドゥ・マゴ文学賞、紫式部文学賞受賞。
203905-6

た-13-9
目まいのする散歩
武田泰淳
歩を進めれば、現在と過去の記憶が響きあい、新たな記憶が甦る……。野間文芸賞受賞作。巻末エッセイ「丈夫な女房はありがたい」などを収めた増補新版。
206637-3

つ-18-1
虹の岬
辻井喬
トップの座を目前に住友を去った一代の歌人川田順と、若き京大教授夫人の灼熱の恋を、端正に香り高く描く。谷崎潤一郎賞受賞作。〈解説〉宮田毬栄
203056-5

な-74-1
三の隣は五号室
長嶋有
今はもういない者たちの日々がこんなにもいとしい。小さな空間の半世紀を驚きの手法で活写する、アパート小説の金字塔。谷崎潤一郎賞受賞。〈解説〉村田沙耶香
206813-1

ほ-16-6
正弦曲線
堀江敏幸
サイン、コサイン、タンジェント。この秘密の呪文で始動する、規則正しい波形のように――暮らしはめぐる。思いもめぐる。第61回読売文学賞受賞作。
205865-1

ま-35-2
告白
町田康
河内音頭にうたわれた大量殺人事件「河内十人斬り」をモチーフに、永遠のテーマに迫る、著者渾身の長編小説。谷崎潤一郎賞受賞作。〈解説〉石牟礼道子
204969-7

み-46-1
母の遺産　新聞小説（上）
水村美苗
ママ、いったいいつになったら死んでくれるの？　親の介護、夫の浮気、忍び寄る更年期、老後資金の計算……実体験を交え赤裸々に描く、大佛次郎賞受賞作。
206088-3

各書目の下段の数字はISBNコードです。978－4－12が省略してあります。

み-46-2
母の遺産 新聞小説(下)
水村美苗
あたしは愛されなかった。避けてきた事実を認め、美津紀は過去と向き合う。離婚を思う中年女が迫られる「貧乏か夫か」の選択に、下した決断は——。
206089-0

ち-3-35
孫文(上)武装蜂起
陳舜臣
清朝打倒を決意した孫文は、同志とともに広州で最初の武装蜂起を企てる——。「大同社会」の実現をめざして、世界を翔る若き革命家の肖像。
204659-7

ち-3-36
孫文(下)辛亥への道
陳舜臣
たび重なる蜂起の失敗。しかし宮崎滔天ら多くの日本人と中国留学生に支えられ、王朝の終焉に向けて孫文は革命運動の炎を燃やし続ける。〈解説〉加藤徹
204660-3

た-34-4
漂蕩の自由
檀一雄
韓国から台湾へ。リスボンからパリへ。マラケシュで迷路をさまよい、ニューヨークの木賃宿で安酒を流し込む。「老ヒッピー」こと檀一雄による檀流放浪記。
204249-0

た-34-5
檀流クッキング
檀一雄
この地上で、私は買い出しほど好きな仕事はない——という著者は、人も知る文壇随一の名コック。世界中の材料を豪快に生かした傑作92種を紹介する。
204094-6

た-34-6
美味放浪記
檀一雄
著者は美味を求めて放浪し、その土地の人々の知恵と努力を食べる。私達の食生活がいかにひ弱でマンネリ化しているかを痛感せずにはおかぬ剛毅な書。
204356-5

た-34-7
わが百味真髄
檀一雄
四季三六五日、美味を求めて旅し、実践的料理学に生きた著者が、東西の味くらべはもちろん、その作法と奥義も公開する味覚百態。〈解説〉檀太郎
204644-3

こ-40-37
武打星
今野敏
一九七九年、香港。武打星(アクションスター)という夢があった——。ブルース・リーに憧れた青年が白熱の映画界に挑む、痛快カンフー・アクション。
206880-3